싯다르타

클래식 보물창고 37

싯다르타

펴낸날 초판 1쇄 2015년 6월 25일
지은이 헤르만 헤세 | **옮긴이** 이옥용
펴낸이 신형건 | **펴낸곳** (주)푸른책들 | **등록** 제321-2008-00155호
주소 서울특별시 서초구 양재천로7길 16 푸르니빌딩 (우)137-891
전화 02-581-0334~5 | **팩스** 02-582-0648
이메일 prooni@prooni.com | **홈페이지** www.prooni.com
카페 cafe.naver.com/prbm | **블로그** blog.naver.com/proonibook

ISBN 978-89-6170-500-4 04850
* 잘못된 책은 구입한 곳에서 바꾸어 드립니다.

이 도서의 국립중앙도서관 출판시도서목록(CIP)은 서지정보유통지원시스템 홈페이지(http://seoji.nl.go.kr)와
국가자료공동목록시스템(http://www.nl.go.kr/kolisnet)에서 이용하실 수 있습니다.
(CIP제어번호: CIP2015011760)

보물창고는 (주)푸른책들의 유아, 어린이, 청소년, 문학 도서 임프린트입니다.

Siddhartha

싯다르타

헤르만 헤세 지음 | 이옥용 옮김

보물창고

차례

제1부

친애하고 존경하는 로맹 롤랑* 선생님께!

1914년 가을부터 —그즈음 정신적이고 지성적인 특성이 느닷없이 호흡 곤란을 겪고 있다는 사실이 내게도 불현듯 느껴졌지요. 그해 가을, 우리 두 사람은 서로에게는 낯설기만 한 양쪽 강가에서 국가와 민족을 초월하고 동일하면서도 불가피한 몇몇 일들에 대한 믿음 속에서 서로 악수를 나누었지요.— 저는 선생님을 향한 제 사랑의 징표를 언젠가 한번은 꼭 선생님께 보여 드리기를 소망했습니다. 아울러 제 능력을 펼쳐 보일 수 있는 하나의 표본과 제가 갖고 있는 사상의 세계를 조금이나마 보여 드리고 싶다는 소망을 품었지요.

아직 완성되지는 않았으나 제가 지은 인도 문학 작품* 제1부를 선생님께 헌정하오니 부디 받아 주시기 바랍니다.

헤르만 헤세 올림

*로맹 롤랑(1866~1944.) : 프랑스의 소설가이자 사상가. *이하 옮긴이 주.

*인도 문학 작품 : 1922년 출간된 헤르만 헤세의 『싯다르타』에는 '인도의 문학'이라는 부제가 달려 있다.

브라만의 아들

브라만*의 아름다운 아들이자 한 마리 젊은 매와도 같은 싯다르타*는 자신의 집 그늘에서, 작은 배들이 떠 있는 강가의 햇살 속에서, 사라나무* 숲 그늘에서, 무화과나무 그늘에서 같은 브라만의 아들인 친구 고빈다*와 함께 자라났다. 싯다르타가 강가에서 미역을 감을 때, 신성한 목욕재계를 할 때, 성스러운 제사를 올릴 때, 태양은 환하게 빛나는 그의 어깨를 구릿빛으로 그

---

*브라만 : 인도 힌두교의 계급 제도인 카스트에서 가장 높은 지위인 승려 계급. 브라만들은 사제, 시인, 학자, 정치가로 활동했다.

*싯다르타 : 소설의 주인공인 싯다르타는 불교의 창시자이며 깨달음을 얻은 고타마 싯다르타와 이름이 같다. '싯다르타'라는 이름은 '자신의 목표에 이른 자', '소원을 이루다'라는 뜻을 갖는다.

*사라나무 : 석가모니가 열반할 때 사방에 한 쌍씩 서 있던 나무.

*고빈다 : '고빈다'라는 이름은 기원전 4~2세기경에 성립되어 700편의 노래를 담고 있는 시편이자 인도인들의 성스러운 경전인 바가바드기타에 등장하는 마부의 이름에서 연유한다.

을렸다.

작은 망고나무 숲에서 남자아이들과 함께 장난치며 놀 때면, 어머니가 노래를 부를 때면, 성스러운 제사를 지낼 때면, 학자인 아버지의 가르침을 들을 때면, 현자들이 나누는 대화를 곁에서 들을 때면, 그림자가 싯다르타의 검은 눈 속으로 흘러들었다.

이미 어려서부터 싯다르타는 현자들의 대화에 참여했고, 고빈다와 논쟁술을 익혔다. 또한 싯다르타는 관찰하는 방법과 깊이 몰두하는 방법도 고빈다와 함께 익혔다. 이미 싯다르타는 언어 중의 언어인 옴*을 소리 내지 않고 말할 줄 알았다. 곧 혼을 오롯이 한 곳에 모아 숨을 들이마시면서 아무런 소리도 내지 않은 채 내면을 향해 옴을 말하고, 숨을 내쉴 때도 역시 소리를 내지 않은 채 내면으로부터 입 밖으로 옴을 말할 수 있었다. 그럴 때 싯다르타의 이마는 명료하게 사고하는 정신의 광채에 둘러싸여 있었다. 그는 이미 자신의 본성 깊숙한 곳에 절대로 파괴되지 않는, 우주와 하나가 되는 것, 곧 아트만*이 있다는 사실을 알아차렸다.

---

*옴 : 힌두교와 불교 경전에 나오는 신비로운 음절로 완벽한 것, 완성을 뜻한다. 깊은 명상에 잠기면 "옴"이라는 소리가 입 밖으로 나오는데, 그 소리는 마법의 힘을 지닌다고 한다.

*아트만 : 힌두교 용어로 호흡, 숨, 세계정신, 영혼, 자아를 뜻한다. 인간 존재의 핵심을 이루는 이 용어는 인도 철학에서 가장 기본이 되는 개념으로, 아트만은 죽은 뒤에도 소멸하지 않고 새로운 생명으로 다시 태어난다고 한다. 브라만이 우주 작용의 근거가 되듯이, 인간의 모든 행동의 저변에는 아트만이 깔려 있으며 브라만의 일부로 서로 통하거나 하나가 되기도 한다.

싯다르타의 아버지는 이해력이 빠르고 지식욕이 넘치는 아들에 대한 기쁨이 가슴속에서 솟구쳤다. 그는 아들의 내면에서 위대한 현자이자 승려 그리고 브라만들의 우두머리가 매일매일 자라나고 있음을 알아차렸다.

싯다르타의 어머니 역시 아들을 볼 때면, 아들이 천천히 절도 있게 성큼성큼 발걸음을 내딛는 모습을 볼 때면, 아들이 앉아 있다가 일어서는 모습을 볼 때면, 강하면서도 아름다운 외모에 날씬한 두 다리로 절도 있게 성큼성큼 걸어가는 아들을 볼 때면, 흠잡을 데 없이 완벽한 예의를 갖춰 자신에게 인사를 하는 아들의 모습을 볼 때면, 가슴속에서 환희가 들끓었다.

빛나는 이마와 임금님과도 같은 눈에 호리호리한 허리를 가진 싯다르타가 시내의 이 골목 저 골목을 지나갈 때면, 브라만들의 젊은 딸들의 가슴속에서는 사랑이 꿈틀거렸다.

하지만 그 아가씨들보다 싯다르타를 더 사랑한 것은 그의 친구인, 브라만의 아들 고빈다였다. 고빈다는 싯다르타의 두 눈과 부드러운 목소리를 사랑했고, 싯다르타의 걸음걸이와 움직이는 몸짓에 드리워진 완벽한 품위를 사랑했고, 싯다르타가 행동하고 말하는 모든 것들을 사랑했다. 그 무엇보다도 고빈다가 가장 사랑한 것은 싯다르타의 정신, 고상하고 열정적인 생각들, 이글이글 불타오르는 의지 그리고 숭고한 소명 의식이었다.

고빈다는 싯다르타가 평범한 브라만이 되지 않을 것이라는 것을 잘 알고 있었다. 또한 싯다르타가 제사를 맡은 부패한 벼슬아치도, 이런저런 주문을 외는 탐욕스러운 장사꾼도, 텅 빈 머리에 우쭐거리기만 하는 웅변가도, 사악하고 음흉한 승려도 그리고 수많은 양떼 중 온순하기는 하지만 어리석기 짝이 없는 양도 되지 않으리라는 것을 고빈다는 익히 잘 알고 있었다.

절대로 그렇게 되지는 않을 터였다. 고빈다 역시 그런 사람들은 되고 싶지 않았다. 그는 수없이 많은 브라만들과 같은 사람은 되고 싶지 않았다. 고빈다는 싯다르타를, 사랑하는 사람을, 이루 말할 수 없이 뛰어난 그 사람을 따르고 싶었다. 그리하여 미래의 어느 날, 싯다르타가 신이 된다면, 또한 미래의 어느 날, 싯다르타가 찬란한 빛이 뿜어져 나오는 사람들이 있는 곳으로 간다면, 고빈다는 그의 친구로서, 동행자로서, 하인으로서, 그의 창을 들어 주는 자로서 그의 그림자처럼 그를 따르고 싶었다.

모든 이들은 한결같이 싯다르타를 사랑했다. 싯다르타는 모든 이들에게 기쁨을 안겨 주었다. 그리고 모든 이들에게 유쾌함을 선사했다.

하지만 싯다르타는 애써 기쁨을 느끼려 하지도 않았고, 유쾌한 마음이 스스로 일지도 않았다. 싯다르타는 무화과나무들이 심어져 있는 정원에 난 장밋빛 길들을 거닐 때, 명상을 위한 작은 숲의 푸르스름한 그늘에 앉아 있을 때, 매일같이 속죄의 욕실에서 자신의 팔다리를 씻을 때, 그림자가 짙게 드리워진 망고나무 숲에서 제사를 올릴 때, 손짓이며 표정이 흠잡을 데 없이 완벽한 품격을 지님으로써 모든 이들로부터 사랑을 받았고, 모든 이들에게 기쁨을 안겨 주었다.

그러나 싯다르타 자신은 가슴속에 일말의 기쁨도 느끼지 못했다. 꿈들, 끊임없이 이어지는 이런저런 상념들이 강물로부터 그에게로 흘러들었다. 또한 꿈들과 상념들은 밤하늘의 별들로부터 반짝반짝 빛을 내며 다가오기도 했고, 햇살로부터 스르르 녹아 버린 채로 다가오기도 했다. 꿈들과 영혼의 불안감이 싯다르타를 엄습했다. 제단에서 향불을 사르는 연기가 솔솔 피어오르듯이, 리그베다*의 시구에서 입김이 후 불어오듯이, 나이 많은 브라만들의 여러 가르침에서 가르침들이 한 방울 한 방울 똑똑 떨어지듯이 꿈들과 영혼의 불안감이 그에게 다가왔다.

싯다르타의 가슴속에서는 불만감이 싹트기 시작했다. 그는 아버지의 사랑과 어머니의 사랑이 그리고 친구인 고빈다의 사랑이 자신을 언제까지나 영원토록 행복하게 해 주지는 못하리라는 것을 느끼기 시작했다. 다시 말해 자신을 달래 주고, 만족시키고, 마음을 흡족하게 해 주지 못하리라는 것을 느끼기 시작한 것이다. 그는 존경스러운 아버지와 스승들이, 지혜로운 브라만들이 그들의 지혜 중에서도 가장 훌륭한 대부분을 자신에게 전해 주었다는 것을 알아차리기 시작했다. 또한 그들은 그들의 풍부한 지혜를 이미 자신이 애타게 기다리고 있던 그릇 속에 쏟아부었건만, 그릇은 가득 채워지지 않았으며, 자신의 정신은 좀처럼 만족하지 않았고, 자신의 영혼은 평온하지 않았고, 자신의 심장

*리그베다 : 고대 인도의 브라만교의 4대 근본 경전 가운데 하나로 가장 오래된 문헌이다. 총 10권 1,028장의 운문 찬가로서 기원전 1500~1000년에 성립되었는데, 천지자연의 신에 대한 찬가와 아리아인에 의한 인도 건국의 과정이 전개되어 있어 인도 사상의 원천이라고 볼 수 있다. 2007년에 유네스코 세계 기록 유산으로 지정되었다.

은 조금도 만족감을 느끼지 못했다는 것도 그는 알아차리기 시작했다.

목욕재계는 기쁨을 안겨 줄 뿐만 아니라 유익한 것이기도 했다. 하지만 목욕재계를 하게 해 주는 것은 한낱 물일 뿐, 목욕재계 자체가 죄를 씻어 주지는 못했다. 아무리 깨끗이 머리를 감고 몸을 씻어도 정신적인 갈증은 말끔히 해소되지 않았고, 가슴 속의 불안감 역시 지워지지 않았다. 신들에게 제물을 바치고 간절한 마음으로 기도를 드리는 것은 훌륭한 일이었다. 하지만 그게 전부일까? 제물을 바치면 행복감을 맛보게 되는 것일까? 그리고 제물을 바치는 것이 신들과 과연 무슨 관계가 있을까? 세계를 창조한 게 정말 프라야파티*일까? 세계를 창조한 것은 아트만, 지극하신 그분, 유일하시며 홀로 존재하시는 그분이 아닐까? 신들 역시 나와 너처럼 시간에 종속되어 결국은 덧없이 사라지고 마는 형상물들로 창조된 것은 아닐까? 그렇다면 신들에게 제물을 바치는 것이 과연 유익하고 올바른 일일까? 또한 의미 있는 최고의 행동일까?

그렇다면 그분, 유일하신 그분인 아트만 이외에 도대체 그 누구에게 제물을 바칠 것이며, 또한 누구를 우러르란 말인가? 그리고 아트만은 대체 어디에서 찾을 수 있고, 어디에서 살고 있으며, 그분의 영원한 심장은 어디에서 뛰고 있단 말인가? 모든 사람들의 자아, 곧 누구나 자신의 내면에 있는 가장 내밀한 곳, 결

*프라야파티 : 베다 신화에 등장하는 창조주 또는 최고신.

코 파괴되지 않는 바로 그곳이 아니라면 과연 어디란 말인가?

하지만 이러한 자아는, 우리 마음속 가장 깊숙한 곳에 있는 것, 곧 궁극적인 그것은 도대체 어디에 있단 말인가? 그것은 살도 뼈도 아니고, 상념도 의식도 아니다. 가장 지혜로운 이들은 그렇게 가르쳤다. 그렇다면 그것은 대체 어디에 있는 것일까? 그것에 이르는, 그러니까 자아에, 내 자신에, 아트만에 이르는 또 다른 길이 있는 것일까? 그리고 그 길을 찾는 것은 가치가 있는 일일까?

아, 이 길을 알려 준 사람은 아무도 없었다. 그 누구도 그 길을 알지 못했다. 아버지도, 스승인 현자들도, 제단에서 부르는 여러 가지 거룩한 노래도 마찬가지였다! 그들, 곧 브라만들과 그들의 성스러운 경전들은 모든 것을 알고 있었다. 모든 것을 알고 있을 뿐만 아니라, 모든 것을 연구하고 다루기도 했다. 아니, 그 이상의 것까지도 연구하고 다루었다. 세계의 창조, 말의 생성, 음식물의 생성, 들이쉼과 내쉼의 생성, 감각 체계들, 신들의 여러 행위와 업적 등 브라만들과 그들의 성스러운 경전들은 이루 말할 수 없이 많은 것을 알고 있었다. 하지만 오로지 하나밖에 없는 그 유일한 존재, 가장 중요한 존재, 유일하게 중요한 그 존재에 대해 알지 못한다면, 이 모든 것들을 아는 것이 과연 가치 있는 일이라고 할 수 있을까?

물론 여러 성전에 담긴 수많은 시구들, 특히 사마베다*의 우

---

*사마베다 : 인도의 가장 오래된 경전인 네 가지 베다 가운데 아리아로 된 베다. 두 개의 주요 부분으로 이루어진 1,549개의 시가로서 내용은 리그베다와 거의 같다. 종교적 가치는 낮지만 음악 연구에 기여하는 바가 크다.

파니샤드*에 실린 지극히 훌륭한 시구들은 가장 심오하고 궁극적인 그 존재에 대해 이야기한다. 그 시구들은 그지없이 아름답다. "네 영혼은 세계 전부이니라."라고 쓰인 시구도 있었고, 인간은 잠을, 그러니까 깊은 잠을 잘 때, 자신의 내면 깊숙한 곳에 들어가 아트만 속에서 살게 된다고 쓰인 시구도 있었다. 이 시구들 속에는 엄청나게 놀라운 지혜가 담겨 있었다. 거기엔 가장 지혜로운 자들의 모든 지식이 마술적인 언어의 형태로 오롯이 모여 있었다. 그 지식들은 마치 꿀벌들이 모아 놓은 꿀처럼 순수했다.

그렇다. 지혜로운 브라만들의 수없이 많은 겨레붙이가 수집하고 지켜 온 엄청난 양의 깨달음은 결코 가볍게 볼 수 없는 것이었다. 하지만 단지 이러한 심오한 지식을 아는 데 그치지 않고 몸소 삶 속에서 살아 내는 데 성공한 브라만들, 승려들, 현자들 또는 참회자들은 어디에 있단 말인가? 아트만이라는 집 안에서 깊이 잠들어 있는 것을 마치 마술이라도 부린 듯 깨어나게 하고, 살아 숨 쉬게 하고, 한 발 한 발 옮기게 하고, 말을 하고 행동하게 한, 모든 것에 정통해 훤히 깨달은 자는 과연 어디에 있단 말인가?

싯다르타는 존경할 만한 브라만들을 수도 없이 많이 알고 있었다. 그중에서도 특히 자신의 아버지를, 순수한 분이며 학자이

*우파니샤드 : 산스크리트 어로 '비밀 교의(教義)'를 뜻한다. 기원전 3세기에 만들어져 힌두교의 철학 사상을 나타내는 일군의 성전이다. 인도의 철학과 종교 사상의 원천이며 사람과 신과 우주의 이치를 밝힌 것으로, 우주적 실체인 브라만과 인간 내면의 자아인 아트만의 궁극적 일치를 주장한다.

고 지극히 존경스러운 그분을 잘 알고 있었다. 아버지는 그야말로 감탄스러운 분이었다. 아버지의 행동거지는 조용하고 기품이 있었으며, 살아가는 모습은 순수했고, 하는 말씀은 지혜로웠고, 아버지의 머릿속에는 기품 있고 고귀한 여러 사상이 깃들어 있었다. 하지만 그토록 아는 게 많은 아버지 역시 지극히 행복하게 살면서 평온함을 누릴까? 아버지 역시 깨달음의 경지를 구하는 자이자 끊임없이 그에 대한 갈증을 느끼고 갈망하는 자에 불과한 게 아닐까? 아버지는, 끊임없이 갈증을 느끼는 그분은 성스러운 여러 곳의 샘터에서 샘물을 마셔야 하지 않았을까? 제단에서도, 여러 경전들을 읽을 때도, 브라만들과 대화를 할 때도 그렇지 않았을까? 흠이라고는 찾아볼 수 없는 아버지는 왜 매일같이 죄를 씻어 내야 하는 것일까? 왜 매일같이 목욕재계를 하려고 애쓰는 것일까? 왜 그걸 반복해서 날이면 날마다 해야 하는 것일까? 혹시 아버지의 내면에는 아트만이 없는 게 아닐까? 아버지의 가슴속에서는 근원적인 샘물이 흐르고 있지 않은 것일까? 무릇 인간은 그 근원적인 샘물, 우리 각자의 자아 안에 자리하고 있는 그 샘물을 찾아내어 그 샘물을 우리의 것으로 만들어야 하는 존재이다. 그 외에는 모두 단순히 탐색만을 한다거나 멀리 돌아간다거나 길을 잃는 것이나 마찬가지이다.

싯다르타는 그렇게 생각했다. 그것은 그의 갈증이요 고뇌였다.

싯다르타는 자주 찬도기야 우파니샤드*에 실린 구절을 읊조

*찬도기야 우파니샤드 : 인도 철학자인 샹카라(700-750.)가 진본으로 인정한, 열 편의 우파니샤드 중 제9편.

렸다.

"브라만이라는 말은 진실로 사티얌*이다. 진정 이러한 사실을 아는 자는 매일같이 하늘나라에 들어가느니라."

하늘나라가 가까이 있는 듯이 보인 적은 자주 있었다. 하지만 싯다르타는 한 번도 온전히 그곳에 이르지는 못했고, 궁극적인 갈증 역시 풀지 못했다. 또한 그가 알고 있고, 가르침도 즐겨 들었던 모든 지혜로운 사람들과 최고로 지혜로운 사람들 중에서도 하늘나라에 온전히 이른 사람 그리고 영원한 그 목마름을 가라앉힌 사람은 아무도 없었다.

싯타르타는 자신의 친구에게 말했다.

"고빈다, 내 사랑하는 벗이여, 나와 함께 무화과나무 아래로 가서 명상 수련을 하자."

그들은 무화과나무로 갔다. 그리고는 한쪽에 싯다르타가 그리고 거기에서 스무 걸음 떨어진 곳에 고빈다가 앉았다. 싯다르타는 옴을 소리 내어 말할 태세를 갖추고 앉으며 다음과 같은 시구를 되풀이해서 읊조렸다.

"옴은 활이요 화살은 영혼.
브라만은 화살의 과녁이니
쉼 없이 명중시켜야 하네."

여느 때와 마찬가지로 명상 수련 시간이 끝나자, 고빈다는 자리에서 일어섰다. 저녁이 다가오고 있었다. 저녁에 행하는 목욕

---

*사티얌 : 힌두교 여신인 마야의 장막에 의해 가려진 현실.

재계 시간이 된 것이다. 고빈다는 싯다르타의 이름을 불렀다. 하지만 싯다르타는 아무 대답도 하지 않았다. 싯다르타는 깊이 생각에 잠긴 채 앉아 있었다. 두 눈은 아득히 먼 어떤 목표 지점을 향해 쏘아보고 있었고, 혀끝은 이 사이로 조금 나와 있었다. 싯다르타는 숨을 쉬지 않는 것 같았다. 그런 모습으로 싯다르타는 명상에 잠긴 채 앉아 있었다. 그는 옴을 생각하면서 자신의 영혼을 브라만을 향해 화살을 쏘듯이 내보냈다.

한번은 여기저기 떠도는 탁발승*들이 싯다르타가 살고 있는 도시를 지나간 적이 있었다. 순례중인 그 세 고행자들은 몸이 바싹 마르고 금방이라도 숨이 멎어 버릴 것만 같아 보였다. 늙지도 젊지도 않은 그들은 거의 벌거벗은 상태로 온몸이 햇볕에 검게 그을린 채 어깨는 온통 먼지투성이와 피투성이였다. 그들은 고독감에 휩싸여 있었고, 세상 사람들의 눈에는 매우 낯설게 보였다. 세상을 몹시 싫어하는 그들은 인간 세계에서 이방인이나 말라빠진 재칼 같았다. 그들 뒤에서는 향기가 뜨겁게 확 풍겨왔다. 고요한 열정의 향기와 스스로를 파괴할 정도의 헌신의 향기와 가혹할 정도로 자신에게서 벗어날 때의 향기가.

저녁 명상 시간이 끝나자, 싯다르타는 고빈다에게 말했다.

"벗이여, 내일 새벽에 싯다르타는 탁발승들에게 갈 거야. 여기저기 떠도는 탁발승이 될 거야."

그 말을 들은 고빈다는 싯다르타의 확고부동한 얼굴에서 마

---

*탁발승 : 도를 닦고 경문을 외면서 집집마다 다니며 동냥하는 승려.

치 활시위를 떠난 화살처럼 더 이상 손 쓸 수 없는 굳은 결심을 읽고는 얼굴이 백지장처럼 하얗게 변했다. 고빈다는 드디어 올 것이 왔다는 것을 한눈에 알아차렸다. 이제 싯다르타는 자신의 길을 갈 것이고, 그의 운명은 움트기 시작했으며, 자신의 운명 또한 그와 함께 새로 싹이 돋아 나올 것이라는 것을 그는 즉각 알아차렸다. 고빈다의 얼굴빛은 바싹 마른 바나나 껍질처럼 창백해졌다.

고빈다가 외쳤다.

"아, 싯다르타, 네 아버지가 그걸 허락하실까?"

싯다르타는 깨달음을 얻은 사람의 눈빛으로 고빈다를 바라보았다. 싯다르타는 고빈다의 마음을 곧바로 읽어 냈다. 그리고 고빈다의 불안감과 자신을 전적으로 따르고자 하는 마음도 읽어 냈다.

싯다르타가 나지막이 말했다.

"아, 고빈다, 쓸데없는 논쟁은 하지 말자. 내일 동이 트면, 나는 탁발승 생활을 시작할 거야. 더 이상 그 얘기는 하지 마."

싯다르타는 작은 방으로 들어갔다. 그곳에서는 아버지가 왕골 돗자리 위에 앉아 있었다. 싯다르타는 아버지의 등 뒤로 다가갔다. 그러고는 아버지가 자신의 등 뒤쪽에 누군가가 서 있다는 것을 느낄 때까지 가만히 있었다.

브라만이 말했다.

"싯다르타니? 무슨 말을 하러 온 건지 말해 보거라."

싯다르타가 말했다.

"아버지의 허락을 받으러 왔습니다. 내일 집을 떠나 고행자들이 있는 곳으로 가고 싶은 마음이 간절하다는 것을 말씀드리러 왔습니다. 제 소원은 탁발승이 되는 것입니다. 그러니 부디 제 뜻을 막지 마시기 바랍니다."

브라만은 침묵했다. 작은 창문에 비친 별들이 움직여 그 모습이 바뀔 때까지도 브라만은 계속 침묵 속에 잠겨 있었다. 아들은 입을 굳게 다물고 꼼짝도 하지 않은 채 팔짱을 끼고 서 있었고, 아버지 역시 입을 꾹 다물고 꼼짝도 하지 않고 돗자리 위에 앉아 있었다. 하늘에서는 별들이 정해진 길을 따라 이동하고 있었다.

마침내 아버지가 말했다.

"절제되지 않은 성난 말을 하는 것은 브라만에게 어울리지 않아. 하지만 내 가슴속에서는 분노가 이는구나. 그러한 청이 네 입에서 나오는 걸 두 번 다시 듣고 싶지 않다."

브라만은 서서히 자리에서 일어났다. 그리고 싯다르타는 팔짱을 낀 채 여전히 말없이 서 있었다.

아버지가 물었다.

"무얼 기다리는 거니?"

싯다르타가 말했다.

"아시잖아요."

아버지는 몹시 못마땅해하는 표정으로 방을 나와 여전히 화가 난 마음으로 침상으로 가 몸을 누였다.

한 시간이 지나도 눈을 붙이지 못하자, 브라만은 자리에서 일어나 이리저리 서성이다가 집을 나왔다. 그리고는 작은 창문을 통해 그 작은 방 안을 들여다보았다. 그곳에는 싯다르타가 일말의 미동도 없이 팔짱을 낀 채 서 있었다. 싯다르타의 엷은 빛깔의 겉옷이 희미하게 빛나고 있었다. 아버지는 불안한 마음으로 돌아왔다.

한 시간이 지나도 여전히 잠을 이루지 못하자, 브라만은 또다시 자리에서 일어나 이리저리 서성이다가 집 밖으로 가서 휘영청 떠오른 달을 쳐다보았다. 작은 방의 창문을 들여다보니 싯다르타가 꼼짝도 하지 않은 채 여전히 팔짱을 끼고 서 있었다. 달빛이 옷 밖으로 고스란히 드러난 싯다르타의 정강이뼈를 비추고 있었다. 아버지는 걱정스러운 마음으로 침상으로 돌아왔다.

한 시간 뒤, 아버지는 한 번 더 그곳으로 갔다. 그리고 두 시간 뒤에 다시금 그곳으로 가 작은 창문으로 들여다보았다. 그러고는 싯다르타가 달빛 속에, 별빛 속에, 어둠 속에 서 있는 것을 보았다. 아버지는 매 시간마다 그 방 창가로 가 말없이 방 안을 들여다보았다. 그러고는 미동도 하지 않은 채 꼿꼿이 서 있는 아들의 모습을 보았다. 아버지의 가슴은 분노로, 불안으로, 두려움으로, 괴로움으로 가득 찼다.

동 트기 한 시간 전에 아버지는 그 작은 방 안으로 들어갔다. 그리고 젊은이가 서 있는 모습을 보았다. 젊은이는 키가 훤칠하게 커 보였으며 낯설게 보이기도 했다.

아버지가 말했다.

"싯다르타, 무얼 기다리고 있는 거니?"

"아시잖아요."

"날이 샐 때까지 계속 그렇게 서서 기다릴 거니? 한낮이 되고 저녁이 될 때까지도?"

"서서 기다릴 겁니다."

"싯다르타, 몸이 지칠 거야."

"지치겠지요."

"싯다르타, 너는 잠이 들 거다."

"저는 잠들지 않습니다."

"싯다르타, 너는 죽을 거야."

"죽겠지요."

"그럼 너는 네 아비 말에 순종하느니 차라리 죽음을 택하겠다는 거니?"

"싯다르타는 늘 아버지 말씀에 순종했습니다."

"그럼 네 계획을 포기하겠다는 거니?"

"싯다르타는 아버지 말씀대로 할 겁니다."

그 작은 방 안에 아침의 첫 햇살이 비쳐 들었다. 브라만은 싯다르타의 무릎이 살짝 떨리는 것을 보았다. 하지만 싯다르타의 얼굴에서는 조금도 동요의 기색을 찾아볼 수 없었다. 그의 두 눈은 아득히 먼 어떤 곳을 바라보고 있었다. 순간 아버지는 싯다르타가 이제 더 이상 자신의 곁에, 고향에 머무르고 있지 않다는 것을, 싯다르타는 이미 자기 아버지를 떠났다는 것을 문득 깨달았다.

아버지는 싯다르타의 어깨에 손을 얹고는 이렇게 말했다.

"숲으로 가서 탁발승이 되렴. 숲 속에서 지극한 행복감을 느끼게 되면, 집으로 돌아와 내게 그것을 가르쳐 다오. 그리고 실망감이 들면, 집으로 돌아와 우리 함께 예전처럼 신들을 섬기자꾸나. 이제 그만 어머니에게 가서 입을 맞춰 드리렴. 그리고 네가 어디로 가는지도 말씀드리거라. 난 강으로 가야겠다. 첫 번째 목욕재계를 할 시간이 됐구나."

아버지는 아들의 어깨에서 손을 거두었다. 그러고는 방을 나갔다. 싯다르타는 발걸음을 떼려 하다가 한쪽 옆으로 휘청거렸다. 그는 겨우 팔다리를 움직여 아버지에게 허리 숙여 인사를 한 다음, 아버지가 말한 대로 하기 위해 어머니에게로 갔다.

싯다르타가 아침 첫 햇살을 받으며 뻣뻣하게 굳은 다리로 아직도 고요 속에 잠긴 그 도시를 서서히 떠나려고 했을 때, 제일 끝 쪽 오두막에서 웅크리고 있던 한 그림자가 획 몸을 일으키더니 그 순례자와 합류했다. 그는 바로 고빈다였다.

"왔구나."

싯다르타가 말하고는 싱긋 웃음을 지었다.

"그래, 왔어."

고빈다가 말했다.

탁발승들 곁에서

그날 저녁, 그들은 고행자들을, 피골이 상접한 탁발승들을 따라잡았다. 둘은 그들과 동행하면서 순종하겠다고 다짐했다. 탁발승들은 그들을 받아들였다.

싯다르타는 거리를 지나던 한 가난한 브라만에게 자신의 옷을 선물했다. 싯다르타는 아랫도리만 가린 채 꿰매지도 않은 흙색 겉옷 하나만 입고 있었다. 그는 하루에 한 끼만 먹었는데, 그것도 익힌 음식은 절대로 먹지 않았다. 그는 보름 동안 단식했다. 그리고 무려 28일에 걸친 단식도 했다. 그러자 허벅살과 볼살이 쏙 빠졌다. 퀭하니 커진 두 눈에서는 열정적이면서도 강렬한 꿈들이 파르르 너울거렸고, 점점 더 건조해지고 있는 손가락에서는 손톱이 길게 자랐으며 턱에는 윤기라고는 전혀 없는 부스스한 수염이 자랐다.

싯다르타는 여자들을 마주칠 때면 눈빛이 얼음처럼 차가워졌고, 시내를 다니다가 옷을 멋지게 차려 입은 사람들과 뒤섞일 때면, 그의 입은 경멸감을 잔뜩 머금은 채 실룩거렸다. 그는 장사꾼들이 장사를 하는 모습과 제후들이 사냥을 하러 가는 모습과 상을 당한 사람들이 죽은 자들을 생각하며 슬피 우는 모습과 창녀들이 몸을 팔기 위해 나서는 모습과 의사들이 환자를 치료하려고 애쓰는 모습과 사제들이 씨 뿌릴 날짜를 정하는 모습과 연인들이 서로 사랑하는 모습과 어머니들이 아이에게 젖을 물리는 모습을 보았다. 싯다르타의 눈에는 이 모든 것들이 거들떠볼 가치도 없는 것들이었다. 이 모든 것들은 거짓이었다. 이 모든 것들에서는 악취가 풍겨 왔고, 거짓의 지독한 냄새가 진동했다. 이 모든 것들은 짐짓 의미 있고 행복하고 아름답게 보이도록 모습을 꾸미고 있었다. 또한 모두들 시인하고 싶어 하지는 않았지만, 이 모든 것들은 부패하고 있었다. 세상에서는 쓰디쓴 맛이 났다. 고통이 바로 삶이었다.

싯다르타의 앞에는 한 가지 목표가 놓여 있었다. 단 하나의 유일한 그 목표란 완전히 텅 비우는 것이었다. 곧 갈증, 소망, 꿈, 기쁨 그리고 고통에서 완전히 벗어나 자아가 텅 비어 버리는 것이었다. 자기 자신을 완전히 죽이고 더 이상 자아로 남지 않게 되어 완전히 텅 비어 버린 가슴속에서 평정을 발견하고, 자아의 흔적이라고는 찾아볼 수 없게 되어 버린 사유 속에서 경이로운 어떤 세계를 마주하는 것, 그것이 바로 그의 목표였다. 자아를 이겨 내어 마침내 자아가 죽어 버리면, 가슴속의 온갖 집착과 충동이 침묵하면, 가장 궁극적인 그것, 곧 본성 안에 있는 가장 내밀한 것은, ―그것은 더 이상 자아가 아니다.― 그 위대한 비밀은 필시 잠에서 깨어날 것이다.

싯다르타는 수직으로 내리쬐는 햇볕 속에서 입을 굳게 다물고 서 있었다. 고통 때문에, 갈증 때문에 싯다르타의 온몸은 벌겋게 달아올랐다. 그는 고통도 갈증도 더 이상 느끼지 못할 때까지 계속 서 있었다. 우기에도 싯다르타는 여전히 서 있었다. 빗물이 그의 머리카락에서 차갑게 굳어 버린 어깨로, 역시 차갑게 굳어 버린 허리와 다리로 방울방울 흘러내렸다. 하지만 그 참회자는 어깨와 다리가 더 이상 차갑게 굳어 버리지 않을 때까지, 침묵에 잠길 때까지, 잠잠해질 때까지 줄곧 서 있었다. 그리고 그는 침묵에 잠긴 채 가시나무 덩굴 속에 웅크리고 앉아 있었다. 화끈거리고 찌르는 듯이 아픈 피부에서는 피가 뚝뚝 떨어졌고, 종기에서는 고름이 줄줄 흘러내렸다. 그래도 싯다르타는 꼿꼿이 앉아 있었다. 피가 더 이상 흘러내리지 않을 때까지, 더 이상 콕콕 쑤신다거나 찌르는 듯한 통증이 느껴지지 않을 때까지 그는 옴짝달싹하지 않고 그대로 웅크린 채 앉아 있었다.

싯다르타는 반듯이 앉아 호흡을 아끼는 법을 배웠다. 또한 숨을 거의 쉬지 않은 채 버티는 법과 호흡을 완전히 멈추는 법도 배웠다. 그는 호흡을 시작하면서 심장 박동을 진정시키는 법을 배웠고, 심장 박동 수를 줄이는 법도 배웠다. 마침내 그는 심장 박동 수를 최소한으로 줄이거나 심장이 거의 뛰지 않게 할 수 있게 되었다.

싯다르타는 탁발승들 중 가장 나이가 많은 탁발승의 가르침을 받은 뒤, 그들의 새로운 규칙에 따라 스스로를 벗어나는 법과 명상하는 법을 익혔다. 왜가리 한 마리가 대나무 숲 위를 날아갔다. 그러자 싯다르타는 그 왜가리를 자신의 영혼 속에 받아들였다. 그러고는 숲과 산 위로 날아갔다. 그는 왜가리가 되어 물고기를 잡아먹고, 왜가리가 겪는 굶주림에 시달리고, 왜가리의 언어로 연신 까옥까옥하며 말하고, 왜가리가 맞이하는 죽음을 맞았다. 죽은 재칼 한 마리가 모래톱에 쓰러져 있었다. 싯다르타의 영혼은 그 사체 속으로 미끄러지듯이 재빨리 쏙 들어갔다. 그러고는 죽은 재칼이 되어 바닷가에 쓰러져 있었다. 싯다르타의 온몸은 부풀어 오르고, 악취가 진동하고, 부패하고, 하이에나들에게 갈가리 찢기고, 독수리들에게 살갗이 벗겨져 해골만 남았다. 그런 다음 먼지가 되어 바람결에 들판으로 포르르 흩날렸다.

싯다르타의 영혼은 다시금 돌아왔다. 그는 죽어 부패한 뒤 먼지로 흩뿌려지고 윤회의 슬프디슬픈 황홀감을 맛보았던 터라, 사냥꾼처럼 또다시 갈증을 느끼며 윤회의 수레바퀴에서 빠져나올 수 있는 틈새를, 인과응보가 확실하게 끝날지도 모르는 틈새를, 고통이라고는 전혀 없는 영원이 시작될지도 모르는 그러한 틈새를 애타는 마음으로 기다렸다.

그는 자신의 여러 감각을 죽여 버렸다. 그는 자신의 기억도 죽였다. 그는 자신의 자아에서 스르르 빠져나와 수없이 많은 낯선 형체들 속으로 들어갔다. 그는 짐승이 되고, 짐승의 사체가 되고, 돌이 되고, 목재가 되고, 물이 되었다. 하지만 그는 번번이 그런 것들에서 깨어나 자신을 발견했다. 햇볕이 쨍쨍 내리쬐거나 달빛이 은은히 비치고 있었다. 그는 또다시 자아로 돌아와 윤회의 수레바퀴 속에서 이리저리 흔들리고, 갈증을 느끼고, 갈증을 극복하고, 또다시 갈증을 느꼈다.

싯다르타는 탁발승들과 함께 지내면서 많은 것을 배웠다. 자아를 벗어날 수 있는 수많은 길들을 가는 법을 배웠다. 그는 고통을 통해 그리고 고통과 굶주림과 목마름과 피로에 스스로 시달리고 그 모든 것들을 극복함으로써 자신을 벗어날 수 있는 길을 갔다. 그는 명상을 통해, 모든 표상에 작용하는 오감에 대한 생각을 모두 떨쳐 버려 마음속을 텅 비움으로써 자신을 벗어나는 길을 갔다. 그는 이런저런 길들을 가는 법을 배웠다. 그는 수도 없이 자신의 자아를 떠나고, 또 떠났다. 그는 몇 시간 또는 며칠 동안 무아지경에 빠져 있기도 했다. 하지만 아무리 그러한 길들이 자아를 벗어난 곳으로 이어져 있어도 그 길들의 끝은 언제나 자아로 통해 있었다. 싯다르타는 수천 번 자신의 자아에서 도망쳐서 무(無)의 상태에 머무른다거나 짐승 속에, 돌 속에 머물러 있어도, 결국에는 자아로 되돌아오는 것을 피할 도리가 없었다. 또한 그는 시간이란 것에서도 빠져나올 수가 없었다. 왜냐하면 그는 햇볕 속이나 달빛 속에서, 그늘 아래나 빗속에서 번번이 자신을 발견했고, 또다시 자신의 자아가 되고 싯다르타가 되었으며, 스스로에게 부여된 윤회의 고통을 또다시 느꼈기 때문이다.

그의 곁에는 고빈다가, 그의 그림자가 살고 있었다. 고빈다는 싯다르타와 똑같은 길을 가면서 그와 똑같은 노력을 했다. 그들은 봉사와 수행에 필요한 말 외에는 서로 말을 거의 주고받지 않았다. 때때로 그 두 사람은 자신들과 스승들이 먹을 양식을 구걸하러 몇몇 시골 마을을 돌아다녔다.

한번은 탁발을 하던 길에 싯다르타가 이렇게 말했다.

"고빈다, 어떻게 생각해? 우리가 많이 진척한 걸까? 우리는 목표에 도달한 걸까?"

고빈다가 대답했다.

"우리는 배웠어. 그리고 앞으로도 계속 배울 거야. 싯다르타, 너는 위대한 탁발승이 될 거야. 너는 어떤 수행법이든 신속하게 배웠지. 나이 많은 탁발승들께서 널 보고 감탄하신 게 한두 번이 아냐. 아, 싯다르타, 너는 성인이 될 거야."

싯다르타가 말했다.

"벗이여, 난 그렇게 생각하지 않아. 내가 오늘날까지 탁발승들 곁에 머물면서 배운 것들은, 그런 것들은 아, 고빈다, 훨씬 더 빨리 그리고 훨씬 더 수월하게 배울 수 있었을 거야. 창녀들이 있는 시내 술집 어느 곳에 있어도, 벗이여, 아니면 마부들이나 주사위 노름꾼들 가운데 끼어 있었어도 배울 수 있었을 거야."

고빈다가 말했다.

"싯다르타가 나한테 농담을 하네. 어떻게 그런 곳에 있는 비천하기 짝이 없는 자들에게서 명상이며 숨을 멈추는 것이며 배고픔과 고통에 대해 무감각해지는 법을 배울 수가 있다는 거야?"

그러자 싯다르타는 스스로에게 말을 하듯이 나지막이 말했다.

"명상이란 게 도대체 뭘까? 육체에서 벗어난다는 건 또 뭘까? 단식은 뭘까? 숨을 멈춘다는 건 뭘까? 그런 것들은 자아로부터 도망가는 거야. 자아를 지니고 있을 때 갖게 되는 고통에서 잠시 동안 빠져나가는 거지. 그건 삶의 고통과 무의미성을 일시적으로 마비시켜. 그와 똑같이 도피를 하거나 그와 똑같이 잠시 동안 마비된 듯한 상태에 있는 건 여인숙에 있는 소몰이꾼도 할 수 있어. 청주 몇 사발을 들이킨다거나 발효된 야자유를 마시면 돼. 그러면 자기 자신을 더 이상 느끼지 못하지. 잠시 뒤엔 삶의 고통도 더는 느껴지지 않고. 그러다가 결국엔 잠시 동안 마비 상태에 이르는 거야. 그 소몰이꾼은 자신이 마시던 청주 사발 위에 코를 박고 까무룩 잠이 든 상태에서, 싯다르타와 고빈다가 오랜 수행 끝에 자신들의 몸을 벗어날 때 느끼는 것과 똑같은 것을, 곧 무아지경에 머무르는 것을 경험하지. 아, 고빈다, 그런 거야."

고빈다가 말했다.

"아, 벗이여, 말은 그렇게 해도 너는 싯다르타가 소몰이꾼이 아니고, 탁발승 또한 술주정뱅이가 아니라는 것을 잘 알고 있잖아. 물론 주정뱅이는 마비 상태가 되겠지. 잠시 동안 도피를 하고 휴식도 얻을 테고. 하지만 주정꾼은 몽롱한 상태로 있다가 정신이 돌아오면, 모든 게 예전과 똑같다는 것을 발견하지. 또한 그 술주정뱅이는 술에 취하기 전보다 더 현명해지지도 않았고, 많은 깨달음을 얻은 것도 아니고, 수준이 몇 단계 향상된 것도 아니야."

그러자 싯다르타가 빙그레 웃으며 말했다.

"난 그런 건 잘 몰라. 단 한 번도 주정뱅이가 된 적이 없거든. 하지만 나, 싯다르타는 수행과 명상을 할 때, 아주 잠깐 동안 마비된 듯한 기분이 들었다는 걸 잘 알아. 그리고 어머니 배 속에 있는 아기와 꼭 마찬가지로 지혜로움과 해탈에서 아득히 멀리 떨어져 있다는 것도 잘 알고. 아, 고빈다, 난 그러한 사실을 잘 알아."

언젠가 또 한번은 시골 마을에서 동료들과 스승들이 먹을 식량을 구걸하기 위해 고빈다와 함께 숲을 떠났을 때, 싯다르타가 입을 열었다.

"그런데 말이야, 고빈다, 우리가 과연 올바른 길을 가고 있는 걸까? 우리는 깨달음의 경지에 점차 이르고 있는 중일까? 아니면 윤회의 수레바퀴에서 빠져나올 생각을 하고 있었던 우리가, 바로 그런 우리가, 혹시 여전히 계속 그 속에서 뱅글뱅글 맴돌고 있는 건 아닐까?"

고빈다가 말했다.

"싯다르타, 우리는 많은 것을 배웠어. 앞으로도 배울 게 많고. 우리는 윤회의 수레바퀴에서 쳇바퀴처럼 뱅글뱅글 돌고 있는 게 아냐. 우리는 높은 곳을 향해 올라가고 있는 거야. 그 수레바퀴는 나선형으로 되어 있어. 그러니까 우리는 이미 꽤 많은 단계를 넘어선 거야.”

그 말에 싯다르타는 이렇게 대꾸했다.

“우리 탁발승들 중에서 가장 나이가 많고 존경스러운 스승님이 몇 살이나 되셨을 것 같아?”

고빈다가 말했다.

“가장 연로하신 스승님은 예순 살쯤 되셨을 거야.”

싯다르타가 말했다.

“예순 살이 되셨지. 그런데도 아직 열반의 깨달음에 이르지 못하셨어. 그분은 일흔 살이 되시고, 아흔 살이 되시겠지. 그리고 너와 나, 우리 역시도 그분과 똑같이 나이가 들고, 스스로를 수행하고, 금식을 하고, 명상을 하겠지. 하지만 우리는 열반에 오르지 못할 거야. 그분도 그러실 거고 우리도 그럴 거야. 아, 고빈다, 이 세상에 있는 모든 탁발승들 중에 한 사람도, 단 한 사람도 열반하지 못할 것 같아. 우리는 이런저런 위안거리를 발견하고, 여러 가지 방식으로 마비되기도 하고, 우리 스스로를 속이는 여러 가지 기술도 배우지. 하지만 본질적인 것은, 길 중의 길은 발견하지 못할 거야.”

고빈다가 말했다.

“싯다르타, 어떻게 그렇게 무서운 말을 해? 그토록 많은 박식한 남자들 중에서, 그토록 많은 브라만들 중에서, 그토록 많은 엄격하고 존경스러운 탁발승들 중에서, 그토록 많은 구도자들 중에서, 온 마음을 다해 노력하는 그토록 많은 사람들 중에서, 그토록 많은 성인들 중에서 어떻게 단 한 사람도 길 중의 길을 발견하지 못한다는 거야?"

하지만 싯다르타는 슬픔과 조롱을 잔뜩 머금은 목소리로 그리고 나지막하고 다소 슬픔에 잠긴, 그러면서도 약간은 조롱기 섞인 목소리로 말했다.

"고빈다, 네 벗은 곧 탁발승들의 이 좁다란 길을, 너와 함께 그토록 오랫동안 걸어왔던 이 길을 완전히 떠날 거야. 아, 고빈다, 난 갈증에 시달리고 있어. 이 기나긴 탁발승들의 길에서 내 갈증은 조금도 줄어들지 않았어. 난 늘 깨달음을 목마르게 갈망했어. 모든 것이 늘 의문투성이였지. 나는 해마다 브라만들에게 물었어. 해마다 거룩한 여러 베다경*에게도 물었고, 해마다 경건한 탁발승들에게도 물었지. 아, 고빈다, 무소새나 침팬지에게 물었어도 지금과 같은 정도로 훌륭하고, 총명하고, 유익한 사람이 되었을 것 같아. 오랜 시간이 걸렸지만, 아직도 확실하게 다 배우지 못한 게 한 가지 있어. 그건 바로 아, 고빈다, 사람은 아무것도 배울 수 없다는 거야! 우리가 '배운다'라고 일컫는 그것은 실제로는 존재하지 않는 것 같아. 아, 내 벗이여, 오로지 하나의 깨달음만이 존재해. 그건 도처에 존재하지. 그건 바로 아트만이야. 아트만은 내 안에, 네 안에 그리고 모든 존재물에 내재하지. 그래서 난 이렇게 믿게 되었어. 이러한 깨달음의 최대

---

*베다경 : 인도 브라만교 사상의 근본 성전이며 가장 오래된 경전. 기원전 2000년부터 기원전 1100년에 이루어졌으며, 인도의 종교와 철학과 문학의 근원을 이루는 경전으로 리그베다, 야주르베다, 사마베다, 아타르베다의 네 가지가 있다.

적, 끔찍하고 사악한 그 적은 바로 알고자 하는 것, 곧 배우는 것이라고 말이야."

그 말에 고빈다는 길 위에 우뚝 멈추어 섰다. 그러고는 두 손을 들고 이렇게 말했다.

"싯다르타, 그런 말로 네 벗을 불안하게 만들지 마! 네가 하는 말 한 마디 한 마디는 내 가슴속에 불안감을 불러일으키고 있어! 지금부터 내가 하는 말에 대해 생각 좀 해 봐. 네 말대로 배움이라는 것이 존재하지 않는다면, 브라만 계급의 존경할 만한 점은 어떻게 되는 것이며, 탁발승들의 거룩함은 또 어떻게 되는 거야? 아, 싯다르타, 그렇다면 이 세상의 거룩한 것, 가치 있는 것 그리고 존경할 만한 것에서는 무엇이 비롯된다는 거야?"

그렇게 말한 뒤, 고빈다는 시 한 구절을 중얼중얼 읊조렸다. 그건 바로 우파니샤드에 실린 시구였다.

"맑게 정화된 정신으로 깊이 사색하며 아트만 속에 푹 잠긴 자,
그의 가슴속은 이루 말할 수 없이 행복하느니라."

하지만 싯다르타는 아무 말이 없었다. 그는 고빈다가 자신에게 한 말들을 생각했다. 그는 그 말들에 대해 더 이상 생각할 수 없을 때까지 생각했다.

그는 고개를 숙이고 선 채로 생각했다.

'그래, 우리에게 거룩하게 보였던 모든 것들 중에서 과연 어떤 것이 여전히 남게 될까? 아직도 남아 있는 것은 무엇일까? 과연 어떤 것이 거룩한 것으로 입증될까?'

그는 고개를 절레절레 흔들었다.

두 젊은이들이 탁발승들과 함께 지내면서 수행을 한 지 3년 정도 지났을 무렵의 어느 날, 그들은 이런저런 경로를 통해 하나의 소식을, 소문을, 풍문을 듣게 되었다. '고타마'라고 불리는 한 남자가 나타났다는 것이었다. 그런데 그 숭고한 자인 붓다는 자신의 내면에서 이 세상의 고통을 완전히 극복하고 윤회의 수레바퀴를 멈추게 했다고 했다. 그는 젊은이들에게 둘러싸인 채 가르침을 설법하면서 나라 안을 두루 돌아다닌다고 했다. 또한 그는 가진 것도 없고, 고향도 없고, 아내 역시 없고, 고행자들이 입는 노란색 가사를 두르고 있었지만, 이마가 밝고 환하게 빛났으며, 이 세상의 모든 불행에서 영원히 벗어나서 천상의 환희와 기쁨을 느끼는 사람으로, 브라만들과 제후들이 그의 앞에서 허리 숙여 인사를 하고는 그의 제자가 되려고 한다는 것이었다.

이러한 풍문이, 이러한 소문이, 동화와도 같은 이러한 이야기가 이곳저곳에서 마치 음향처럼 들려오고, 향기가 피어오르듯 떠돌았다. 여러 도시에서는 브라만들이, 숲 속에서는 탁발승들이 그에 대한 이야기를 했다. 고타마라는 이름이, 붓다라는 이름이 그 젊은이들의 귓가에 수도 없이 되풀이해서 들려왔다. 좋게 말할 때도 있었고, 나쁘게 말할 때도 있었고, 칭송할 때도 있었고, 험담을 할 때도 있었다.

마치 어떤 지방에 흑사병이 돌면, 말과 입김만으로도 그 전염병에 걸린 사람들을 모두 고칠 수 있는 한 남자가, 현자이면서 모든 것을 환히 알고 있는 그 남자가 이곳저곳을 다닌다는 소문이 떠돌게 되고, 그렇게 되면 그 소문이 온 나라에 쫙 퍼지고,

사람들은 너나 할 것 없이 모두 그 이야기를 하게 되고, 많은 사람들이 그 이야기를 믿고, 많은 사람들이 의심하고, 하지만 많은 사람들이 그 현자를, 도움을 주는 그 사람을 찾아 곧바로 길을 떠나는 것과 마찬가지로 나라 안 방방곡곡에 그 이야기가, 고타마에 대한, 붓다에 대한, 사카족* 출신의 그 현인에 대한 향기 나는 이야기가 쫙 번져 나갔다.

그를 따르는 신자들에 따르면, 그는 최고의 깨달음을 얻었고, 자신의 전생을 기억하며, 열반에 이르렀기 때문에 윤회의 수레바퀴 속에서 더 이상 빙빙 돌아가지 않고, 여러 모습으로 이어지는 혼탁하고 조류가 심한 큰 강물에 두 번 다시 가라앉지 않는다고 했다. 사람들은 또한 그가 기적을 행하고, 악마를 물리치고, 여러 신들과 이야기도 나눴다고 했다. 하지만 그의 적대자들과 그를 의심의 눈초리로 바라보는 사람들은 이 고타마라는 사람은 허황된 말로 사람들을 유혹하는 자이며, 하루하루를 호사스럽게 살고, 제사를 경멸하고, 박식하지도 않고, 수행도 금식도 모른다고 했다.

붓다에 대한 이야기는 달콤하게 들렸다. 붓다에 대한 여러 이야기에서는 마법과도 같은 향기가 몰씬몰씬 풍겨 왔다. 이 세상은 그야말로 병들어 있었고, 삶을 살아 내기란 참으로 어려웠다. 그런데 보라. 붓다를 이야기하는 이곳에서는 한 줄기 샘물

*사카족 : 인도에 사는 종족의 하나. 중앙아시아의 유목 민족인 스키타이족 가운데 기원전 2세기 후반에 남하하여 인도에 정주한 종족으로, 서북부 인도에 여러 왕국을 건설했다.

이 퐁퐁 솟아 나오는 것 같았다. 이곳에서는 전령이 한 차례 외치는 소리가 울려 퍼지는 것 같았다. 그 외침 소리는 사람들 마음을 한없이 위로해 주고, 부드럽고 고귀한 약속들로 가득 차 있는 것 같았다.

붓다에 대한 소문이 퍼진 곳이면 어디에서나 그리고 인도 방방곳곳에서 젊은이들은 정신을 집중해 귀를 기울였고, 동경을 느꼈고, 희망을 느꼈다. 또한 도시와 시골 마을에서 사는 브라만들의 아들들은 그에 대한, 세존* 석가모니에 대한 소식을 전해 주기만 하면, 소식을 전해 준 사람이 순례자이건 처음 보는 나그네이건 가리지 않고 환영했다.

숲 속에 있던 탁발승들에게도, 싯다르타에게도, 고빈다에게도 그 이야기는 마치 물방울이 한 방울 한 방울 똑똑 떨어지듯이 서서히 들려왔다. 물방울 한 방울 한 방울마다 희망이 가득했고, 의혹 또한 가득했다. 그들은 그에 대한 이야기는 거의 하지 않았다. 왜냐하면 가장 나이 많은 탁발승이 그 풍문을 탐탁지 않게 여겼기 때문이다. 그 탁발승은 스스로를 붓다라고 일컫는 그 자가 과거에는 고행을 하며 숲 속에서 살았지만, 다시금 호사스러운 생활을 하면서 세속의 쾌락을 좇는다는 말을 듣고는 그 고타마란 자를 아주 하찮은 인간으로 여겼다.

어느 날, 고빈다가 자신의 친구에게 말했다.

"아, 싯다르타, 오늘 마을에 갔었어. 그런데 한 브라만이 나

*세존 : 석가모니의 다른 이름. 세상에서 가장 존귀한 존재라는 뜻을 지닌다.

를 자기 집으로 초대하더라. 그 집에는 마가다국*에서 온 한 브라만 자제가 있었어. 그는 두 눈으로 붓다를 직접 보고 붓다가 펼치는 설법도 들었다고 했어. 그런 이야기를 듣고 있자니 숨을 쉬는데 가슴이 아리더라. 이런 생각이 들었지. '나도, 아니 너와 나, 우리 둘이, 싯다르타와 내가 흠잡을 데 없이 완벽한 그분의 입에서 나오는 가르침을 직접 듣는다면 정말 좋겠다!' 하고 말이야. 벗이여, 말해 봐. 우리도 그리로 가서 붓다의 입에서 나오는 설법을 듣지 않을래?"

싯다르타가 말했다.

"아, 고빈다, 난 고빈다가 탁발승들 곁에 머물 것이라고 항상 믿었어. 또 고빈다는 예순이나 일흔 살이 되어도 줄기차게 여러 기술과 수행 —탁발승들은 그런 능력이 탁월하지.— 을 쌓는 것을 목표로 삼을 것이라고 늘 생각했어. 하지만 이런! 내가 고빈다를 너무 몰랐네. 고빈다의 마음을 너무 몰랐던 거야. 그러니까 이제 너는, 가장 믿음직스러운 내 벗은 새로운 좁은 길로 접어들어 붓다가 설법을 펼치는 곳으로 가고 싶은 거구나."

고빈다가 말했다.

"넌 비웃는 걸 참 좋아하는구나. 싯다르타, 그럼 한번 맘껏 조롱해 보든가! 하지만 네 마음속에도 그 가르침을 듣고 싶다는 갈망이나 욕구가 생기지 않았어? 언젠가 너는 조만간 탁발승의 길을 갈 거라고 내게 말한 적이 있지 않았던가?"

*마가다국 : 기원전 6세기에서 기원전 1세기에 인도의 갠지스 강 중류에 있었던 고대 왕국.

싯다르타는 여느 때처럼 소리 내어 웃었다. 그 웃음소리에는 슬픔과 조롱의 그림자가 조금씩 담겨 있었다.

싯다르타가 말했다.

"그래, 고빈다, 네 말이 맞아. 잘 기억하고 있네. 내가 한 다른 말도 아마 기억날 거야. 나는 가르침이나 배운다는 것에 대한 의혹을 품고 있고, 그 두 가지에 질렸으며 스승님들께서 우리에게 들려주신 말씀도 난 별로 믿지 않는다고 한 말 말이야. 하지만 어쨌거나 좋아. 벗이여, 나는 그 가르침을 들을 준비가 되어 있어. 우리는 그 가르침의 가장 훌륭한 열매를 이미 맛보았다는 게 가슴속으로는 느껴지지만 말이야."

고빈다가 말했다.

"마음의 준비가 되어 있다니 기뻐. 하지만 어떻게 그런 걸 느끼게 된 건지 말 좀 해 봐. 우리는 아직 고타마의 설법을 듣지도 않았는데, 어떻게 그 가르침의 훌륭한 열매 맛을 볼 수 있다는 거야?"

싯다르타가 말했다.

"아, 고빈다, 우리, 이 과일을 먹자구. 앞으로 일어날 일은 그저 기다리자! 하지만 이 열매는 —다 고타마 덕분이지.— 고타마가 우리에게 탁발승들 곁을 떠나 자신에게 오라고 부르는 거, 바로 그거지. 아, 벗이여, 고타마가 우리에게 더 좋은 어떤 것을 줄 수 있을지 어떨지는 그저 조용한 마음으로 기다려 보자."

바로 그날, 싯다르타는 탁발승들 중 가장 나이가 많은 탁발승에게 스승님 곁을 떠나겠다는 결심을 알렸다. 싯다르타는 젊은 제자가 마땅히 갖추어야 할 예의와 겸손한 태도로 그 사실을 알렸다. 하지만 그 탁발승은 두 젊은이가 자신을 떠나려고 한다는 사실에 대해 불같이 화를 내며 언성을 높였다. 그러고는 험한 욕설을 퍼부어 댔다.

고빈다는 소스라치게 놀라며 당황했다. 하지만 싯다르타는 고빈다의 귓가에 입을 대고 속삭였다.

"이제 저 노인에게 내가 노인에게서 배운 게 있다는 것을 보여 줘야겠어."

싯다르타는 그 탁발승 앞으로 가까이 가서 정신을 집중한 다음, 자신의 두 눈으로 노인의 시선을 제압했다. 그러고는 아무 말도 하지 못하게 만들고, 아무런 의지도 갖지 못하게 만들어 그를 자신의 의지에 굴복시키고, 자신이 요구하는 것을 아무 소리 없이 그대로 하도록 명령했다. 노인은 한마디도 못한 채 꿀 먹은 벙어리가 되었고, 눈빛은 완전히 굳어 버렸고, 의지는 마비되었고, 두 팔은 축 늘어졌다. 노인은 싯다르타의 마법과도 같은 힘에 속수무책으로 굴복당했다.

싯다르타의 사고는 그 탁발승을 완전히 장악했다. 그 탁발승은 그들이 명령하는 대로 따를 수밖에 없었다. 그리하여 노인은 몇 번이나 허리를 숙여 인사를 하고, 축복을 내려 주는 몸짓을 하고는 부디 여행을 잘하라고 경건한 목소리로 더듬더듬 말했다. 젊은이들은 노인에게 감사의 말을 전하며 허리 숙여 인사를 했다. 그러고는 노인에게 행운을 빌고 작별 인사를 한 다음, 그곳을 떠났다.

길을 가던 도중에 고빈다가 말했다.

"아, 싯다르타, 넌 내가 생각했던 것보다 탁발승들에게서 훨씬 더 많은 걸 배웠구나. 연로하신 탁발승에게 마법의 힘을 행사하는 건 어려운 일인데. 정말 어려운 일이지. 네가 탁발승들 곁에 계속 머물렀다면, 너는 물 위를 걷는 것도 금방 배웠을 거야. 정말 그랬을 거야."

싯다르타가 말했다.

"물 위를 걷고 싶은 마음, 난 조금도 없어. 늙은 탁발승들이나 그런 재주에 뿌듯해하라지."

고타마

사위성*에서는 심지어 어린아이들조차도 그 숭고한 사람, 곧 붓다의 이름을 모두 알고 있었다. 그리고 어느 집이나 할 것 없이 음식을 준비해 놓았다가 말없이 구걸하는 고타마의 제자들의 탁발 그릇에 가득 채워 주었다. 그 도시 근처에는 고타마가 가장 머무르기 좋아하는 기원정사*가 있었다. 이 절은 대형 상점을 갖고 있는 부유한 상인이자 온몸과 온 마음을 다해 그 숭고한 분을 존경한 수달 장자가 그분과 그분의 제자들에게 희사한 것이었다.

---

*사위성 : 산스크리트 어로는 '슈라바스티'라고 한다. 석가 시대 갠지스 강 유역의 강국이었던 코살라국의 수도였다. 금강경에 따르면 성에서 1킬로미 정도 떨어진 곳에 석가모니가 머물렀던 기원정사가 있었다고 전해진다. 오늘날 인도 아우드 주에 해당한다.

*기원정사 : 인도 중부 마가다 사위성 남쪽의 기수급고독원에 있는 절. 석가모니와 그 제자들이 설법하고 수도할 수 있도록 수달 장자가 세웠다.

두 젊은 고행자가 고타마가 머무는 곳을 찾아가는 도중에 듣게 된 이런저런 이야기들과 그들이 질문을 던졌을 때 얻게 된 답변들은 한결같이 모두 그 지역에 대한 것들이었다. 사위성에 도착한 그들이 첫 번째 집 문 앞에서 구걸하며 서 있자, 그 집 부인은 곧바로 음식을 건넸다. 그들은 음식을 받았다.

싯다르타는 그들에게 음식을 건네는 부인에게 물었다.

"자비심이 많은 부인이여, 저희는 붓다가, 지극히 존경스러운 그분이 어느 곳에 계시는지 진심으로 알고 싶습니다. 저희는 흠잡을 데 없이 완벽한 그분을 직접 만나 뵙고 그분의 입에서 나오는 가르침을 듣기 위해 숲에서 온 탁발승들입니다."

부인이 말했다.

"숲에서 오신 탁발승들이여, 이곳에 아주 잘 오셨어요. 세존께서는 아나타핀디카*의 정원인 기원정사에 머물고 계십니다. 순례자들이여, 그곳에서 밤을 보내실 수 있을 겁니다. 그분의 설법을 듣기 위해 떼 지어 밀려오는 수많은 사람들이 밤을 보낼 자리가 충분하거든요."

그 말을 들은 고빈다는 기뻐했다.

기쁨에 넘치는 목소리로 고빈다가 외쳤다.

"잘됐네. 목적지에 도달했어. 여행은 끝난 거야! 하지만 순례자들의 어머니시여, 말씀해 주세요. 그분을 아시나요? 붓다를요. 직접 뵌 적이 있으신가요?"

---

*아나타핀디카 : 수달 장자를 뜻한다.

부인이 말했다.

"저는 그분을, 세존을 여러 차례 만나 뵈었어요. 저는 그분이 노란 가사를 두르고 말없이 이 골목 저 골목을 다니시는 모습을 여러 날 동안 보았어요. 이 집 저 집 대문 앞에서 말없이 당신의 탁발 그릇을 내미시는 모습도 보고, 음식이 가득 찬 탁발 그릇을 들고 그곳을 떠나시는 모습도 여러 날에 걸쳐 보았지요."

고빈다는 기쁨에 들떠 귀를 기울인 채 더 많은 것을 묻고 그에 대한 답변을 듣고 싶어 했다. 하지만 싯다르타는 가던 길을 계속 가자고 다그쳤다. 그들은 감사의 말을 하고 길을 떠났다. 그들은 길을 물어볼 필요도 거의 없었다. 적지 않은 순례자들과 이미 고타마를 따르고 있는 승려들이 기원정사를 향해 걸어가고 있었기 때문이었다. 밤이 되어서야 그들은 그곳에 이르렀다. 사람들은 끊임없이 그곳에 도착했다. 사람들이 숙소를 구하고 배정 받는 과정에서 고함을 지르고 말을 하는 소리가 들려왔다. 숲 속 생활에 익숙한 그 두 탁발승들은 남들 눈에 띄지 않게 재빨리 몸을 피할 곳을 찾았다. 그들은 아침이 될 때까지 그곳에서 휴식을 취했다.

동이 틀 무렵, 그들은 수많은 인파가, 곧 신자들과 호기심에 가득 찬 수많은 사람들이 그곳에서 밤을 보낸 것을 알고는 소스라치게 놀랐다. 이루 말할 수 없이 아름다운 작은 숲 속에 난 모든 길에서는 노란 가사를 두른 승려들이 거닐거나 나무 밑 이곳 저곳에 앉아 명상을 하거나 종교적인 대화를 나누고 있었다. 그늘이 드리워진 여러 정원에는 사람들이 벌들처럼 북적거리고 있었는데, 그곳은 마치 하나의 도시와도 같아 보였다. 대부분의 승려들은 그 도시에서 하루 중 유일하게 먹는 점심 식사를 얻기 위해 바리때*를 들고 길을 나섰다. 깨달음을 얻은 붓다조차도 아침이면 으레 몸소 탁발을 하러 나가곤 했다.

싯다르타는 그를 보았다. 마치 어떤 한 신이 싯다르타에게 그를 가리켜 주기라도 한 듯이 싯다르타는 그를 곧바로 알아보았다. 싯다르타는 그가, 노란색 가사를 두른 한 소탈하고 수수한 남자가 바리때를 손에 들고 조용히 발걸음을 옮기는 모습을 바라보았다.

싯다르타가 고빈다에게 나지막이 말했다.

"여기 좀 봐! 여기 계신 이분이 붓다야."

고빈다는 노란색 가사를 입고 있는 그 승려를 주의 깊게 바라보았다. 그는 수백 명의 다른 승려들과 다른 점이 하나도 없어 보였다. 고빈다 역시 그 승려가 바로 그분이라는 것을 곧바로 알아차렸다. 싯다르타와 고빈다는 그를 뒤따라갔다. 그러고는 그를 관찰했다.

붓다는 소박한 표정으로 생각에 잠긴 채 자신의 길을 걷고 있었다. 그의 고요한 얼굴은 기쁘지도, 슬프지도 않은 듯이 보였지만, 내면을 향해 조용히 웃음 짓고 있는 듯했다. 붓다는 가슴속에 숨겨진 미소를 지으며 조용히 그리고 유유히, 건강한 어린아이처럼 발걸음을 옮겼다. 그는 법복을 걸치고 자신을 따르는

---

*바리때 : 절에서 쓰는 승려의 공양 그릇.

승려들과 마찬가지로 정해진 계율에 따라 한 발 한 발 걸음을 옮겼다. 하지만 그의 얼굴과 걸음걸이, 차분히 내리깐 시선, 조용히 늘어뜨린 손 그리고 역시 조용히 늘어뜨린 열 손가락, 그 모든 것들은 평화를 말하고 있었고, 완전무결을 말하고 있었다. 또한 그 모든 것들은 그 어떤 것을 추구하지도 않았고, 그 어떤 것을 모방하지도 않았으며, 결코 사라져 버릴 것 같지 않은 평안함 속에서, 결코 꺼져 버릴 것 같지 않은 빛 속에서, 그 누구도 침해할 수 없는 평화 속에서 살포시 숨 쉬고 있었다.

고타마는 그런 모습을 하고 탁발을 하기 위해 시내를 향해 발걸음을 옮기고 있었다. 두 탁발승은 고타마에게서 풍겨져 나오는 흠잡을 데 없이 완벽한 평정함과 고요한 모습만 보고도 그를 알아볼 수 있었다. 그러한 모습에서는 어떤 식의 추구도, 의도도, 모방도, 노력도 엿볼 수 없었고, 오로지 빛과 평화만이 감돌았다.

고빈다가 말했다.

"오늘 우리는 저분의 입에서 나오는 가르침을 듣게 되겠구나."

싯다르타는 아무런 대꾸도 하지 않았다. 그는 고타마의 설법에 별로 호기심이 일지 않았다. 또한 그는 그 가르침이 자신에게 새로운 것을 알게 해 줄 것이라고 믿지도 않았다. 고빈다와 마찬가지로 비록 두세 다리 건너서 전해 들은 것이기는 하지만, 그는 붓다가 펼치는 설법 내용을 이미 여러 차례 들었던 것이다. 하지만 그는 고타마의 머리를, 그의 양 어깨를, 그의 두 발을, 가만히 늘어뜨린 그의 한 손을 주의 깊게 바라보았다. 싯다르타의 눈에는 그 손의 한 마디 한 마디가 마치 하나의 가르침처럼 보였다. 손가락 한 마디 한 마디는 진리를 말하고, 진리를 들이마시고, 진리의 향내를 내뿜고, 진리를 빛내 주는 것 같았다. 이 남자, 이 붓다는 새끼손가락의 움직임까지도 진실된 분이었다. 이 분은 거룩한 분이었다. 싯다르타는 지금껏 이분만큼 존경한 사람도, 사랑한 사람도 없었다.

두 사람은 붓다를 따라 시내까지 갔다. 그러고는 입을 굳게 다문 채 돌아왔다. 그날은 식사를 거를 생각이었기 때문이다. 그들은 고타마가 다시 돌아오는 모습과 자신의 제자들에 둘러싸인 채 식사를 하는 모습을 보았다. 고타마가 먹은 식사량은 새 한 마리의 배도 채울 수 없을 것 같았다. 그들은 또한 고타마가 망고나무들이 드리운 그늘 속으로 돌아가는 것도 보았다.

하지만 저녁 무렵, 열기가 한풀 꺾이고 사람들의 잠자리에 활기가 넘치면서 사람들이 모두 모이자, 싯다르타와 고타마는 붓다가 설법을 펼치는 것을 들었다. 그들은 붓다의 목소리를 들었다. 그 목소리 또한 완벽했고, 이루 말할 수 없이 평온했으며, 평화가 가득했다. 고타마는 괴로움에 대해, 괴로움의 유래에 대해 그리고 괴로움에서 벗어나는 방법에 대해 설법을 펼쳤다. 고타마의 고요한 설법은 평온하고 명료하게 그리고 막힘없이 이어졌다. 삶이란 괴로움이고, 이 세상은 고통으로 가득 차 있지만, 고통에서 벗어나 해탈하는 방법을 찾아냈으며, 붓다의 길을 가는 사람은 번뇌에서 해탈하게 된다는 내용이었다.

세존은 부드럽지만 단호한 목소리로 말했다. 그는 사성제(四聖諦)*와 팔정도(八正道)*를 가르치고, 늘 그렇듯이 인내심을 가지고 여러 가지 예를 들어 되풀이해 가르쳤다. 그의 목소리는 가르침을 듣고 있는 사람들 위에서 한 줄기 빛처럼, 별들이 총총 떠서 환해진 밤하늘처럼 떠다녔다.

붓다가 설법을 마치자 —이미 밤이 되었다.— 꽤 많은 순례자들이 앞으로 걸어 나와 교단에 들어가게 해 달라고 요청했다. 그리고 그들은 붓다의 가르침에 귀의했다. 고타마는 "너희는 나의 가르침을 잘 들었다. 나의 가르침이 제대로 전해졌구나. 이제 이리로 와서 모든 번뇌를 끝내고 거룩함 속에서 거닐도록 하거라." 하고 말하면서 그들을 받아들였다.

붓다의 말이 끝나자, 수줍음을 잘 타던 고빈다도 앞으로 나아가 이렇게 말했다.

"저도 세존과 세존의 가르침에 귀의합니다."

고타마는 제자로 받아 달라고 요청했다. 그리고 그는 제자로

---

*사성제 : 인도 바라나시 근처의 녹야원에서 석가모니가 최초의 설법에서 가르친 교리로, 고집멸도(苦集滅道)를 뜻한다. 고집멸도는 불교의 근본 원리인 사제의 첫 글자를 따서 이르는 말로 '고'는 생로병사의 괴로움, '집'은 '고'의 원인이 되는 번뇌의 모임, '멸'은 번뇌를 없앤 깨달음의 경계, '도'는 그 깨달음의 경계에 도달한 수행을 의미한다.

*팔정도 : 사성제의 네 번째 진리인 '도' 해당하며, 사성제와 함께 불교의 가르침 전체를 총괄한다. 유물론자들의 감각적 쾌락과 고행주의자들의 고행이라는 양극단을 떠난 길을 제시하므로 중도(中道)라고도 한다. 팔정도의 고귀한 길을 따르는 사람은 인간 존재의 본질적 부분인 괴로움으로부터 자유로워져 궁극적으로는 열반, 곧 깨달음에 이르게 된다.

받아들여졌다.

붓다가 잠을 자기 위해 자리를 뜨기 무섭게 고타마는 싯다르타에게 몸을 돌려 열띤 목소리로 이렇게 말했다.

"싯다르타, 너를 비난할 생각은 없어. 우리 둘 다 세존의 말씀을 들었어. 우리 둘 다 설법을 들었지. 고빈다는 가르침을 들었어. 고빈다는 그 가르침에 귀의했어. 그런데 너, 존경스러운 벗은 해탈의 길을 가고 싶지 않은 거야? 망설이는 거야? 아직도 기다리는 거야?"

싯다르타는 고빈다의 말을 듣자, 마치 잠에서 깨어나는 것 같은 기분이 들었다. 싯다르타는 오랫동안 고빈다의 얼굴을 바라보았다.

싯다르타가 조롱기 없는 목소리로 나지막이 말했다.

"고빈다, 내 벗이여, 너는 이제 발걸음을 내디뎠어. 길을 선택한 거야. 아, 고빈다, 넌 언제나 내 친구였지. 언제나 내 뒤에서 한 걸음 한 걸음 따라왔지. 난 이런 생각이 들 때가 많았어. 고빈다 역시 언젠가는 나 없이, 혼자서, 자신의 생각에 따라 발걸음을 내딛겠지, 하고 말이야. 봐, 넌 이제 한 명의 남자가 되어 스스로 네 길을 선택한 거야. 아, 내 벗이여, 끝까지 그 길을 가기 바라! 해탈하기 바라!"

싯다르타의 말을 완전히 이해하지 못한 고빈다는 초조한 목소리로 자신이 던진 질문을 되풀이했다.

"벗이여, 제발 말 좀 해 봐! 박학다식한 내 벗인 네가 어떻게 숭고하신 붓다께 귀의하지 않을 수 있는지 말해 줘!"

싯다르타는 고빈다의 어깨에 손을 얹었다.

그러고는 이렇게 말했다.

"아, 고빈다, 너는 내가 축원해 준 말을 흘려들었구나. 다시 한 번 말해 줄게. 이 길을 끝까지 가기 바라! 해탈에 이르기 바라!"

그 순간 고빈다는 벗이 자신을 떠났다는 것을 알아차렸다. 그래서 그는 그만 울음을 터뜨렸다.

고빈다가 탄식하는 듯한 목소리로 외쳤다.

"싯다르타!"

싯다르타는 고빈다에게 다정한 목소리로 말했다.

"고빈다, 이제 너는 붓다의 사문이 되었다는 사실을 잊지 마! 너는 고향과 부모님을 버렸어. 신분과 재산도 버렸고, 네 자신의 의지도 버렸고, 우정도 버렸어. 그 가르침이 그렇게 되기를 바라지. 세존 역시 그렇고. 너 스스로도 그렇게 되기를 바랐잖아. 아, 고빈다, 내일 나는 네 곁을 떠날 거야."

두 친구는 오랫동안 작은 숲 속을 거닐었다. 그런 다음 오랫동안 누워 있었지만, 좀처럼 잠을 이루지 못했다. 고빈다는 벗에게 왜 고타마의 가르침에 귀의하고 싶지 않은지, 또한 이 가르침에서 어떤 문제점을 발견했는지를 말해 달라고 자꾸만 졸랐다. 하지만 싯다르타는 대답하고 싶지 않다고 매번 단호하게 말했다.

그는 이렇게 말했다.

"고빈다, 이제 그만 만족해! 세존의 가르침은 굉장히 훌륭해.

내가 어떻게 그분의 가르침에서 결점을 찾아낼 수가 있겠어?"

이튿날 동이 트기가 무섭게 가장 나이가 많은 승려들 중 하나인 붓다의 제자가 정원을 두루 돌아다니며 그 가르침에 새로이 귀의한 사람들을 모두 불러 모은 뒤, 노란색 가사를 입혀 주고, 그들의 신분에 어울리는 몇 가지 기초적인 가르침과 의무를 일러 주었다. 고빈다는 무리에서 빠져나와 청소년 시절의 친구를 다시 한 번 껴안은 다음, 행자승들의 행렬에 합류했다.

하지만 싯다르타는 사색에 잠긴 채 작은 숲 속을 이리저리 거닐었다. 그리고 세존 고타마와 마주치게 되었다. 싯다르타는 고타마에게 경외하는 마음으로 인사를 했다. 붓다의 눈길엔 자비심과 평온함이 가득했다. 싯다르타는 붓다를 보자, 용기를 내어 세존에게 말씀을 올리게 해 주십사고 말했다. 세존은 허락의 표시로 말없이 고개를 끄덕였다.

싯다르타가 말했다.

"아, 세존이시여, 어제 세존의 놀라운 설법을 듣게 되었습니다. 저는 세존의 가르침을 듣기 위해 제 벗과 함께 먼 곳에서 왔습니다. 그런데 이제 제 벗은 세존의 가르침에 귀의해 세존 곁에 머물 것입니다. 하지만 저는 새로이 순례길을 떠나고자 합니다."

세존이 공손한 목소리로 말했다.

"그렇게 하시지요."

싯다르타가 말을 이었다.

"심히 외람스러우나 세존께 제 생각을 솔직하게 말씀드리지 않고서는 저는 세존 곁을 떠날 수 없습니다. 잠시 동안만이라도 제 말씀을 들어 주실 수 있으신지요?"

붓다는 허락의 표시로 말없이 고개를 끄덕였다.

싯다르타가 말했다.

"지극히 존귀하신 분이시여, 저는 세존의 가르침 중에서 특히 감탄해 마지않았던 점이 한 가지 있었습니다. 세존의 가르침은 모든 것이 그야말로 완벽하게 명료하고, 진실로 입증되었지요. 세존께서는 세계를 하나의 완전하고 그 어느 곳에서도 절대로 끊기지 않는 사슬로, 인과관계로 이어진 영원한 사슬로 설명하십니다. 이러한 사실이 그토록 명료하게, 그토록 반박의 여지가 없이 표현된 적은 지금껏 한 번도 없었지요. 모든 브라만들이 세존의 가르침을 통해 이 세계를 완벽하게 서로 연관되어 있는 하나의 맥락 관계로 본다면, 한 치의 틈도 없이 촘촘하고, 수정처럼 투명하고, 우연의 지배를 일절 받지 않고, 신들의 지배 역시 받지 않는 하나의 맥락 관계로 본다면, 가슴속 심장이 틀림없이 한층 더 쿵쾅쿵쾅 뛸 것입니다. 이 세상이 선한지 아니면 악한지, 하는 문제나 이 세상에서 사는 삶이 괴로움인지 아니면 기쁨인지, 하는 문제는 제쳐 두기로 하지요. 그런 문제는 본질적인 것이 아닐지도 모릅니다. 하지만 이 세상은 단일성*을 이루고 있고, 모든 사건들은 서로 연관되어 있으며, 크고 작은 모든 것들은 똑같은 흐름에, 똑같은 하나의 인과 법칙에, 곧 변화되고

*단일성 : 다른 것이 섞여 있지 않고 단 하나로 되어 있는 성질.

소멸되는 그 법칙의 지배를 받는다는 것, 이러한 것이, 아, 완전한 경지에 이르신 분이시여, 세존의 숭고한 가르침에서 밝게 빛나고 있습니다. 하지만 세존의 가르침에 따르면, 만물의 단일성과 일관성은 그럼에도 불구하고 어떤 한 지점에서 중단됩니다. 하나의 작은 틈새로 왠지 낯선 것, 뭔가 새로운 것, 예전에는 없었고 현재로는 보여질 수도, 입증될 수도 없는, 단일성으로 이루어진 어떤 것이 이 세상에 흘러들어오지요. 그것은 바로 이 세상을 극복하는 것, 곧 해탈에 대한 세존의 가르침입니다. 하지만 그 작은 틈새 때문에, 그 틈새로 뚫고 들어오는 움직임 때문에 영원하고 단일성을 지니는 세계 법칙 전체가 다시금 파괴되고 없어져 버리고 말지요. 제가 이런 식으로 반론을 펴는 것을 부디 용서해 주시기 바랍니다."

고타마는 미동도 없이 싯다르타가 하는 말을 조용히 귀 기울여 들었다.

고타마는, 완전한 경지에 이른 자는 자비롭고 공손하며 낭랑한 목소리로 말했다.

"브라만의 아들이여, 내 가르침을 들었군요. 그 가르침에 대해 깊이 생각했다니 복을 받을 겁니다. 그대는 내 가르침에서 하나의 틈새를, 결점을 찾아냈군요. 그것에 대해 계속 골똘히 생각해 보기 바랍니다. 지식욕이 넘치는 그대여, 사람들의 무수한 의견들과 언쟁을 주의하시기 바랍니다. 사람들의 이런저런 생각들은 조금도 중요하지 않습니다. 그런 의견들은 아름다울 수도 있고 추악할 수도 있지요. 총기가 넘치거나 어리석을 수도 있고요. 그런 의견들은 누구나 따를 수도 있고, 비난할 수도 있습니다. 하지만 그대가 내게서 들은 그 가르침은 나의 의견이 아닙니다. 그리고 그 가르침의 목표는 지식욕이 넘치는 사람들을 위해 이 세계를 설명하는 것도 아닙니다. 그 가르침의 목표는 괴로움에서 해탈하는 것입니다. 이것이 바로 고타마가 가르치는 것입니다. 고타마는 그 이외의 것은 가르치지 않습니다."

젊은이가 말했다.

"아, 세존이시여, 부디 노여워하지 마시기 바랍니다. 세존과 다투기 위해서, 말다툼을 하려고 제가 그런 말씀을 드린 것은 아닙니다. 뭇사람들의 생각과 의견이 별로 중요하지 않다는 세존의 말씀은 전적으로 옳습니다. 하지만 한 가지만 더 말씀드리겠습니다. 저는 단 한순간도 세존을 의심하지 않았습니다. 단 한 순간도 저는 세존께서 붓다라는 사실을 의심하지 않았습니다. 또한 세존께서 목표에, 수많은 브라만들과 그들의 자식들이 여전히 도달하려고 애쓰는 그 최고의 목표에 도달하셨다는 사실 역시 저는 한순간도 의심하지 않았습니다. 세존께서는 죽음에서 해탈하는 법을 찾아내셨습니다. 그러한 해탈을 자신만의 방법으로 추구하는 과정을 통해, 곧 사색하고 명상하고 인식하고 섬광같이 퍼뜩 깨닫는 과정을 통해 자신만의 길을 감으로써 이루게 되셨지요. 어떤 가르침을 통해서 해탈하신 것은 아니지요! 또한 —아, 세존이시여, 제 생각입니다만— 어느 누구도 가르침을 통해 해탈하지는 못합니다! 아, 더할 나위 없이 존경하는 분이시여, 세존께서는 해탈에 이르신 순간에 세존께 일어난 어떤 일들을 그 누구에게도 말이나 가르침으로 전하실 수도, 말씀하실 수도 없을 것입니다! 깨달음을 이루신 붓다의 가르침은 많은 것을 담고 있습니다. 그 가르침은 많은 사람들에게 바르게 살고 나쁜 짓을 피하라고 이르지요. 하지만 그토록 명료하고 그토록 존귀한 그 가르침에는 한 가지가 결여되어 있습니다. 그 가르침에는 세존께서, 수십 만 명 중 오로지 세존 한 분께서만 몸소 체험하신 것에 대한 비밀이 빠져 있지요. 바로 이 점이 제가 세존의 설법을 들으면서 생각하고 깨달은 바입니다. 또한 바로 이 점이 제가 이곳저곳을 계속 돌아다니려 하는 이유입니다. 하지만 또 하나의 다른, 더 나은 가르침을 찾기 위해서는 아닙니다. 그러한 것은 없다는 것을 잘 알고 있기 때문이지요. 제가 편력의 길을 떠나는 것은 모든 스승님들과 모든 가르침을 떠나 오로지 저 혼자서 제 목표에 도달하기 위해서, 또는 죽음을 맞이하기 위해서입니다. 하지만 저는 오늘이 아, 세존이시여, 자주 생각날 겁니다. 그리고 제 두 눈이 거룩하신 분을 뵈었던 이 순간도 자주 생각날 겁니다."

붓다의 두 눈은 조용히 땅바닥을 내려다보고 있었다. 완벽한 평정함 속에 잠긴 붓다의 얼굴, 표정을 헤아릴 수 없는 그 얼굴은 환하게 그리고 고요하게 빛났다.

세존은 천천히 말했다.

"그대의 생각에 한 점 오류가 없기 바랍니다! 목표를 이루기 바랍니다! 하지만 말해 보세요. 그대는 내 가르침에 귀의한 나의 수많은 형제들을, 내 사문들의 무리를 보았지요? 낯선 탁발승이여, 그대는 그들이 가르침을 버리고 떠나 속세로, 쾌락의 생활로 돌아가는 것이 더 낫다고 생각하나요?"

싯다르타가 외쳤다.

"전혀 그렇게는 생각하지 않습니다. 그들 모두 가르침을 받기를 바랍니다. 목표에도 이르기를 바라고요! 저는 다른 이들의 삶에 대해 가타부타 판단을 내릴 자격이 없습니다! 저는 오로지 저를 위해서, 저 하나만을 위해서 판단 내리고, 선택하고, 거부해야 합니다. 아, 세존이시여, 우리 탁발승들은 자아에서 해탈하기를 추구합니다. 제가 만일 세존의 제자라면, 아, 세존이시여, 제 자아가 겉보기에만, 거짓된 방식으로만 평정함에 이르고 해탈하게 될까 봐 두렵습니다. 또한 해탈을 하기는 했지만 실제로는 제 자아가 계속 살아 있으면서 덩치가 커질까 봐 그 점 역시 두렵습니다. 왜냐하면 만일 그렇게 되면 저는 가르침을, 가르침을 따르는 것을, 세존에 대한 저의 사랑을, 승려들의 공동체를, 이 모든 것들을 저의 자아로 만들어 버릴 테니까요."

고타마는 반쯤 미소를 띤 채 밝고 다정한 표정을 의연하게 지으며 그 낯선 젊은이의 눈을 바라보았다. 그러고는 거의 눈에 띄지 않는 몸짓을 하며 작별 인사를 했다.

세존이 말했다.

"아, 탁발승이여, 그대는 총명하군요. 벗이여, 그대는 총명하게 말하는 법을 알고 있습니다. 지나치게 총명해지지 않도록 주의하기 바랍니다!"

붓다는 그곳을 떠났다. 붓다의 시선과 웃을 듯 말 듯한 그 미소는 싯다르타의 기억 속에 영원히 아로새겨졌다.

싯다르타는 생각했다.

'지금껏 나는 그분처럼 바라보고, 웃음 짓고, 앉아 있고, 걷는 사람을 본 적이 없어. 나도 그렇게 바라보고, 미소 짓고, 앉아 있고, 걸을 수 있으면 정말 좋겠다. 그토록 자유롭고, 그토록 존경스럽고, 그토록 겉으로 드러내지 않고, 그토록 허심탄회하고, 그토록 아이처럼 순진무구하고 신비에 찬 모습을 지니게 되면 얼마나 좋을까. 그렇게 진실된 표정과 진실된 모습으로 바라보고 걷는 건 자신의 자아 가장 깊숙한 곳까지 들어가 본 사람만 할 수 있는 거야. 그래, 나도 내 자아 깊숙한 곳으로 들어갈 수 있도록 노력해야겠다.'

싯다르타는 생각했다.

'난 어떤 한 사람을 보았어. 내가 눈을 내리뜨지 않으면 안 되는 유일한 사람을. 나는 그 외의 어떤 사람 앞에서도 더 이상 눈을 내리뜨지 않을 거야. 절대로 그러지 않을 거야. 어떤 가르침도 나를 더 이상 유혹하지 못할 거야. 그분의 가르침도 나를 유혹하지 못했으니까.'

싯다르타는 계속 생각했다.

'붓다가 내게서 빼앗아 간 게 있지. 내게서 빼앗아 간 게 있어. 그리고 붓다는 빼앗아 간 것 이상의 것을 선물로 줬지. 붓다는 내게서 벗을 빼앗아 갔어. 그 벗은 나를 믿었지만 이제는 그분을 믿지. 벗은 나의 그림자였지만 이제는 고타마의 그림자야. 하지만 붓다는 내게 싯다르타, 곧 나 자신을 선물했어.'

깨달음

싯다르타는 그 작은 숲 —그곳에는 완전한 경지에 이른 붓다와 고빈다가 남아 있었다.— 을 떠나면서 자신의 지금까지의 삶 또한 그 작은 숲에 남겨져 있고, 이제 자신은 그 삶과 헤어지는 듯한 느낌이 들었다. 이러한 느낌은 그의 가슴속을 가득 채우고 있었다. 그는 서서히 발걸음을 옮기면서 그 느낌에 대해 골똘히 생각해 보았다. 그는 깊은 사색에 잠겼다. 마치 깊은 물속으로 들어가듯이 그는 그 느낌의 밑바닥까지, 그러한 느낌이 일게 한 여러 가지 원인이 도사리고 있는 곳까지 내려갔다. 왜냐하면 그는 그 원인들을 인식하는 것이 바로 사색이라고 여겼고, 그러한 느낌들은 사색을 통해서만 인식되어, 사라져 버리지 않고 비로소 본질적인 것이 되어, 그러한 느낌들 안에 있는 것들을 밝게 비추기 시작할 것이라고 여겼기 때문이다.

싯다르타는 걸어가면서 깊이 생각에 잠겼다. 그는 자신이 더 이상 젊은이가 아니라, 하나의 남자가 되었다는 사실을 확인했다. 그는 뱀이 낡은 허물을 벗어던지듯이 어떤 한 가지가 자신을 떠나 버렸다는 사실을, 젊은 시절 내내 그와 함께했던, 그에게 속해 있던 그 한 가지가 더는 그의 마음속에 있지 않다는 사실을 확인했다. 그것은 바로 스승들을 모시고 여러 가르침을 듣고 싶다는 소망이었다. 수행을 하던 중에 그의 앞에 나타난 마지막 스승을, 최고의 스승이자 가장 지혜로운 스승이며 가장 거룩한 분인 붓다까지도 그는 떠났다. 싯다르타는 붓다와 헤어지지 않으면 안 되었다. 그리고 그는 붓다의 가르침을 받아들일 수 없었다.

사색에 잠긴 그는 한층 더 천천히 발걸음을 옮기며 스스로에게 질문을 던졌다.

"네가 여러 가르침과 스승님들에게서 배우려고 했던 것은 무엇이지? 그리고 네게 많은 것을 알게 한 가르침과 스승님들이 네게 가르칠 수 없었던 건 또 뭐지?"

싯다르타는 그 답을 발견했다.

"그건 바로 자아야. 나는 그것의 의미와 본질을 배우고 싶었던 거야. 내가 빠져나오고 싶었고, 극복하고 싶었던 것은 자아였어. 하지만 난 자아를 극복할 수 없었어. 단지 자아를 속일 수만 있었지. 난 자아 앞에서 도망치고, 자아 앞에서 숨어 버릴 수 있었을 뿐이야. 정말이지, 이 세상의 그 어떤 것도 나의 이 자아만큼 내 생각을 사로잡고 있는 건 없어! 내가 살아 있다는 것, 내가 하나의 인간이고 다른 모든 사람들로부터 떨어져서 홀로 있다는 것 그리고 내가 싯다르타라는 것, 이런 것들은 모두 다 수수께끼야! 이런 것들이 내 마음을 온통 사로잡고 있지. 그런데도 난 내 자신에 대해서는, 싯다르타에 대해서는 이 세상의 그 어떤 것보다 훨씬 더 아는 게 없지!"

느릿느릿 걸으면서 사색을 하던 싯다르타는 그런 생각에 사로잡혀 우뚝 멈추어 섰다. 그때 그 생각으로부터 새로운 생각이 연이어 불현듯 떠올랐다.

그건 바로 이런 내용이었다.

'내가 나 자신에 대해 아는 바가 전혀 없다는 것 그리고 내게 싯다르타는 너무나도 낯설고 전혀 모르는 존재였다는 사실은 한 가지 이유, 오직 한 가지 이유에서 비롯되는 거야. 그건 바로 내가 나 자신에 대해 두려움을 가졌다는 거지. 나는 내 자신에게서 도망쳤던 거야! 나는 아트만을 추구했어. 브라만도 추구했고. 난 내 자아를 산산조각 내고 일일이 그 껍질을 벗기려고 했지. 정체를 알 수 없는, 내 자아의 가장 내밀한 곳에서 모든 껍질들의 핵심을 발견하기 위해서 말이야. 아트만을, 삶과 생명을, 신적인 것을, 궁극적인 그것을 발견하려고 그랬지. 하지만 정작 내 자신은 잃고 말았어.'

싯다르타는 눈을 뜨고 주위를 휘 둘러보았다. 얼굴 가득 미소가 번졌다. 오랜 꿈에서 깨어난 듯한 절절한 느낌이 발가락까지 쫙 퍼졌다. 그는 곧바로 다시금 발걸음을 옮겼다. 그러고는 자신이 할 일이 무엇인지를 알게 된 사람처럼 급히 달려갔다.

그는 숨을 깊이 몰아쉬며 생각했다.

'아, 이제는 두 번 다시 싯다르타가 내게서 슬쩍 빠져나가지 못하게 해야겠다! 이제부터는 생각할 때도, 살아갈 때도 아트만이나 세상의 괴로움을 떠올리지 않을 거야. 나는 폐허 더미 뒤에서 한 가지 비밀을 알아내기 위해 더 이상 나를 죽이지도, 조각내지도 않을 거야. 앞으로는 요가 베다도, 아타르바 베다도 배우지 않을 거야. 고행자들에게서도 배우지 않을 거고, 그 밖의 어떤 가르침도 배우지 않을 거야. 나는 내 스스로에게서 배울 거야. 그리고 나의 제자가 될 거야. 내 자신을 알고 싶어. 싯다르타라는 비밀도 알고 싶고.'

싯다르타는 태어나서 처음으로 이 세상을 바라보는 것처럼 주위를 둘러보았다. 세상은 아름답고, 각양각색이고, 기이하고, 수수께끼 같았다! 그곳에는 파랑이, 노랑이, 초록이 있었고, 하늘과 강은 유유히 흘러가고 있었으며, 숲과 산들은 요지부동의 자세로 떡 버티고 있었다. 모든 것이 아름다웠다. 모든 것이 수수께끼 같고 마법과도 같은 면을 지니고 있었다. 그리고 그 한가운데에 그가, 싯다르타가, 이제 막 깨달음을 얻은 자가 자신을 향한 길을 걷고 있었다. 이 모든 것, 노랑과 파랑, 강과 숲, 이 모든 것들이 처음으로 싯다르타의 두 눈을 통해 그의 가슴속에 들어왔다. 이 모든 것들은 더 이상 마야*의 마술도, 마야의 장막도, 현상계의 무의미하고 우연적인 다양성도 아니었다. 깊이 사색하는 브라만들은 다양성을 거부하고 단일성을 추구했지만, 현

*마야 : 고대 인도의 베단타학파의 술어로서 환영과 허위에 충만한 물질계, 또는 그것을 주는 여신의 초자연력을 의미한다.

상계는 경멸했다. 파랑은 파랑이고, 강은 강이었다. 또한 비록 싯다르타의 내면에 있는 파랑과 강물 속에 유일하며 신적인 것이 숨어 있는 채로 살아 있다고 하더라도 이곳의 노랑, 이곳의 파랑, 저곳의 하늘, 저곳의 숲과 이곳이, 그리고 싯다르타가 있다는 사실은 신적인 것의 방식이자 의미였다. 의미와 본질은 사물들의 배후 어딘가에 있지 않았다. 의미와 본질은 그 사물들 안에, 모든 것 속에 깃들어 있었다.

서둘러 발걸음을 옮기고 있던 싯다르타는 생각했다.

'나는 어쩌면 그토록 귀 멀고 둔했던 걸까! 사람들은 글을 읽으면서 그 의미를 찾고자 할 때는 기호와 문자를 경멸하지도 않고, 그것들을 착각이나 우연, 또는 아무런 가치도 없는 껍질이라고 부르지도 않아. 한 자 한 자 꼼꼼히 읽고, 연구하고, 사랑하지. 하지만 나는 이 세상의 책과 내 자신의 본질이 오롯이 담긴 책을 읽고자 했을 때, 의미가 어떠할 것이라고 미리 어림짐작하고는 기호와 문자를 경멸했지. 또한 나는 현상들의 세계를 착각이라고 부르고, 내 눈과 내 혀를 우연적이고 가치라고는 없는 현상들이라고 불렀어. 아니, 이런 것들은 다 과거의 일이야. 나는 깨어났어. 진짜 깨어난 거야. 난 비로소 오늘 태어난 거야.'

이런 생각을 하며 길을 걷고 있던 싯다르타는 자신의 앞에 뱀 한 마리가 놓여 있는 것을 보기라도 한 듯이 또다시 멈칫 걸음을 멈추었다.

퍼뜩 다음과 같은 생각이 또렷이 들었기 때문이다. 곧 자신은 실제로 깨어난 자 또는 새로 태어난 자이므로 자신의 삶 역시 완전히 처음부터 새로이 시작해야 한다고 생각했던 것이다. 그날 아침, 저 숭고한 분이 계신 작은 숲을, 기원정사를, 이미 깨어난 자로서 자신에게 이르는 길을 향해 발걸음을 내디디며 떠났을 때만 해도 그는 여러 해에 걸친 고행을 그만 마치고 고향으로, 아버지에게로 돌아갈 생각이었다. 마땅히 그렇게 해야 할 것 같았고, 또 그렇게 하는 것이 당연하다고 생각했기 때문이다. 하지만 뱀 한 마리가 자신이 걷고 있는 길가에 놓여 있는 듯해 갑자기 멈추어 서 있는 바로 그 순간에 그는 다음과 같은 깨달음에 이르렀다.

"나는 더 이상 지금까지의 내가 아니야. 이제 나는 고행자가 아니야. 나는 더 이상 승려도 아니야. 더 이상 브라만도 아니고. 그렇다면 고향에서, 아버지 곁에서 내가 대체 무슨 일을 해야 하는 거지? 연구하는 일? 제사를 지내는 일? 아니면 명상 훈련을 해야 하나? 그런 것들은 다 과거의 일이야. 이 모든 것은 더 이상 내 길이 아냐."

싯다르타는 미동도 없이 그대로 서 있었다. 한순간, 숨 한 번 쉬는 동안, 그의 심장은 차갑게 얼어붙었다. 완전히 혼자라는 사실을 깨닫자, 그는 마치 한 마리의 작은 짐승처럼, 한 마리 새나 토끼처럼 자신의 가슴속이 꽁꽁 얼어붙는 듯한 느낌이 들었다. 여러 해 동안 고향을 떠나 있었지만 그는 그러한 사실을 조금도 느끼지 못했었다. 하지만 지금은 그러한 사실이 느껴졌다. 아무리 멀리 떨어진 곳에서 명상에 잠겨 있더라도 그는 여전히 아버지의 아들이었고, 브라만이었고, 높은 신분을 가진 사람이었고, 정신성을 추구하는 사람이었다. 이제 그는 오로지 싯다르타이자 깨달은 자일 뿐, 그 이상의 존재는 아니었다.

싯다르타는 깊이 숨을 들이마셨다. 순간 온몸이 얼어붙는 듯하면서 전율이 스쳤다. 싯다르타만큼 전적으로 혼자이며 외로운 사람은 없었다. 귀족이든 직공이든 자신들과 같은 계층에 속하면서 거기에 속한 이들에게서 둥지를 찾고, 삶을 함께하고, 자신들만의 언어를 사용하지 않는 사람은 단 한 명도 없었다. 브라만 계층에 속하면서 그들과 함께 살지 않는 브라만도 없었고, 탁발승들의 계층에서 둥지를 찾지 않는 고행자도 없었다. 또한 이 세상에서 혈혈단신 외돌토리로 보이는 숲 속의 은둔자 역시 완전히 홀로 있는 것은 아니었다. 그 역시 소속된 곳이 있었으며, 고향과도 같은, 어느 한 계층에 속해 있었다. 고빈다는 승려가 되었고, 수천 명의 승려들이 그의 형제들이 되었다. 그들은 고빈다와 똑같은 옷을 입고, 고빈다와 똑같은 믿음을 가지고, 고빈다의 언어로 말했다. 하지만 그는, 싯다르타는 대체 어디에 속하는 것일까? 과연 누구와 삶을 함께해야 할까? 그리고 누구의 언어로 말해야 할까?

그를 빙 둘러싼 세계가 스르르 녹아 사라져 버리고, 하늘에 떠 있는 한 개의 별처럼 그가 홀로 서 있던 그 순간, 와락 한기가 느껴지고 절망감이 물밀듯이 밀려오던 그 순간, 싯다르타는 자신이 높이 솟구쳐 오르는 듯한 기분이 들었다. 그는 전보다 한층 더 자아가 또렷하게 느껴지면서 확신이 섰다.

그는 다음과 같이 느꼈다.

'이건 깨달음의 마지막 전율이었어. 탄생의 마지막 경련이었던 거지.'

곧바로 그는 다시금 성큼성큼 앞으로 걸어갔다. 그러고는 초조한 마음으로 빨리 걷기 시작했다. 그는 더 이상 집으로, 아버지에게로 가지 않았다. 그리고 더 이상 돌아가지 않았다.

제2부

일본에 있는 사촌
빌헬름 군더트에게 바침

카말라

싯다르타는 한 발 한 발 내디디며 자신의 길을 걸을 때마다 새로운 것을 배웠다. 왜냐하면 세계는 다른 모습을 지니고 있었고, 그의 심장은 그 모습에 완전히 사로잡혀 있었기 때문이다. 그는 태양이 숲 뒤쪽에 있는 산들 위에서 뜨고, 아득히 먼 바닷가에 줄지어 늘어선 야자나무들 위에서 지는 것을 보았다. 밤이 되면 그는 하늘에서 별들이 가지런히 정돈된 채 반짝이는 것을 보았고, 마치 푸른 바다 위에 떠 있는 한 척의 보트처럼 두둥실 떠 있는 초승달도 보았다. 또한 그는 나무들, 별들, 짐승들, 구름들, 무지개, 바위들, 풀들, 꽃들, 시내와 강, 아침 무렵 무성한 덤불에 송알송알 맺힌 반짝이는 이슬방울들 그리고 푸르스름한 먼 산들을 보았다. 새들과 벌들은 노래를 하고, 벼를 심은 논에서는 바람이 살랑살랑 불고 있었다.

그 수가 이루 말할 수 없이 많고 다채로운 이 모든 것들은 언제나 존재해 왔다. 해와 달은 언제나 빛을 비추었고, 강물은 언제나 쏴쏴 소리를 냈으며 벌들은 언제나 윙윙거렸다. 하지만 이 모든 것들은 싯다르타에게 단지 자신의 눈앞에 드리워진 일시적이고 기만적인 한 장의 장막으로밖에는 보이지 않았었다. 그는 그 모든 것들을 의심의 눈초리로 관찰했었다. 그 모든 것들은 사색의 과정을 거치고 나면, 모두 다 파괴되어 없어져 버리도록 정해진 것들이었다. 왜냐하면 그 모든 것들은 본질이 아니었기 때문이다. 또한 본질은 우리의 눈에 보이는 것들 저 너머에 있었기 때문이다.

하지만 이제 싯다르타의 한껏 자유로워진 눈은 이 세상에 머물렀다. 그 눈은 보이는 모든 것들을 보고 인식했다. 그리고 그 눈은 이 세상에서 고향을 찾았다. 그 눈은 본질을 추구하지 않았고 저 너머의 세계, 곧 내세를 지향하지 않았다. 세상을 그런 식으로 관찰하면, 무엇인가를 추구하지 않고 그토록 단순하게, 그야말로 어린아이들처럼 관찰하면, 세상은 아름다웠다. 달과 별도 아름다웠고, 시내와 강기슭과 숲과 바위, 염소와 딱정벌레, 꽃과 나비도 아름다웠다. 그렇게 아이처럼, 그렇게 깨달음을 얻은 상태에서, 그렇게 주위의 것들에 마음을 열고, 그렇게 의심하는 마음 없이 세상 이곳저곳을 다니는 것은 아름답고도 매혹적인 일이었다.

햇볕이 머리 위로 뜨겁게 내리쬐는 것도 예전과는 달랐고, 숲 그늘도 예전과는 달리 시원했고, 시냇물과 땅속에 묻힌 빗물통의 물맛도 예전과는 달랐고, 호박과 바나나 맛도 예전과는 달랐다. 낮도 짧고 밤도 짧았다. 한 시간 한 시간이 바다 위의 돛처럼 —돛 아래에는 보물과 기쁨을 가득 실은 배 한 척이 있었다.— 휙휙 지나갔다. 싯다르타는 숲 속에서 한 무리의 원숭이 떼가 높은 아치 모양의 굵은 나뭇가지 이곳저곳을 돌아다니는 것을 보았다. 또한 그는 거칠고 탐욕스러운 노랫소리를 들었다. 싯다르타는 숫양 한 마리가 암양 뒤를 쫓아가 짝짓는 것을 보았다. 저녁 무렵, 그는 갈대가 우거진 호수에서 허기를 느낀 곤들매기 한 마리가 무언가를 뒤쫓는 것을 보았다. 곤들매기 앞에서 어린 물고기 떼가 잔뜩 겁에 질린 채 꼬리를 파닥거리고 동시에 은빛 비늘을 번뜩이며 수면을 차고 공중으로 솟구쳐 올랐다. 격렬하게 사냥에 나선 그 물고기가 일으킨 엄청난 소용돌이에서는 힘과 열정의 향기가 물씬 뿜어져 나왔다.

이 모든 것은 언제나 있던 것들이었다. 하지만 싯다르타는 그것들을 보지 않았었다. 그는 그런 것들에 일절 눈길을 주지 않았었다. 하지만 이제 그는 그 모든 것들 곁에 있었다. 그 모든 것들 중 하나가 된 것이었다. 그의 눈에는 빛과 그림자가, 그의 심장에는 별과 달이 흘러들었다.

싯다르타는 길을 걸어가면서 기원정사에서 체험한 것들을 일일이 회상했다. 그는 그곳에서 들었던 가르침과, 지극히 거룩한 붓다와 고빈다와의 작별 그리고 세존과 나눈 대화를 떠올렸다. 그는 자신이 세존에게 했던 말 한 마디 한 마디를 다시금 떠올렸다. 그리고 그는 놀랍게도 자신이 그때 전혀 알지도 못했던 것들에 대해 말했다는 사실을 깨닫게 되었다. 그가 고타마에게 말했던 내용은 바로 다음과 같은 것이었다. 곧 그의, 붓다의 보물과 비밀은 그의 가르침이 아니라, 고타마가 일찍이 깨닫던 순간에 체험했던 것, 곧 말로는 표현할 수 없고 가르칠 수도 없는 것이라고 말한 것이었다. 바로 그러한 것을 체험하기 위해 이제 그는 길을 떠난 것이었다. 그리고 이제 막 그러한 것을 체험하기 시작했다. 이제 그는 스스로를 체험하지 않으면 안 되었다. 그는 이미 오래전에 자신의 자아는 아트만이며 브라만과 마찬가지로 영원한 본질에서 비롯되었다는 사실을 알고 있었을지도 모른다. 하지만 그는 실제로는 자기 자신을 발견하지 못했었다. 왜냐하면 그는 자기 자신을 사유의 그물로 붙잡으려고 했었기 때문이다. 분명 육체 역시 자아는 아니었다. 감각들의 유희도 자아가 아니었고, 사고 또한 자아가 아니었다. 오성도, 배워서 얻은 지혜도, 결론을 도출하고 이미 생각한 것으로부터 새로운 생각과 사상을 애써 만들어 내는 기술도 자아는 아니었다. 그렇다. 이러한 사유의 세계 역시 이 세상에 속한 것이었다. 또한 여러 가지 감각에서 비롯되는 우연적인 자아를 죽이고, 그 대신 사색과 박학다식함으로 무장한 우연적인 자아를 살찌운다 하더라도 결코 목표에는 도달할 수가 없었다.

사고와 감각, 이 두 가지는 꽤 괜찮은 것들이었다. 그 뒤에는 궁극적인 의미가 숨어 있었다. 그 두 가지는 다 들어 보고, 갖고 놀 필요가 있는 것들이었다. 또한 그 두 가지는 경멸하거나 과대평가해서는 안 되었고, 그 둘에 내재한 가장 내밀한 것의 비밀스러운 목소리들에 귀를 기울일 필요가 있었다. 싯다르타는 그 목소리가 얻기 위해 애쓰라고 명령하지 않은 것 이외에는 그 어느 것도 그렇게 하지 않았고, 그 목소리가 일러 주는 곳 이외에는 그 어느 곳에서도 머물려고 하지 않았다. 일찍이 고타마는 왜 바로 그 시간에 그 보리수 아래 앉아서 깨달음을 얻게 된 것일까? 고타마는 하나의 목소리, 자신의 가슴속에 있는 하나의 목소리가 그 나무 아래에서 휴식을 취하라고 명령하는 것을 들었던 것이다. 그래서 그는 고행도 하지 않고, 제사도 지내지 않고, 목욕재계와 기도도 하지 않고, 먹지도 마시지도 않고, 잠도 자지 않고 꿈도 꾸지 않은 채 그 목소리에 복종했던 것이다. 외부의 명령에 복종하지 않고 오로지 그 목소리를 따르고 그렇게 하도록 만반의 준비를 하는 것, 그것은 유익한 일이요, 꼭 필요한 일이었다. 그 외의 것들은 필요치 않았다.

강가에 있는 어느 뱃사공의 초가집에서 잠을 자던 날 밤에 싯다르타는 꿈을 꾸었다. 고빈다가 고행자들이 입는 노란색 가사를 두르고 그의 앞에 서 있었다. 고빈다는 슬퍼 보였다.

고빈다는 슬픔에 잠긴 목소리로 싯다르타에게 물었다.

"너는 왜 나를 버리고 떠났니?"

싯다르타는 고빈다를 껴안았다. 두 팔로 꼭 끌어안고 자신의 품으로 바싹 당긴 다음, 입을 맞추었다. 그런데 그 사람은 고빈다가 아니고 어떤 여자였다. 여자의 긴 상의 밖으로 드러난 풍만한 한쪽 젖가슴에서 젖이 샘솟고 있었다. 싯다르타는 여자의 가슴에 몸을 기대고 젖을 죽죽 빨아들였다. 달콤하고 진한 맛이 났다. 그 젖에서는 여자와 남자의 맛이, 해와 숲의 맛이, 짐승과 꽃의 맛이, 온갖 과일과 쾌락의 맛이 났다. 그 젖은 그를 취하게 했고 그의 의식을 잃게 했다.

싯다르타가 잠에서 깨어났을 때, 오두막의 문틈으로 희끄무레한 강물이 가물가물 반짝이고 있었고, 숲 속에서는 올빼미의 음울한 울음소리가 나지막이 아름답게 울려 퍼졌다.

날이 밝아 오기 시작하자, 싯다르타는 자신에게 손님 대접을 해 주는 오두막 주인인 뱃사공에게 강 건너로 데려다 달라고 부탁했다. 뱃사공은 싯다르타를 대나무로 만든 자신의 뗏목에 태우고 강을 건넜다. 폭이 넓은 강물은 아침 햇살을 받아 불그스레하게 반짝였다.

싯다르타가 자신의 동행인에게 말했다.

"아름다운 강이군요."

사공이 말했다.

"맞습니다. 아주 아름다운 강이지요. 저는 이 강을 그 무엇보다도 사랑합니다. 저는 자주 강물 소리를 귀 기울여 들었어요. 강물의 눈도 자주 들여다보았고요. 늘 저는 강물에게서 배웠지요. 강에게서 배울 수 있는 것은 많습니다."

맞은편 강기슭 쪽으로 발을 내디디며 싯다르타가 말했다.

"자비를 베풀어 주셔서 감사합니다. 친애하는 분이시여, 재워 주시고 먹여 주셨는데, 드릴 선물이 하나도 없군요. 뱃삯으로 드릴 돈도 없고요. 저는 돌아갈 고향도 없는 사람입니다. 저는 브라만의 아들이자 탁발승입니다."

사공이 말했다.

"알고 있었어요. 뱃삯은 기대하지 않았어요. 선물도요. 선물은 다음 기회에 주시게 될 겁니다."

싯다르타가 만족스러운 표정을 지으며 말했다.

"그렇게 될까요?"

"물론이지요. 모든 것은 다시 돌아옵니다! 그것도 저는 강에게서 배웠지요. 그대, 탁발승도 다시 돌아올 겁니다. 그럼 안녕히 가세요! 저에게서 느낀 우정을 뱃삯으로 받은 걸로 하지요. 신들께 제사를 드릴 때 저를 기억해 주시기 바랍니다."

두 사람은 빙그레 웃음을 지으며 헤어졌다. 싯다르타는 뱃사공의 우정과 친절에 기뻐하며 미소를 지었다.

싯다르타는 웃음을 지으며 생각했다.

'뱃사공은 고빈다와 참 닮았네. 내가 길을 가면서 만나게 되는 사람들은 모두 고빈다 같아. 내게 마땅히 감사 인사를 하라고 요구해도 되는데도 오히려 모두들 고마워하네. 모두들 지나칠 정도로 스스로를 낮추고, 기꺼이 친구가 되어 주려고 하고, 기꺼이 순종하고, 생각이라곤 거의 하지 않지. 그 사람들은 꼭 아이들 같아.'

정오 무렵, 싯다르타는 어느 시골 마을을 지나갔다. 골목길에 늘어선 점토로 만든 오두막들 앞에서 아이들이 뒹굴며 호박씨와 조개껍데기를 갖고 놀고 있었다. 아이들은 고함을 질러 대며 드잡이를 했다. 하지만 아이들은 낯선 탁발승을 보고는 무서워하며 모두들 도망갔다. 마을 끝자락에는 시냇물을 가로질러 길이 나 있었고, 시냇가에서는 한 젊은 여자가 무릎을 꿇고 앉아 옷가지를 빨고 있었다. 싯다르타가 그 여자에게 인사를 건네자, 그 여자는 고개를 들더니 생긋 웃으며 그를 올려다보았다. 순간 싯다르타는 그 여자의 눈에서 흰자위가 반짝반짝 빛나는 것을 보았다. 그는 나그네들이 보통 하는 축원의 말을 큰 소리로 하며 큰 도시로 가려면 얼마나 더 가야 하느냐고 물었다.

그러자 그 여자는 일어나서 그에게로 다가갔다. 그녀의 촉촉한 입은 젊은 얼굴 속에서 희미하지만 아름답게 빛났다. 그녀는 싯다르타와 농담을 주고받은 뒤, 이미 식사는 했는지, 그리고 탁발승들은 밤에 숲 속에서 혼자 잠을 자고 여자를 곁에 두면 안 된다는 말이 과연 사실이냐고 물었다. 그러면서 그 여자는 자신의 왼쪽 발을 싯다르타의 오른쪽 발 위에 척 올려놓고는 여자들이 남자에게 성적 쾌락을 높이기 위한 방식을 요구할 때 취하는 몸짓을 해 보였다. 그것은 사랑을 다룬 여러 교과서에서 '나무타기'라고 일컫는 동작이었다. 싯다르타는 몸속의 피가 활활 달아오르는 것을 느꼈다. 그 순간 어젯밤 꾼 꿈이 퍼뜩 떠올랐다. 싯다르타는 여자 쪽으로 조금 몸을 숙여 갈색 젖꼭지에 입을 맞추었다. 그는 고개를 쳐들었다. 그러고는 욕망에 가득 찬 그녀의 얼굴과 게슴츠레한 눈매를 보았다. 그 얼굴은 생긋 웃고 있었고, 그 눈빛에는 애원하는 애절함이 담겨 있었다.

싯다르타 역시 강렬한 욕망이 꿈틀거리고 성욕의 샘이 용솟음치는 것을 느꼈다. 하지만 그는 지금껏 여자에게 손 한번 대 본 적이 없었던 터라 두 손은 이미 그 여자를 만질 태세를 취하고 있었으면서도 잠시 머뭇거렸다. 그런데 그 순간 몸서리가 쳐지면서 내면의 목소리가 들려왔다. 그 목소리는 안 된다고 말했다. 순간 배시시 미소 짓던 그 젊은 여자의 얼굴에서 모든 매력이 완전히 사라져 버렸다. 그의 눈에 보이는 것은 오로지 발정 난 암컷의 축축한 눈빛뿐이었다. 그는 여자의 두 뺨을 다정하게 쓰다듬어 준 다음, 몸을 돌렸다. 그러고는 실망한 여자를 남겨 둔 채 대나무 숲 속으로 재빨리 사라졌다.

그날 저녁이 되기 전에 싯다르타는 어느 큰 도시에 이르렀다. 사람을 몹시도 그리워했던 터라 그는 기뻤다. 지난밤 잠을 잤던, 짚을 얹어 만든 뱃사공의 오두막은 지난 긴 세월 동안 숲 속에서 살았던 그가 지붕 밑에서 잠을 이룬 첫 번째 집이었다.

아름답게 울타리가 쳐진, 도시 입구의 어느 작은 숲 옆에서 그 나그네는 작은 바구니를 들고 있는 남자 하인들과 여자 하인들 여러 명과 우연히 마주쳤다. 네 명의 사람이 메고 가는, 아름답게 장식한 가마 한가운데에는 한 여자가, 그들의 여주인이 알록달록한 차일 아래 붉은 방석 위에 앉아 있었다. 싯다르타는 공원 입구에 멈추어 서서 그 행렬을 지켜보았다. 그는 남녀 하인들과 바구니 여러 개를 보고, 가마도 보고, 가마 안에 있는 귀부인도 보았다. 또한 그는 높이 틀어 올린 검은색 머리칼 밑으로 아주 해말갛고, 아주 보드랍고, 아주 총명한 얼굴과 이제 막 꽃봉오리를 터뜨린 무화과 같은, 밝고 산뜻한 붉은색을 띤 입과 정성스레 다듬어 반달 모양으로 그린 눈썹과 주의 깊게 살피는 듯한 총명한 검은 두 눈과 초록색과 황금색을 띤 걸치는 긴 상의 밖으로 드러난 눈부신 긴 목과 널찍한 황금 팔찌 여러 개를 찬 가늘고 긴 두 손이 무릎 위에 편안한 자세로 놓여 있는 모습도 보았다. 그토록 아름다운 여자를 본 싯다르타의 가슴은 마냥 기쁨에 들떴다. 가마가 가까이 오자 그는 허리를 숙였다. 그러고는 다시 허리를 꼿꼿이 세우고는 해맑갛고 사랑스러운 그 얼굴을 보았다. 그는 매우 동그랗고 총명한 두 눈 속에서 한순간 어떤 것을 읽어 내고, 자신이 알지 못하는 어떤 향기를 들이마셨다. 그 아름다운 여인은 생긋 웃으며 고개를 끄덕이더니 이내 작은 숲속으로 사라졌다. 그러자 하인들도 그 뒤를 따랐다.

싯다르타는 생각했다.

'이 도시에 발을 들여놓는 순간부터 징조가 좋군.'

당장이라도 숲으로 따라 들어가고 싶었지만, 싯다르타는 골똘히 생각에 잠겼다. 그러자 숲 입구에서 남녀 하인들이 자신을 뜯어보던 눈빛이 떠올랐다. 그들은 얼마나 경멸하는 눈빛으로, 얼마나 불신이 담긴 눈빛으로, 얼마나 배척하는 듯한 눈빛으로 바라보았던가.

싯다르타는 생각했다.

'나는 아직도 일개 탁발승이야. 여전히 고행자요 거지인 거야. 계속 이런 꼴로 있으면 안 되겠다. 이런 꼴로는 작은 숲으로 들어가지 못해.'

그는 소리 내어 웃었다.

그는 그 길을 걸어오는 첫 번째 사람에게 그 작은 숲에 대해 묻고, 그 여자의 이름도 물었다. 그러고는 그 숲은 사치와 향락을 일삼는 저 유명한 창녀 카말라*의 작은 숲이라는 것과 카말

*카말라 : '카말라'라는 이름은 인도의 사랑의 신 '카마'를 암시하며, 이 소설에 등장하는 '카말라'는 상류 계층을 대상으로 한 고급 창녀를 말한다.

라는 작은 숲 말고도 시내에 집 한 채를 가지고 있다는 것을 알게 되었다.

싯다르타는 시내로 갔다. 이제 그에게는 하나의 목표가 생긴 것이었다.

그는 자신의 목표를 따라 그 도시에 그대로 몸을 맡겼다. 골목길 이곳저곳의 인파에 밀리기도 하고, 빈자리가 있으면 가만히 서 있기도 하고, 강가 돌계단에서 휴식을 취하기도 했다. 저녁 무렵, 그는 한 이발사 조수와 사귀게 되었다. 싯다르타는 그 조수가 어떤 둥근 지붕 건물의 그늘에서 일하고 있는 것을 보게 된 것에 이어 그가 어떤 비슈누* 사원에서 기도를 드리고 있는 모습을 또다시 발견했다. 싯다르타는 그에게 비슈누와 락슈미* 에 대한 이야기를 들려주었다.

그날 밤, 그는 강가 보트들 옆에서 잠을 잤다. 그러고는 이른 아침, 이발소에 첫 손님이 채 오기도 전에 그 조수에게 자기 수염을 말끔히 면도하고, 머리카락을 자르고 빗질한 뒤, 고급스러운 기름을 바르도록 했다. 그런 다음 그는 목욕을 하기 위해 강으로 갔다.

늦은 오후에 그 아름다운 카말라가 가마를 타고 자신의 작은 숲에 거의 이르렀을 때, 싯다르타는 숲 입구에 서서 허리를 숙여

---

*비슈누 : 힌두교의 세 주신(主神)의 하나. 세계의 질서를 유지하는 신으로 후에 크리슈나로 화신했다.

*락슈미 : 고대 인도 신화에 나오는, 아름다움 또는 행운의 여신. 비슈누의 아내라고도 하며 손에 수련꽃을 들고 있다.

인사를 했다. 그리고 그는 카말라의 인사를 받았다. 그는 행렬 제일 끝에 있던 하인에게 눈짓을 한 다음, 한 젊은 브라만이 여주인님과 이야기를 나누기를 간절히 바란다고 전해 달라고 부탁했다. 잠시 뒤, 하인이 돌아와 대답을 기다리고 있던 싯다르타에게 자신을 따라오라고 했다. 그러고는 자신을 따라오는 그 남자를 말없이 어느 정자로 데려갔다. 카말라는 휴식용 소파에 누워 있었다. 하인은 그를 남겨 두고 그 자리를 떠났다.

카말라가 물었다.

"어제 저 밖에 서 있다가 내게 인사하지 않았던가요?"

"사실 저는 이미 어제 당신을 보았습니다. 인사도 드렸고요."

"하지만 어제는 수염도 있고 머리도 길고 먼지까지 뒤집어쓰지 않았던가요?"

"관찰을 잘하셨군요. 하나도 빠뜨리지 않고 전부 다 보셨네요. 당신은 싯다르타를, 탁발승이 되기 위해 고향을 떠나 3년 동안 탁발승이었던, 브라만의 아들을 본 겁니다. 하지만 이제 저는 그 좁은 길을 떠나 이 도시로 왔어요. 그리고 이 도시에 들어서기 전에 제일 먼저 만난 여인이 바로 당신이었지요. 아, 카말라, 이 말을 하기 위해 제가 여기 온 겁니다! 당신은 싯다르타가 눈을 내리뜨지 않고 말을 건넨 첫 번째 여자입니다. 이제부터는 아름다운 여자를 만나면, 절대로 눈을 내리뜨지 않을 겁니다."

카말라는 살며시 웃으며 공작 깃털로 만든 부채를 만지작거렸다.

그러고는 물었다.

"그러니까 단지 그 말을 하기 위해서 싯다르타가 내게 온 건가요?"

"당신에게 그 말도 하고, 당신의 지극한 아름다움에 대해 감사드리기 위해서 왔습니다. 카말라, 외람된 말씀이오나 제 벗이자 스승이 되어 주실 것을 부탁드립니다. 당신이 정통한 그 기술에 대해서 저는 아직 아는 바가 전혀 없거든요."

그러자 카말라는 큰 소리로 깔깔 웃었다.

"벗이여, 숲에서 탁발승이 와서 내게서 배우겠다고 한 적은 지금껏 한 번도 없었어요! 긴 머리에 너덜너덜 찢어진 낡은 가리개를 걸친 탁발승이 나를 찾아온 일은 한 번도 없었다구요! 많은 젊은이들이 내게 오지요. 그중에는 브라만의 아들들도 있어요. 하지만 그 젊은이들은 아름다운 옷을 입고 오지요. 고급스러운 신발을 신고, 머리에는 향기가 나고, 지갑엔 돈이 들어 있고요. 탁발승이여, 내게 오는 젊은이들은 그렇답니다."

싯다르타가 말했다.

"이미 나는 당신에게서 배우기 시작했습니다. 어제도 이미 배웠어요. 수염도 이미 잘랐고, 머리도 빗질한 다음 기름도 발랐고요. 아직 내게 없는 것은, 그대 탁월하신 분이여, 몇 개 안 됩니다. 그건 바로 고급스러운 옷과 고급스러운 신발과 지갑에 든 돈이지요. 싯다르타는 그런 사소한 것들보다 더 의미 있는 것을 하기로 결심했고 그것을 해 냈어요. 그 점을 아시기 바랍니다. 내가 어제 결심한 것, 곧 당신의 친구가 되고, 사랑의 여러 기쁨을 당신에게서 배우고자 한 것을 어찌 해 내지 못하겠어요! 카말라, 당신은 내가 빨리 배우는 사람이라는 것을 알게 될 겁니다. 나는 당신이 내게 가르쳐야 할 것보다 훨씬 더 어려운 것을 배웠습니다. 그런데 머리에 기름은 발랐지만, 지금 같은 모습의 싯다르타는, 옷도, 신도, 돈도 없는 싯다르타는 당신에게 충분하지 않다는 말이지요?"

카말라는 깔깔 웃으며 외쳤다.

"맞아요. 친애하는 분이여, 아직은 충분하지 않아요. 내게 오려면 옷을 입어야 해요. 멋진 옷을요. 그리고 신도 멋진 신을 신어야 하고, 지갑에 돈도 두둑하게 들어 있어야 해요. 그리고 카말라에게 줄 여러 가지 선물도 있어야 해요. 숲에서 온 탁발승이여, 이제 좀 알겠어요? 내 말 명심했나요?"

싯다르타가 외쳤다.

"잊지 않도록 마음에 깊이 새겨 두었습니다. 그런 입에서 나온 말을 내가 어찌 명심하지 않겠습니까! 카말라, 당신의 입은 갓 피어난 무화과와도 같습니다. 내 입 역시 붉고 싱그럽습니다. 당신 입과 잘 어울릴 겁니다. 곧 아시게 될 겁니다. 하지만 아름다운 카말라여, 사랑을 배우기 위해 숲에서 온 탁발승이 조금도 두렵지 않나요? 말해 보세요."

"내가 왜 탁발승을 두려워해야 되죠? 숲 속에 사는 재칼들로부터 오고 여자에 대해서 아직 아는 게 전혀 없는, 바보 같은 탁발승을 두려워하라고요?"

"아, 그는, 그 탁발승은 힘이 셉니다. 그래서 아무것도 두려워하지 않습니다. 그는 당신을, 아름다운 아가씨를 굴복시킬 수도 있습니다. 그는 당신을 겁탈할지도 모릅니다. 고통을 줄 수도 있고요."

"탁발승이여, 그렇지 않아요. 나는 그런 거 무섭지 않아요. 누군가 자신에게 다가와 자신을 꽉 움켜잡고는 박학다식함과 독실한 신앙심 그리고 사물의 본질을 헤아리려는 성향을 앗아갈까 봐 두려워하는 탁발승이나 브라만이 일찍이 있었을까요? 그런 사람은 없어요. 왜냐하면 그런 것들은 오직 그만의 것이며, 그는 그것들 중에서 자신이 주고 싶은 것만을 주고, 또 주고 싶은 사람에게만 주기 때문이지요. 바로 그런 거예요. 카말라도, 사랑의 환희도 그와 꼭 같은 거예요. 카말라의 입은 아름답고 붉어요. 하지만 카말라의 뜻을 어기고 강제로 입을 맞추려고 해 보세요. 그러면 그 입으로부터 달콤함은 한 방울도 얻지 못할 거예요. 원래 그 입은 수없이 많은 달콤함을 줄 줄 아는데도 말이에요! 싯다르타, 당신은 곧바로 배우고 이해력도 좋지요. 그럼 다음과 같은 것도 배워 두세요. 사랑은 구걸하듯 얻을 수도 있고, 매수를 하듯 살 수도 있고, 선물로 받을 수도 있고, 골목길에서 찾을 수도 있어요. 있지만 억지로 빼앗지는 못한다는 걸요. 당신은 잘못된 방법을 생각하신 거예요. 당신처럼 아름다운 젊은이가 그런 식으로 옳지 않은 짓을 하려 한다면 유감스러운 일이라고 할 수밖에 없겠네요."

싯다르타는 싱긋 웃으며 고개를 숙였다.

"카말라, 그런 건 유감스러운 일일 겁니다! 지당한 말씀입니다. 정말로 유감스러운 일이겠죠. 그래선 안 되지요. 당신 입속의 달콤함은 한 방울도 빠짐없이 전부 내게 전해져 와야 합니다. 내 입속의 달콤함 역시 당신에게 고스란히 전달되어야 하고요. 그러니 이렇게 합시다. 싯다르타는 자신에게 아직 없는 것, 그러니까 옷과 신과 돈을 갖게 되면 다시 오는 걸로요. 하지만 사랑스러운 카말라여, 내게 작은 충고 하나 더 해 주실 수 있나요?"

"충고 한마디요? 안 될 것 없죠. 재칼들이 사는 숲에서 온, 가난하고 경험이라고는 전혀 없는 탁발승에게 충고 한마디를 마다할 사람이 어디 있겠어요."

"사랑하는 카말라, 말해 주세요. 그 세 가지를 가장 빨리 얻으려면 어디로 가야 하나요?"

"벗이여, 많은 사람들이 그걸 알고 싶어 하지요. 당신은 지금껏 배운 것을 해야 합니다. 그리고 그 대가로 돈을 받고, 옷가지와 신발도 얻어야 해요. 가난한 남자가 돈을 손에 쥘 수 있는 방법은 그것 말고는 없어요. 그런데 할 줄 아는 게 뭐죠?"

"나는 생각할 줄 압니다. 기다릴 수도 있고, 굶는 것도 할 줄 압니다."

"그런 것들 말고는 없나요?"

"네, 없습니다. 아, 또 있습니다. 난 시도 지을 수 있어요. 시를 지어 드리면 입맞춤을 한 번 해 주실래요?"

"시가 마음에 들면 그렇게 하지요. 대체 어떤 시죠?"

싯다르타는 잠시 골똘히 생각한 다음, 시 한 수를 읊었다.

"아름다운 카말라, 자신의 그늘진 작은 숲으로 들어섰지.

숲 입구엔 구릿빛 피부 탁발승 서 있었네.
연꽃 같은 그녀 바라보며
그가 깊이 허리 숙여 인사하자,
그녀, 생긋 웃으며 고마워했지.
젊은이는 생각했다네.
아름다운 카말라 섬기는 일이
신들을 섬기는 것보다 훨씬 황홀하구나."

카말라가 큰 소리로 박수를 쳤다. 그러자 황금 팔찌 여러 개가 잘랑거렸다.

"피부가 검게 탄 탁발승이여, 시가 아름답네요. 정말이지 시에 대한 대가로 당신에게 입맞춤을 해 드려도 전혀 내게 손해가 될 것 같진 않네요. 아무렴요."

카말라는 눈짓으로 싯다르타를 자기 쪽으로 끌어당겼다. 그는 자신의 얼굴을 카말라의 얼굴 위쪽으로 숙인 다음, 자신의 입을 그녀의 입 위에 포개었다. 그 입은 이제 막 벌어진 무화과처럼 싱그러웠다. 카말라는 오랫동안 싯다르타에게 입을 맞추었다. 싯다르타는 카말라가 어떻게 자신을 가르치는지, 그녀가 얼마나 지혜로운지, 그녀가 어떻게 자신을 쥐락펴락하고, 밀어내고, 유혹하는지 그리고 그 첫 번째 입맞춤에 이어 일련의 질서정연하고 숙련된 입맞춤이 얼마나 오래도록 이어지는지를 느끼고는 소스라치게 놀랐다. 연이어 이어지는 입맞춤 하나하나는 모두 달랐으며, 여전히 그를 이제나저제나 기다리고 있었다. 그는 숨을 깊게 몰아쉬며 그대로 서 있었다. 순간 그는 자신의 눈앞에 지식과 배울 만한 가치가 있는 것들이 한가득 펼쳐져 있는 것을 보고는 어린아이처럼 화들짝 놀랐다.

카말라가 외쳤다.

"당신이 지은 시는 참으로 아름답군요. 제가 부자라면 시를 들은 대가로 금화 몇 닢을 드렸을 거예요. 하지만 시로는 당신이 필요로 하는 큰돈을 벌기는 어려울 거예요. 카말라의 친구가 되기 위해서는 많은 돈이 필요하거든요."

싯다르타가 더듬거리며 말했다.

"카말라, 어쩌면 그렇게 입맞춤을 잘할 수 있나요."

"그래요. 난 이미 그 방법을 잘 알고 있어요. 그렇기 때문에 난 옷이며 신이며 팔찌며 온갖 아름다운 물건 등 부족한 게 없어요. 하지만 당신은 앞으로 무얼 하면서 살 거죠? 생각하고, 금식하고, 시를 짓는 것 말고 다른 건 할 줄 몰라요?"

싯다르타가 말했다.

"제사를 지낼 때 하는 염불도 할 줄 알아요. 하지만 그런 건 두 번 다시 외지 않을 거예요. 나는 마법의 주문도 외울 줄 알아요. 하지만 앞으로는 그런 것도 하지 않을 거예요. 나는 여러 가지 글을 읽었어요."

카말라가 말을 잘랐다.

"잠깐만요, 글을 읽을 줄 알아요? 쓸 수도 있어요?"

"물론 할 수 있습니다. 읽고 쓸 줄 아는 사람들은 꽤 많아요."

"대부분의 사람들은 못해요. 나도 못하고요. 읽고 쓸 수 있다니 아주 잘됐네요. 정말 잘된 일이에요. 마법의 주문도 써먹을 수 있을 거예요."

그때 하녀가 달려와 여주인에게 귓속말로 속삭이며 어떤 소식을 전했다.

카말라가 외쳤다.

"손님이 왔어요. 싯다르타, 어서 이곳을 떠나세요. 이곳에서는 절대로 사람들 눈에 띄면 안 돼요. 명심하세요! 내일 다시 봐요."

카말라는 하녀에게 그 경건한 브라만에게 하얀색 겉옷을 한 벌 주라고 명령했다. 도대체 무슨 일이 일어났는지 영문도 모른 채 싯다르타는 하녀가 잡아끄는 대로 이리저리 빙빙 돌아 어떤 정자 안으로 들어섰다. 그곳에서 하녀는 싯다르타에게 겉옷 한 벌을 준 다음, 그를 덤불 속으로 데리고 가더니 다급한 목소리로 어서 빨리 눈에 띄지 않게 숲 밖으로 가라고 일렀다.

싯다르타는 만족스러운 마음으로 하녀가 시키는 대로 했다. 숲에 익숙한 그는 소리 하나 내지 않고 숲에서 빠져나와 덤불로 된 울타리를 훌쩍 뛰어넘었다. 그는 옷을 돌돌 말아 옆구리에 낀 채 뿌듯해하며 시내로 돌아갔다. 그는 여행객들이 묵는 여인숙의 문 옆에 서서 음식을 달라고 말없이 부탁하고는 조용히 쌀떡 한 덩이를 받아들었다. 아마도 내일부터는 그 누구에게도 음식을 구걸하지 않으리라고 그는 생각했다.

불현듯 그의 가슴속에서 자부심이 활활 타올랐다. 그는 더 이상 탁발승이 아니었다. 구걸하는 것은 더는 그에게 어울리지 않는 일이었다. 그는 어떤 개에게 쌀떡을 주었다. 그러고는 어떤 음식도 입에 대지 않았다.

싯다르타는 생각했다.

'이 세상에서 살아가는 사람들의 삶은 단순하고 소박해. 어려움이라곤 전혀 없지. 내가 탁발승이었을 때는 모든 게 어렵고 힘겨웠어. 마지막에 가선 모든 게 절망적이기까지 했지. 하지만 이제는 모든 게 쉬워. 카말라가 내게 가르쳐 준 입맞춤 수업처럼 쉽지. 나는 옷가지와 돈이 필요해. 그 외의 것은 아무것도 필요하지 않아. 그 두 가지가 내가 빠른 시일 내에 이루어야 할 작은 목표야. 그런 목표가 있다고 해서 잠을 이루지 못할 이유는 없지.'

오래전에 그는 이미 시내에 있는 카말라의 집 위치를 알아 두었다. 이튿날 그는 그곳에 모습을 드러냈다.

카말라는 그를 맞이하며 큰 소리로 말했다.

"일이 아주 잘 풀렸어요. 카마스와미 댁에서 당신을 기다리고 있을 거예요. 카마스와미는 이 도시에서 가장 돈이 많은 상인이에요. 당신이 그 사람 마음에 들면, 그는 당신을 고용할 거예요. 피부가 검게 탄 탁발승이여, 명민하게 행동하세요. 다른 사람들을 통해 당신 얘기를 카마스와미에게 하라고 했어요. 그 사람에게 친절하게 대하세요. 그 사람은 엄청난 권세를 누리고 있어요. 하지만 너무 고분고분하게 굴지는 마세요! 난 당신이 그 사람의 하인이 되는 건 싫어요. 당신은 그와 대등한 위치에 있어야 해요. 그렇지 않으면 난 당신에게 만족하지 못할 거예요. 카마스와미는 늙기 시작해서 편안히 살고 싶어 해요. 당신이 그 사람 마음에만 들면, 그는 당신을 전적으로 믿고 많은 걸 맡길 거예요."

싯다르타는 카말라에게 감사의 말을 한 다음, 소리 내어 웃었다. 카말라는 그가 어제와 오늘 아무것도 먹지 못했다는 것을 알고는 아랫사람에게 빵과 여러 가지 과일을 가져오게 해 그에게 대접했다.

카말라는 싯다르타와 작별을 하면서 이렇게 말했다.

"당신은 운이 좋았어요. 당신에게는 문이 하나씩 하나씩 계속 열리네요. 어떻게 그렇게 일이 술술 풀리는 거죠? 마술이라도 부린 거예요?"

싯다르타가 말했다.

"어제 내가 생각하고 기다리고 금식할 줄 안다고 했잖아요. 하지만 당신은 그런 것들은 아무 짝에도 소용없다고 했지요. 하지만 카말라, 그런 것들은 쓸모 있는 곳이 참 많아요. 당신도 곧 알게 될 거예요. 숲 속에 있는 어리석은 탁발승들이 마음에 흡족한 것들을 많이 배우고, 또한 그런 것들을 할 수도 있다는 것 역시 알게 될 거고요. 당신들은 그런 걸 못하지요. 그저께만 해도 나는 여전히 머리털이며 수염이 마구 흐트러져 있던 거지였어요. 그런데 어제 벌써 카말라에게 입맞춤을 했지요. 곧 나는 상인이 되어서 돈도 생기고 당신이 소중하게 여기는 그 모든 것들도 갖게 될 겁니다."

싯다르타는 "사랑하는 카말라," 하고 말하고는 몸을 곧추 일으켜 세웠다.

그러고는 이어서 말했다.

"내가 당신을 찾아 당신 소유의 작은 숲으로 왔을 때, 난 첫 번째 걸음을 내디딘 겁니다. 가장 아름다운 그 여인에게서 사랑을 배울 생각이었지요. 결심을 한 그 순간부터 난 그것을 꼭 해내리라는 것 역시 알고 있었지요. 당신이 나를 도와주리라는 것도 알고 있었고요. 숲 입구에서 당신의 눈빛을 보자마자 곧바로 알았지요."

"하지만 내가 만일 그렇게 하고 싶지 않았다면요?"

"당신은 그렇게 하고 싶었습니다. 이봐요, 카말라, 당신이 돌멩이 한 개를 물속에 던지면, 그 돌멩이는 곧바로 물속 바닥에 가라앉지요. 싯다르타가 하나의 목표를 가지면, 하나의 굳은 결심을 세울 때도 그와 꼭 같아요. 싯다르타는 아무것도 하지 않습니다. 그는 기다리지요. 그는 생각하지요. 그는 금식을 합니다. 하지만 그는 어떤 것도 하지 않은 채, 꼼짝하지 않은 채, 돌멩이가 물속을 가로지르며 가라앉는 것과 마찬가지로 이 세상의 사건들 사이로 들어갈 수 있습니다. 이끌리면 이끌리는 대로, 넘어지면 넘어지는 대로 그는 그대로 받아들이지요. 그의 목표가 그를 끌어당기는 겁니다. 왜냐하면 그는 목표에 어긋날 수도 있는 것은 그 어떤 것도 자신의 영혼 속에 들여놓지 않기 때문입니다. 그것이 바로 싯다르타가 탁발승들에게서 배운 것입니다. 바보들은 그것을 마술이라고 부르지요. 그자들은 악마들이 그런 걸 만들어 낸다고 생각합니다. 그 어떤 것도 악마들에 의해 생겨나지 않아요. 악마 따위는 없어요. 생각할 수 있고, 기다릴 수 있고, 금식할 수 있다면, 마술을 부릴 수도 있습니다."

카말라는 그가 하는 말을 귀 기울여 듣고 있었다. 그녀는 그의 목소리를 사랑했다. 그리고 그의 눈빛을 사랑했다.

카말라가 나지막이 말했다.

"벗이여, 당신이 말한 대로일지도 모르겠네요. 하지만 싯다르타가 잘생겨서, 눈빛이 여자들 마음에 들어서 행운이 그를 찾아오는 건지도 모르겠네요."

싯다르타는 입맞춤을 한 뒤, 작별의 인사말을 건넸다.

"스승님, 그랬으면 좋겠네요. 내 눈빛이 언제나 당신 마음에 들었으면 좋겠어요! 언제나 당신에게서 내 행운이 찾아왔으면 좋겠어요."

어린아이들 같은 사람들 곁에서

싯다르타는 상인인 카마스와미*의 집으로 갔다. 그는 호화로운 집으로 안내되었다. 하인들이 그를 값비싼 양탄자들 사이에 있는 어떤 방으로 데려갔다. 그곳에서 그는 그 집주인을 기다렸다.

카마스와미가 방 안으로 들어왔다. 그는 거의 백발이 된 머리에 아주 총명하고 신중한 눈빛을 하고, 탐욕스럽게 보이는 입을 가졌으며, 행동이 민첩하고 유연한 남자였다. 집주인과 손님은 인사를 나누었다.

상인이 말했다.

"사람들 말로는 당신이 브라만이고 학자인데 장사꾼 밑에서

---

*카마스와미 : '카마'는 인도의 사랑의 신인 '카마데바'를 암시한다. 카마데바는 모든 소원을 들어주는 신이며, '스와미'는 물질에 대한 소망을 모두 이룬 남자를 뜻한다.

일자리를 구한다고 하더군요. 브라만이여, 일자리를 구할 만큼 형편이 어려운가요?"

싯다르타가 말했다.

"아닙니다. 저는 형편이 어렵지 않습니다. 그랬던 적은 한 번도 없습니다. 제가 오랫동안 탁발승들과 함께 살다가 왔다는 점을 알아주시기 바랍니다."

"탁발승들과 함께 있다가 왔다면서 어떻게 곤궁한 처지가 아니라는 거죠? 탁발승들은 소유한 것이라고는 하나도 없는 사람들이 아닌가요?"

싯다르타가 말했다.

"말씀하신 대로 저는 가진 게 아무것도 없습니다. 물론 저는 빈털터리입니다. 하지만 그건 제가 원한 것입니다. 그러니까 저는 곤궁한 처지가 아닙니다."

"하지만 아무것도 가진 게 없다면, 무슨 일을 하면서 살 생각이죠?"

"나리, 아직 그 점에 대해 생각해 본 적은 없습니다. 저는 삼 년 넘게 무소유의 삶을 살았습니다. 또한 저는 무엇을 하며 살아야 할지에 대해서도 생각해 본 적이 없습니다."

"그렇다면 다른 사람들이 갖고 있는 재산으로 살았군요."

"그런 것 같습니다. 상인도 다른 사람들이 갖고 있는 것으로 살지요."

"말씀 잘하셨습니다. 하지만 상인은 사람들에게서 그들의 것을 거저 빼앗지는 않습니다. 상인은 그 대가로 그들에게 자신의 상품들을 주지요."

"사실 관계란 게 그런 것 같습니다. 누구나 서로 주고받지요. 그런 게 바로 인생입니다."

"실례되는 질문이겠지만, 아무것도 가진 게 없다면, 당신은 무얼 줄 건가요?"

"누구나 자신이 갖고 있는 것을 줍니다. 무사는 힘을, 상인은 상품을, 교사는 가르침을, 농부는 쌀을, 어부는 물고기를 주지요."

"그렇지요. 그런데 당신이 줄 수 있는 것은 뭐죠? 배운 것이나 할 수 있는 것은 뭔가요?"

"저는 사색할 수 있습니다. 저는 기다릴 수 있습니다. 저는 금식할 수 있습니다."

"그게 전부인가요?"

"그게 전부인 것 같네요!"

"그런 것들은 어디에 쓸모가 있죠? 예를 들어 단식은, 그건 어디에 좋은 거죠?"

"나리, 단식은 매우 좋은 것입니다. 먹을 것이 하나도 없다면, 단식은 우리가 취할 수 있는 가장 현명한 방법입니다. 예를 들어 싯다르타가 단식하는 법을 배우지 않았다면, 여기서든 다른 데서든 오늘 당장 어떤 일이라도 해야 했을 겁니다. 굶주림 때문에 그렇게 하지 않을 수 없을 테니까요. 하지만 싯다르타는 이렇게 느긋하게 기다릴 수 있습니다. 싯다르타는 조바심 같은 건 모릅니다. 싯다르타는 곤경에 처한다는 것 자체를 모릅니다. 싯다르타는 오랫동안 굶주림에 시달려도 웃을 수 있습니다. 나리, 단식은 그럴 때 유익한 것입니다."

"탁발승이여, 당신 말씀이 옳습니다. 잠시만 기다리세요."

카마스와미는 방 밖으로 나갔다. 그러고는 두루마리 한 개를 갖고 다시 돌아왔다. 그는 손님에게 두루마리를 건네며 이렇게 물었다.

"이걸 읽을 수 있나요?"

싯다르타는 두루마리를 살펴보았다. 거기에는 매매 계약서가 적혀 있었다. 싯다르타는 계약서의 내용을 소리 내어 읽기 시작했다.

카마스와미가 말했다.

"아주 잘하시는군요. 이 종이에 글을 좀 적어 줄 수 있나요?"

카마스와미는 싯다르타에게 종이와 붓을 주었다. 싯다르타는 글을 쓴 다음, 종이를 되돌려 주었다.

카마스와미가 읽었다.

"쓰는 것은 좋다. 사색하는 것은 더욱 좋다. 슬기로운 것은 좋다. 인내는 더욱 좋다."

상인이 칭찬했다.

"글을 아주 잘 쓰시는군요. 우린 앞으로 서로 이야기를 나눌 게 꽤 많을 겁니다. 오늘부터 제 손님이 되어서 이 집에서 묵으시지요."

싯다르타는 감사의 말을 하며 그 제안을 받아들였다. 그리고 그는 상인의 집에서 살았다. 여러 벌의 옷과 신발이 싯다르타에게 주어졌고, 하인 한 명은 매일같이 그가 목욕을 할 수 있도록 준비를 해 주었다. 하루에 두 번 성대한 식사가 준비되었지만, 싯다르타는 하루에 한 번만 식사를 했고, 고기와 청주는 입에 대지도 않았다.

카마스와미는 그에게 자신의 사업에 대해 이야기해 주고, 상품들과 여러 창고를 보여 주고, 장부도 보여 주었다. 싯다르타는 새로운 것들을 많이 배웠다. 그는 많이 들었고 말은 거의 하지 않았다. 그는 카말라가 한 말을 떠올리면서 절대로 그 상인을 무조건 따르지 않고, 그가 자신을 그와 동등하게, 아니 그 이상으로 대우해 주도록 만들었다. 카마스와미는 주도면밀하게 여러 가지 사업을 벌였고, 정열적으로 장사를 할 때가 많았다. 하지만 싯다르타는 이 모든 것을 마치 하나의 놀이처럼 바라보았다. 그는 그 놀이의 여러 가지 규칙을 정확하게 배우려고 애를 쓰기는 했지만, 그 놀이의 내용에는 감동을 받지 않았다.

싯다르타는 카마스와미의 집에 머문 지 얼마 되지 않아 집주인의 사업에 관여하게 되었다. 하지만 그는 날마다 아름다운 카말라가 일러 준 시간이 되면 멋진 옷을 차려 입고 고급스러운 신을 신고 그녀를 찾아갔다. 그리고 얼마 지나지 않아 여러 가지 선물도 들고 갔다. 그녀의 붉고 영리한 입은 그에게 많은 것을 가르쳐 주었다. 그녀의 보드랍고 나긋나긋한 손 역시 그에게 많은 것을 가르쳐 주었다. 그녀는 사랑에 있어서는 아직 어린아이 같고, 마치 깊이를 헤아릴 수 없는 심연 속으로 뛰어들듯이 물불 가리지 않고, 좀처럼 만족할 줄 모른 채 쾌락 속으로 마구 뛰어들려고 하는 그에게 쾌락이란 쾌락을 주지 않고서는 얻을 수 없다는 것과 모든 몸짓, 모든 어루만짐, 모든 접촉, 모든 눈길, 육체의 가장 작은 부분들 하나하나는, 이 모든 것들은 각기 자신만의 비밀 —잠자고 있는 그 비밀을 깨우는 것은 그것을 알고 있는 자에게는 행복감을 안겨 준다.— 을 지니고 있다는 것을 완전히 기초부터 하나하나 가르쳐 주었다. 또한 그녀는 사랑하는 사람들은 사랑의 축제가 끝난 뒤에는 서로에게 경탄하는 마음이 없는 채로 헤어져서는 안 된다는 것을 가르쳤다. 또한 그녀는 사랑하는 사람들은 상대방에게 정복당했다는 느낌도, 상대방을 정복했다는 느낌도 없는 채로 헤어지면 안 된다는 것도 가르쳤다. 그렇게 해야 둘 중 아무도 상대방에게 질린다거나 고독감이 생기지 않고, 자신이 상대방을 학대했다거나 상대방에게 학대받았다는 악감정이 생기지 않는다고 했다.

싯다르타는 그 아름답고 총명한 예술가 곁에서 이루 말할 수 없이 황홀한 시간을 보냈다. 그는 그녀의 학생이 되었고, 그녀의 숭배자가 되었고, 그녀의 친구가 되었다. 그가 누리는 현재의 삶의 가치와 의미는 카마스와미의 사업이 아니라, 이곳 카말라 곁에 있는 것에 있었다.

그 상인은 중요한 서류나 계약서를 작성하는 일을 싯다르타에게 맡겼고, 모든 중요한 업무는 그와 상의하는 일에 익숙해졌다. 상인은 싯다르타가 쌀과 양모, 해운과 무역에 대해서는 아는 바가 거의 없지만, 그의 손은 행운을 불러오는 손이며, 침착함과 흔들림 없는 평정심에서는 그가 자신을, 상인을 능가하며, 낯선 사람들의 말에 귀를 기울이고, 그들 마음을 꿰뚫어 보는 능력 또한 상인을 능가한다는 것을 이내 알게 되었다.

그는 한 친구에게 이렇게 말했다.

"그 브라만은 제대로 된 상인은 아니야. 그 브라만은 절대로 상인이 되지 못할 거야. 그의 마음속에서는 장사에 대한 열정이라곤 전혀 없지. 하지만 그 사람은 뭐든 일이 술술 잘 풀리는 사람들의 비법을 갖고 있어. 좋은 별자리를 타고난 건지, 마술을 부리는 건지, 탁발승들에게서 배운 것인지는 모르겠지만 말이야. 그 브라만은 늘 장사를 무슨 놀이처럼 하는 것 같아. 그는 절대로 사업에 몰두하지 않아. 절대로 장사에 지배되지 않지. 그는 절대로 실패를 두려워하지 않아. 손해를 봐도 걱정조차 하지 않지."

그 친구는 상인에게 충고했다.

"그 브라만이 자네를 위해 해 주는 여러 사업에서 생기는 이익의 삼분의 일을 그자에게 주게. 하지만 손해를 보면 그때도 똑같은 몫을 책임지게 해. 그럼 그 브라만은 일을 더 열성적으로 하게 될 거야."

카마스와미는 친구의 충고를 따랐다. 하지만 싯다르타는 별로 개의치 않았다. 이익이 생기면 그는 담담하게 그것을 받아들였고, 손실이 생기면 소리 내어 웃으면서 이렇게 말했다.

"아, 이런. 일이 곤란해졌군!"

실제로 싯다르타는 사업에 전혀 관심이 없는 듯했다. 한번은 그가 어느 시골 마을에 수확한 벼를 대량으로 사들이기 위해 여행을 간 적이 있었다. 하지만 그가 도착했을 때는 쌀이 이미 어떤 상인에게 다 팔린 상태였다. 그런데도 싯다르타는 그 마을에 여러 날 머물면서 농부들에게 대접을 하고, 그들의 자식들에게 동전을 나누어 주고, 어떤 집의 결혼식에 참석해서 함께 축하해 주고, 만족스러운 마음으로 여행에서 돌아왔다. 카마스와미는 싯다르타가 곧바로 돌아오지 않아서 시간과 돈을 낭비했다고 그를 나무랐다.

그는 이렇게 대답했다.

"벗이여, 그만 좀 나무라시기 바랍니다! 질책한다고 무엇이 얻어진 적은 한 번도 없었습니다. 손실이 생겼다면, 제가 부담하겠습니다. 저는 이 여행이 아주 만족스럽습니다. 저는 온갖 부류의 사람들을 알게 되었습니다. 한 브라만은 제 친구가 되었고, 아이들은 제 무릎 위에 올라탔으며, 농부들은 자신들의 논밭을 제게 보여 주었지요. 저를 장사꾼으로 보는 사람은 아무도 없었습니다."

카마스와미가 못마땅해하면서 큰 소리로 말했다.

"하나에서 열까지 아주 잘했군요. 하지만 당신은 누가 뭐래도 장사꾼이잖아요! 아니면 그저 놀기 위해서 그곳에 간 거예요?"

싯다르타가 소리 내어 웃었다.

"물론입니다. 맞아요. 저는 즐거움을 얻기 위해 여행을 간 겁니다. 그게 아니라면 왜 갔겠어요? 저는 사람들과 여러 고장에 대해 알게 되었어요. 친절과 신뢰를 얻어 기쁨도 누렸고, 여러 사람들과의 우정도 얻었어요. 이보세요, 사랑하는 벗이여, 제가 만일 카마스와미였다면, 쌀 사는 일이 수포로 돌아간 것을 알게 되자마자 불같이 화를 내며 서둘러 돌아왔겠지요. 그러면 정말로 시간과 돈을 허비한 거죠. 하지만 저는 며칠 동안을 즐겁고도 보람차게 보냈고, 배운 것도 많고, 기쁨도 누렸고, 화를 낸다거나 마음을 조급하게 가짐으로써 저 자신에게도, 다른 사람들에게도 해를 끼치지 않았습니다. 언젠가 제가 다음번 수확기에 벼를 사러 간다거나, 아니면 어떤 다른 이유로 그곳에 다시 가게 된다면, 그 친절한 사람들은 저를 다정하게 그리고 반갑게 맞이할 것이고, 저는 지난 수확기에 서두르지도 않고 그 사람들에게 화도 내지 않아 그렇게 된 사실에 가슴이 뿌듯할 거예요. 그러니까 벗이여, 좋게 생각하세요. 저를 질책하시느라 불편한 마음 갖지 마시기 바랍니다! 싯다르타라고 하는 이 자가 내게 손해를 입히고 있어, 하고 생각되는 날이 오면, 한마디만 하세요. 그럼 싯다르타는 자신의 길을 갈 겁니다. 하지만 그때까지는 우리 서로 만족한 마음으로 지냅시다."

상인은 싯다르타가 자신의, 카마스와미의 빵을 먹고 살고 있다는 사실 역시 몇 번씩이나 납득시키려고 애를 썼지만, 끝내 헛수고로 끝났다. 싯다르타는 자신의 빵을 먹었다. 아니, 그들은 다른 사람들의 빵을, 모든 이들의 빵을 먹었다. 싯다르타는 카마스와미의 이런저런 걱정거리에 조금도 아랑곳하지 않았다. 하지만 카마스와미는 이루 헤아릴 수 없이 걱정이 많았다. 진행 중에 있는 어떤 사업이 금방이라도 실패할 위험성이 있다거나 상품을 보냈는데 분실된 것 같다거나 어떤 채무자가 빚을 갚을 수 없을 듯할 때, 카마스와미는 자신의 동업자를 단 한 번도 납득시키지 못했다. 곧 근심에 가득 찬 말이나 분노에 찬 말을 툭툭 내뱉고, 이마를 잔뜩 찡그리고, 밤잠을 설치는 것이 쓸모가 있는 일이란 사실을 납득시키지 못한 것이다.

한번은 카마스와미가 싯다르타에게 그가 아는 것은 모두 자신에게서 배운 것이라고 꾸짖자, 그는 이렇게 대답했다.

"그런 농담으로 저를 놀리지 마세요. 당신에게서 저는 생선 한 바구니 값이 얼마라든가, 빌려준 돈에 대한 이자를 얼마나 요구할 수 있는지를 배웠습니다. 그런 건 당신이 가지고 있는 지식이지요. 하지만 생각하는 법은 배우지 않았습니다. 존경하는 카마스와미여, 그건 제게서 배워 보시지요."

실제로 그는 장사에는 관심이 없었다. 장사란 카말라에게 가져다줄 돈을 버는 데는 유용한 것이었다. 사업을 하면 그가 필요한 금액 이상의 많은 돈을 벌었다. 게다가 싯다르타의 관심과 호기심은 오로지 사람들에게만 있었다. 그들의 사업과 수공업, 근심 걱정, 오락, 바보 짓 등은 예전의 그에게는 낯설고 달만큼이나 멀리 있는 것으로 보였을 뿐이었다.

싯다르타는 모든 사람들과 이야기를 나누고, 모든 사람들과 함께 살고, 모든 사람들에게서 배우는 것을 아주 쉽게 해 낼 수 있었지만, 그럼에도 그들과 자신이 왠지 다르다는 것을 그리고 이러한 차이점은 바로 그가 탁발승들의 특성을 지니고 있다는 사실에서 비롯된다는 것을 의식하게 되었다. 그는 사람들이 아이들처럼, 또는 동물 같은 방식으로 살아가고 있다는 것을 알게 되었다. 그는 그러한 방식을 사랑하면서도 동시에 경멸했다. 그는 사람들이 여러 가지 것들, 곧 돈이나 소소한 쾌락, 보잘것없는 명예 따위를 위해 애쓰고 괴로워하다가 머리카락이 하얗게 세는 것을 보았다. 그런 것들에는 이런 대가를 치를 만한 가치가 있어 보이지 않았다. 그는 그들이 서로 꾸짖고 모욕을 주는 것을 보았다. 또한 그들이 탁발승이라면 웃어 넘겨 버릴 만한 고통 때문에 탄식하고, 탁발승이라면 느끼지도 못할 결핍 상태에 처했다고, 곧 중요한 몇몇 가지가 자신들에게 없다고 괴로워하는 모습도 보았다.

싯다르타는 사람들이 자신에게 무엇을 가져오든 허심탄회하게 받아들였다. 그는 아마포를 사라고 보여 주는 상인도 기꺼이 맞이했고, 돈을 꿔 달라고 찾아온 빚쟁이도 환영했고, 거지도 환영했다. 그 거지는 한 시간 동안이나 자신의 가난에 대해 줄줄이 이야기를 늘어놓았는데, 그는 여느 탁발승의 절반만큼도 가난하지 않았다. 싯다르타는 외국에서 온 부유한 상인도 자신의 수염을 깎아 주는 하인이나 길거리에서 물건을 파는 노점상 — 싯다르타가 그에게서 바나나를 사려고 하자, 그는 돈 몇 푼을 더 불렀고, 싯다르타는 그냥 속아 주었다.— 과 똑같이 대했다.

카마스와미가 걱정거리를 늘어놓거나 어떤 사업 건으로 싯다르타를 나무라면, 그는 호기심을 가지고 명랑한 마음으로 귀 기울여 듣고, 의아하게 여기기도 하고, 그를 이해하려고 애쓰고, 어찌할 수 없는 경우에는 그의 말이 조금은 옳다고 인정해 주기도 했다. 그러고는 그에게서 몸을 돌려 자신을 몹시 만나고 싶어 하는 그 다음 사람을 향했다. 많은 사람들이 싯다르타를 찾아왔다. 그와 흥정하려고 온 사람들도 많았고, 그를 속이기 위해서 온 사람들도 많았고, 그에게 꼬치꼬치 캐물어 뭔가를 알아내려고 온 사람도 많았고, 그의 동정을 끌기 위해서 온 사람들도 많았고, 그의 충고를 듣기 위해서 온 사람들도 많았다.

싯다르타는 충고도 해 주고, 동정을 베풀기도 하고, 선물을 주기도 하고, 조금 속아 넘어가는 척도 했다. 그의 사유는 그가 예전에 여러 신들과 범(梵)*에 몰두했던 것과 똑같이 이러한 전반적인 놀이와 열정에 —사람들은 모두 그러한 열정을 가지고 그러한 놀이를 했다.— 몰두했다.

때때로 그는 가슴속 깊은 곳에서 어떤 죽어가고 있는, 나지막한 목소리를 느꼈다. 그 목소리는 거의 알아들을 수 없을 정도로 나지막하게 경고하고, 나지막하게 탄식하고 있었다. 그럴 때면 그는 자신이 이상야릇한 삶을 살고 있다는 것을, 자신은 오로지 하나의 장난에 불과한 일들을 일삼고 있다는 것을, 자신은 물론 명랑하고 때때로 기쁨을 느끼기는 하지만, 그럼에도 본래적인 삶은 자신의 곁으로 스르르 흘러가 버려 자신에게는 손가락 하나 대지 않는다는 것을 한 시간 남짓한 시간 동안 의식하곤 했다. 구기 선수가 자신의 공 여러 개를 가지고 장난을 치는 것처럼 싯다르타는 자신의 여러 가지 사업을 가지고 장난을 쳤고, 주위 사람들을 가지고 놀았고, 그들을 유심히 지켜보면서 재미있어 했다. 그렇기는 했지만 그는 그들을 진심으로 대하

*범 : 인도 브라만교의 최고 원리로서 세계 창조의 근원. '브라흐마'라고도 한다.

지도 않았고, 그렇게 할 때에는 자기 본성의 샘물도 흐르고 있지 않았다. 그 샘물은 그에게서 먼 어떤 곳으로 흘러가고 있었다. 샘물은 모습을 보이지 않은 채 흐르고, 또 흘러갔다. 그 샘물은 더 이상 그의 삶과는 아무런 관계가 없었다. 그는 그런 생각을 몇 번 하다가 소스라치게 놀랐다. 그는 구경만 하는 방관자가 되어 그 옆에 뻘쭘하니 서 있는 대신, 사람들과 마찬가지로 자기도 유치하기 짝이 없는 모든 일상적인 행위와 활동에 온 마음을 다해 열정적으로 참여하고, 정말 사는 것같이 살고, 실제로 행동하고, 진심으로 기쁨을 누리며 살 수 있는 자질이 있기를 소망했다.

하지만 싯다르타는 몇 번이고 되풀이해서 아름다운 카말라를 찾아가 사랑의 기술을 배우고, 쾌락의 제식 —그 제식에서는 그 어느 곳에서보다 주는 것과 받는 것이 하나가 되었다.— 을 익히고, 카말라와 함께 수다를 떨고, 그녀에게서 배우고, 그녀에게 충고를 주고, 그녀로부터 충고를 얻었다. 그녀는 예전에 고빈다가 그를 이해했던 것보다 그를 훨씬 더 잘 이해했다. 그녀는 그와 꽤 많이 닮았다.

한번은 싯다르타가 카말라에게 이렇게 말했다.

"당신은 꼭 나 같아요. 당신은 대부분의 사람들과 달라요. 당신은 카말라예요. 그 외의 그 누구도 아니지요. 당신 안에는 고요함이자 은신처가 하나 있어요. 어느 때라도 당신은 그 안에 들어가서 집처럼 편안하게 있을 수 있지요. 저도 그렇고요. 그런 걸 갖고 있는 사람은 거의 없어요. 누구나 그런 걸 가질 수는 있겠지만요."

카말라가 말했다.

"모든 사람들이 다 똑똑한 건 아니에요."

싯다르타가 말했다.

"아닙니다. 그런 건 중요하지 않아요. 카마스와미는 저만큼 영리해요. 하지만 자신의 내면에 은신처는 없지요. 그와는 달리, 생각하는 능력은 어린아이 같은데, 은신처를 갖고 있는 사람들이 있어요. 카말라, 대부분의 사람들은 바람에 팔랑팔랑 나부끼다가 허공에서 뱅글뱅글 맴돈 다음, 흩날리고 비틀비틀 흔들리면서 땅바닥에 떨어지는 한 장의 나뭇잎과도 같아요. 하지만 몇 명 되지는 않지만, 별과도 같은 사람들이 있지요. 그들은 확고부동한 궤도를 따라갑니다. 어떤 바람도 그들 가까이 불어오지 못하지요. 그들은 내면에 자신들만의 법칙과 궤도를 갖고 있어요. 내가 알고 있는 수많은 학자들과 사문들 중에 유일하게 단 한 사람이 그런 특성을 지니고 있었어요. 그분은 완전함을 이룬 경지에 이른 분이었어요. 나는 절대로 그분을 잊을 수가 없어요. 그분은 바로 저 고타마입니다. 가르침을 전파하는 그 세존이지요. 수천 명의 제자들이 날마다 그분의 가르침을 듣고 매시간 그분의 계율을 따르지요. 하지만 그들은 모두 떨어지는 한 장의 나뭇잎이지요. 그들은 자신들의 내면에 가르침과 법칙을 지니고 있지 않아요."

카말라는 빙그레 웃음 지으며 싯다르타를 찬찬히 뜯어보았다.

그러고는 이렇게 말했다.

"또 그분 얘기네요. 또 탁발승 생각을 하는군요."

싯다르타는 침묵했다. 그리고 그들은 사랑의 유희를 즐겼다. 그것은 카말라가 알고 있던 서로 다른 삼사십 가지의 놀이 중 하나였다. 그녀의 몸은 아메리카표범인 재규어처럼, 사냥꾼의 활시위처럼 유연했다. 그녀에게서 사랑을 배운 사람은 수많은 쾌락을, 수많은 비밀들을 환히 알게 되었다. 그녀는 싯다르타와 함께 오랫동안 장난을 치고, 그를 유혹하고, 밀어내고, 굴복시키고, 꼭 끌어안고, 그의 능수능란함을 마음껏 즐겼다. 마침내 그는 정복당했다. 그리고 그는 기진맥진한 상태로 그녀 곁에서 쉬었다.

애인은 싯다르타 위로 몸을 굽히고는 그의 얼굴과 피곤에 지친 두 눈을 오랫동안 들여다보았다.

그녀가 생각에 잠긴 채 말했다.

"당신은 내가 지금껏 만났던 애인들 중 최고에요. 당신은 그 누구보다 강하고, 유연하고, 미리 헤아려 기꺼이 응해 주었어요. 싯다르타, 당신은 내 기교를 아주 잘 배웠어요. 언젠가 내가 좀 더 나이가 들면, 당신 아이를 갖고 싶어요. 사랑하는 이여, 그런데도 당신은 줄곧 탁발승으로 머물러 있었지요. 그리고 나를 사랑하지도 않고요. 당신은 어떤 사람도 사랑하지 않아요. 그렇지 않아요?"

싯다르타가 지친 목소리로 말했다.

"그럴지도 모르지요. 나는 당신과 똑같아요. 당신 역시 어떤 사람도 사랑하지 않잖아요. 그렇지 않다면 어떻게 당신은 사랑을 기교만 가지고 할 수가 있겠어요? 우리 같은 인간들은 사랑이란 건 할 수 없을 거예요. 아이들 같은 사람들은 그렇게 할 수 있어요. 그건 그네들의 비밀이지요."

윤회

싯다르타는 오랫동안 속세의 삶과 쾌락의 삶을 살았다. 하지만 그는 그러한 삶에 완전히 속하지는 않았다. 열정적으로 보냈던 탁발승 시절에 억눌렀던 관능이 다시금 깨어났다. 그는 부유함을 맛보았고, 관능적 쾌락을 맛보았고, 권력을 맛보았다. 그럼에도 그의 가슴속에는 오랫동안 여전히 탁발승이 머물러 있었다. 이러한 사실을 총명한 카말라는 정확하게 알아차렸다. 그의 삶을 이끈 것은 여전히 사색하고 기다리고 단식하는 방법과 기술이었고, 이 세상 사람들, 곧 아이 같은 그 사람들은 그에게는 여전히 낯설었다. 물론 그 역시 그들에게는 낯선 존재였다.

세월이 흘렀다. 안락한 생활에 푹 젖어 살던 싯다르타는 세월의 흐름을 거의 느끼지 못했다. 그는 부자가 되었다. 오래전에 그는 자기 소유의 집 한 채와 하인들을 거느리고, 교외의 강가에 정원도 갖고 있었다. 사람들은 그를 좋아했다. 그들은 돈이나 충고가 필요하면 그를 찾아왔다. 하지만 카말라 외에는 그 누구도 그와 가까운 사이가 아니었다.

한창 젊었던 시절, 싯다르타는 고타마의 설법을 듣고 난 뒤에, 그리고 고빈다와 헤어진 뒤에 명료한 상태로 깨어 있는 그 숭고한 상태를, 긴장감으로 가득 찬 그 기대감을, 가르침도 스승도 없이 당당하게 홀로 있던 그 모습을 체험했고, 자신의 가슴속에서 신의 목소리를 들으려는 다소곳한 준비 태세 또한 체험했다. 그런데 이제 이 모든 것들은 서서히 하나의 추억거리가 되어 버렸고, 한낱 덧없는 옛일이 되어 버렸다.

한때는 가까이 있었던 그 거룩한 샘물은, 한때는 그의 가슴속에서 좔좔 소리를 내며 흘렀던 그 거룩한 샘물은 이제는 아득하게 먼 곳에서 나지막이 졸졸 소리를 내고 있었다. 그가 탁발승들에게서 배운 많은 것들, 고타마와 아버지와 브라만들에게서 배웠던 많은 것들, 곧 절도 있는 생활, 사색하는 기쁨, 명상하던 시간들, 자신, 그러니까 육체도 아니고 의식도 아닌 영원한 자아에 대한 은밀한 깨달음 등은 여전히 오랜 시간 동안 그의 가슴속에 고스란히 남아 있었다. 그러한 것들 중 꽤 많은 것이 그의 내면에 그대로 남아 있었지만, 하나씩 하나씩 가라앉아 먼지로 뒤덮여 있었다. 도공의 선반이 일단 회전하기 시작하면, 오랫동안 빙글빙글 돌다가 서서히 지쳐 가고, 마침내는 완전히 멈추어 버리듯이 싯다르타의 영혼 속에서는 금욕의 수레바퀴가, 사색의 수레바퀴가, 식별의 수레바퀴가 오랫동안 계속 돌고 있었다.

그 바퀴들은 여전히 돌고 있기는 했지만 그 움직임은 매우 미세했다. 금방이라도 멈추어 버릴 것 같았다. 바퀴들은 정지 순간을 향해 한 발 한 발 다가가고 있었다. 시름시름 말라 죽어 가는 나무 밑동 속에 물기가 서서히 스며들어와, 그 속을 서서히 꽉 채운 다음 썩게 만드는 것처럼 속세와 게으름은 싯다르타의 영혼 속으로 파고 들어와 서서히 그의 영혼을 가득 메우고, 무겁게 만들고, 지치게 만들어 잠들게 했다. 그 대신, 그의 관능은 팔팔하게 살아났다. 관능은 수많은 것을 배우고, 수많은 것을 경험했다.

싯다르타는 장사하는 법과 사람들에게 권력을 행사하는 법과 여자와 즐거움을 향유하는 법을 배웠다. 그는 아름다운 옷을 입는 법, 하인들에게 명령을 내리는 법, 여러 종류의 향기로운 물 속에서 목욕하는 법을 배웠다. 그는 온갖 정성을 들여 극진히 차린 여러 가지 요리와 생선, 고기와 새고기, 갖가지 향료와 달콤한 것을 먹는 법을 배웠고, 온몸을 늘어지게 하면서 몽롱하게 만드는 포도주를 마시는 법도 배웠다. 그는 주사위 놀이와 장기를 두는 법, 여자 무희들을 구경하는 법, 가마를 타고 가는 법 그리고 부드러운 침대에서 잠을 자는 법도 배웠다.

하지만 여전히 그는 스스로 다른 사람들과는 다르고 그들보다 우월하다고 느꼈으며, 늘 그들을 약간은 조롱하는 눈빛으로, 약간은 조롱 섞인 경멸감을 갖고 바라보았다. 그것은 뭇 탁발승들이 속세 사람들에게서 언제나 느끼는 경멸감이었다.

카마스와미가 골골하거나 화를 내거나 모욕감을 느끼거나 장사꾼들이 종종 하는 근심 걱정을 하느라 괴로워할 때면, 싯다르타는 언제나 조롱하는 눈빛으로 그를 바라보았다. 하지만 몇 차례의 수확기와 우기가 지나가는 동안, 그의 조롱은 서서히, 겉으로 드러나지는 않았지만 점차 누그러졌고, 그의 우월감 역시 점차로 잠잠해졌다.

싯다르타는 점차 부유해지면서 서서히 어린아이들과 같은 사람들이 지니고 있는 것, 예를 들면 어느 정도는 단순해지고 어느 정도는 조바심에도 사로잡히게 되었다. 그러면서도 그는 그들을 부러워했다. 자신이 그들을 닮아갈수록 그들에 대한 부러움은 점점 더 커져 가기만 했다. 그는 자신에게는 없지만 그들은 갖고 있는 것, 바로 그 한 가지를 부러워했다. 그들이 자신들의 삶에 부여하는 중대한 의미, 그들이 느끼는 기쁨과 근심 걱정의 강렬함, 영원히 사랑에 빠지는, 불안하면서도 달콤한 행복, 그는 이러한 것을 부러워했다. 그들은 자나 깨나 자기 자신에게, 여자들에게, 자식들에게, 명예나 돈에, 여러 가지 계획이나 이런저런 희망에 푹 빠져 있었다.

하지만 그는 이러한 것을, 바로 이러한 것, 곧 어린아이들처럼 마냥 기뻐하는 것과 어린아이다운 어리석음을 그들에게서 배우지 않았다. 그는 그들에게서 그 자신이 경멸해 마지않았던 것, 곧 불쾌감을 불러일으키는 점들을 배웠다. 사람들과 즐거운 저녁 시간을 보낸 다음 날 아침, 오랫동안 잠자리에 누워 있을 때면 왠지 온몸이 마비된 듯하면서 피곤이 몰려오는 것 같은 기분이 드는 일이 점점 잦아졌다. 카마스와미가 이러쿵저러쿵 걱정을 늘어놓으면 그는 지루해진 나머지 버럭 화를 내면서 더는 들어 주고 싶은 마음이 없어지기까지 했다. 주사위 놀이를 하다가 지면, 엄청나게 크게 웃어 젖히는 일도 있었다. 그의 얼굴은 여전히 다른 사람들보다 훨씬 더 총명하고 지적으로 보였다. 하지만 그는 거의 웃지 않았다. 그리고 부자들의 얼굴에서 흔히 볼 수 있는 표정들, 곧 불만이나 허약함, 불쾌함, 게으름, 몰인정함이 담긴 표정을 점차 지었다. 그는 돈 많은 사람들이 잘 걸리는 마음의 병에 서서히 걸렸다.

장막처럼, 엷은 안개처럼 피로감이 싯다르타 위로 서서히 내려앉았다. 그 피곤한 기운은 하루하루 날이 갈수록 조금씩 더 밀도가 높아지고, 달이 갈수록 조금씩 탁해지고, 해가 갈수록 조금씩 묵직해졌다. 시간이 흐르면서 새 옷이 낡고, 시간이 흐르면서 그 아름다운 빛깔이 없어지고, 여기저기 얼룩이 생기고, 주름이 지고, 솔기가 터져 너덜너덜 나 있는 실밥이 여기저기 보이기 시작하듯이 싯다르타의 새로운 삶은, 고빈다와 헤어진 뒤에 시작한 그 새로운 삶은 낡아 버려 세월이 흘러감에 따라 빛깔과 광택을 잃어버리고, 주름이며 얼룩이 여기저기 생기고, 그 새로운 삶의 밑바닥에는 보이지 않게 숨어 있기는 했지만 이곳저곳에서 이미 환멸감과 혐오감이 추악한 모습을 한 채 빠끔히 내다보며 기다리고 있었다. 싯다르타는 그러한 사실을 알아차리지 못했다. 그는 자신의 내면에서 들려오던 그 낭랑하고 확고한 목소리가, 한때 가슴속에서 깨어 있어 자신이 빛나던 시절에 매번 자신을 이끌어 주었던 그 목소리가 침묵해 버렸다는 사실만 알아차릴 뿐이었다.

세상은 그를 옴짝달싹하지 못하게 사로잡았다. 그는 쾌락과 욕망과 태만에도 사로잡혔고, 마침내는 그가 모든 것 중에서 가장 어리석은 것이라며 그 무엇보다도 경멸하고 조롱했던 저 악덕, 곧 탐욕에도 사로잡혔다. 마침내 그는 소유물에도, 재산과 부유함에도 사로잡혔다. 그런 것들은 그에게는 더 이상 놀이도, 하찮은 것도 아니었다. 그것들은 사슬과 짐이 되었다. 싯다르타는 간계와 술책이 판을 치고 이상야릇한 곳을 여기저기 돌아다니다가 주사위 도박을 하게 되면서 최악의 예속 상태, 경멸스럽기 짝이 없는 예속 상태에 빠지게 되었다. 말하자면 그는 마음속에서 탁발승이기를 중단한 뒤로, 예전 같으면 어린아이 같은 사람들이나 하고 노는 풍습이라고 여기고 씩 웃음을 지으며 마지못해 끼어들었던, 돈이나 귀중품을 건 노름에 점점 더 깊이, 정신없이 빠지기 시작했다. 그는 사람들이 두려워하는 노름꾼이었다. 그는 그야말로 대담하게 엄청난 판돈을 걸었기 때문에, 감히 그와 노름을 하려는 사람은 몇 되지 않았다.

그는 스스로도 자신의 마음을 추스를 수 없는, 절박한 마음에서 도박을 했다. 노름에 져서 엄청나게 큰돈을 탕진하고 나면 그는 화가 나면서도 동시에 쾌감을 느꼈다. 그는 부유함에 대해, 장사꾼들의 우상인 부유함에 대해 그보다 더 분명하게, 노골적으로 경멸감을 드러낼 수 있는 방법을 알지 못했다. 그렇게 그는 스스로를 증오하고 경멸하면서 거액의 판돈을 걸고 그야말로 대담하게 도박을 했다. 수천 금을 쓸어 가고, 수천 금을 다시 내주고, 돈을 잃고, 보석을 잃고, 별장을 잃었다. 그러다가 그는 또

다시 따고, 또다시 잃었다. 주사위 노름을 하면서, 높은 판돈을 걸면서 불안에 휩싸이는 동안 조마조마 마음을 졸이며 느끼는 극도의 불안감을 그는 사랑했다. 그리고 그는 그 불안감을 끊임없이 불러일으키고, 끊임없이 고조시키고, 한층 더 자극하려고 애썼다. 그는 그런 기분을 느낄 때에만, 넌더리 나고 미적지근하고 무미건조한 자신의 삶에서 여전히 행복과도 같은 것을, 도취 같은 것을, 뭔가 고양된 듯한 삶을 느꼈던 것이다.

그는 크게 잃고 나면, 매번 또다시 돈을 벌 궁리를 하고, 장사를 한층 더 열성적으로 하고, 빚쟁이들에게 한층 더 혹독하게 돈을 갚으라고 독촉을 해 댔다. 왜냐하면 그는 노름을 계속하고, 돈을 계속 흥청망청 쓰면서 자신은 부유함을 경멸한다는 것을 보여 주고 싶었기 때문이다. 그는 손해를 보면 마음의 평정을 잃어버렸다. 빚쟁이들이 제때 빚을 갚지 않으면, 그는 인내심을 잃었고 거지들에게 베풀던 자비심도 잃어버렸다. 또한 그는 간절한 마음으로 돈을 융통해 달라고 애원하는 사람들에게 돈을 거저 주거나 빌려주는 기쁨도 잃어버렸다.

주사위를 한 번 던질 때 천만금을 잃고도 껄껄 웃던 그는 장사를 할 때 훨씬 더 엄격해지고 좀스러워졌다. 밤이면 그는 때때로 돈에 대한 꿈을 꾸기도 했다! 추악하기 짝이 없는, 그런 식의 마법에서 깨어날 때면, 침실 벽에 걸린 거울 속에서 한층 더 늙고 흉측하게 변해 버린 자신의 얼굴을 볼 때면, 수치심과 구토감이 자신을 엄습할 때면, 그는 도망치고, 또 도망쳤다. 그는 새로운 도박판으로, 관능적 쾌락과 술의 마취 상태로 도망갔다가 다시금 돈을 긁어모으고 이것저것 사들이고 싶은 충동이 또다시 가슴속에 일곤 했다. 이렇듯 무의미한 생활이 끊임없이 되풀이 되자, 그는 지치고, 늙고, 병이 들었다.

그러던 어느 날, 그는 경고 메시지가 담긴 꿈을 꾸었다. 저녁 무렵, 그는 카말라 곁에, 공원다운 분위기가 물씬 풍기는 그녀의 아름다운 정원에 있었다. 그들은 나무 밑에 앉아 이야기를 나누고 있었다. 카말라는 의미심장한 말을 꺼냈다. 그런데 그 말 속에는 한 줄기 슬픔과 피곤이 깃들어 있었다. 카말라는 그에게 고타마에 대한 이야기를 들려 달라고 부탁했다. 그가 고타마의 눈빛이 얼마나 순수한지, 고타마의 입이 얼마나 고요하고 아름다운지, 고타마의 미소는 얼마나 자비로운지, 고타마의 걸음걸이는 또 얼마나 평화로운지에 대해 말해 주어도 카말라는 좀처럼 만족할 줄을 몰랐다. 그는 카말라에게 오랫동안 거룩한 붓다에 대한 이야기를 들려주어야 했다.

그러자 카말라는 한숨을 푸 내쉬더니 이렇게 말했다.

"언젠가, 아마 곧 나도 붓다를 따를 거예요. 그분에게 내 정원을 시주하고 그분의 가르침에 귀의할 거예요."

그런 말을 하면서도 카말라는 싯다르타를 살살 자극하고 유혹했다. 그러고는 고통스러울 정도로 격정적인 감정으로 사랑의 유희를 벌이는 동안 이 헛되고도 덧없는 쾌락으로부터 달콤한 마지막 방울까지 쥐어짜내려는 듯이 입술을 꽉 깨문 채 눈물을 흘리면서 그를 꼭 끌어안았다. 관능적인 쾌락이 죽음과 가까운 관계에 있다는 것을 그는 그때처럼 또렷이 느낀 적은 없었다. 참으로 기이한 일이었다. 그는 카말라 곁에 누웠다. 그녀의 얼굴이 가까이에 있었다. 그는 그녀의 눈 밑과 입가에서 그 어느 때보다도 눈에 띄게 불안에 떨고 있는 하나의 문자를 읽어 냈다. 그것은 섬세한 몇 개의 선과 잔주름들로 이루어진 문자로 가을과 늙음을 떠올리게 했다. 이제 막 사십 줄에 들어선 싯다르타 역시 검은색 머리칼 사이사이에 이미 하얀 머리카락이 눈에 띄었다. 카말라의 아름다운 얼굴에는 완전히 지친 기색이 역력했다. 그 얼굴에는 피곤함과 바야흐로 패이기 시작한 주름 그리고 아직 입 밖으로 말을 내지는 않고 숨기고 있는, 십중팔구 그녀가 아직 한 번도 의식하지 못한 불안감이 드리워져 있었다. 그것은 바로 나이 먹음에 대한 두려움, 가을에 대한 두려움, 언젠가는 죽을 수밖에 없다는 것에 대한 두려움이었다. 싯다르타는 한숨을 내쉬며 그녀와 작별을 했다. 그의 영혼은 온통 꺼림칙하고 스스로 드러내지 않고 숨기고 있는 초조감과 불안감으로 가득 차 있었다.

그곳을 떠난 싯다르타는 자신의 집에서 무희들과 함께 술을 마시며 밤을 보냈다. 그는 자신과 신분이 같은 사람들에게 그들보다 훨씬 더 우월한 척했고 ―이제 그는 더 이상 그렇지 않았다.― 술을 많이 마셨다. 자정이 지난 뒤에야 그는 피곤함을 느꼈지만 흥분한 채로, 거의 울음을 터뜨릴 듯하면서 거의 절망적인 심정으로 자신의 잠자리를 찾았다. 잠을 자려고 했으나 그는 한참 동안 잠을 이룰 수가 없었다. 그의 가슴속은 온통 비참한 심정과 ―그는 그러한 심정을 더는 참을 수 없을 것만 같았다.―

혐오감으로 가득 차 있었다. 미적지근하고 역겨운 술맛처럼, 너무나도 달콤하고 단조로운 음악과 무희들의 지극히 부드러운 미소 그리고 너무나도 달콤한 그들의 머리카락과 가슴에서 풍겨 나오는 향기처럼 그는 혐오감이 자신의 온몸 속에 파고들어 온 것만 같은 기분이 들었다.

하지만 그 무엇보다 혐오스러운 것은 바로 자기 자신, 곧 향기 나는 자신의 머리카락과 술 냄새가 풍기는 자신의 입과 지치고 불쾌하고 혐오감을 일게 하는 자신의 주름진 피부였다. 엄청나게 많이 먹거나 엄청나게 술을 많이 마신 사람이 고통스러워하면서 다시 토해 낸 뒤 속이 홀가분해져서 기뻐하듯이, 좀처럼 잠을 이루지 못하는 그 남자는 엄청나게 큰 파도처럼 밀려오는 구토감을 느끼며 이러한 향락과 이러한 습관들과 무의미하기 짝이 없는 이러한 생활과 자기 자신에게서 벗어나 자유로워지기를 소망했다.

아침 햇살이 비치고, 시내에 있는 그의 집 앞 거리에서 사람들이 분주하게 움직일 무렵에야 비로소 그는 깜빡 잠이 들었다. 잠시 동안 비몽사몽 중에 잠이 든 것 같은 기분이 들었다. 그 순간 그는 꿈을 꾸었다.

카말라는 황금 새장 안에 목소리가 곱고 진기한 작은 새 한 마리를 기르고 있었다. 싯다르타는 이 새에 대한 꿈을 꾸었다. 꿈의 내용은 다음과 같았다.

아침이면 노래를 부르던 그 새가 꿀 먹은 벙어리가 되었다. 싯다르타는 그러한 사실을 눈치채고는 새장 앞으로 다가가 새장

안을 들여다보았다. 그곳에는 그 작은 새가 죽어 뻣뻣하게 굳은 채로 바닥에 쓰러져 있었다. 그는 새를 끄집어내어 손바닥에 놓고는 잠시 동안 무게를 헤아려 보다가 골목길 쪽으로 휙 집어던졌다. 그런데 바로 그 순간 그는 소스라치게 놀랐다. 자신이 마치 그 죽은 새와 함께 모든 가치와 모든 선함을 자신에게서 뚝 떼어 내 집어던져 버린 것처럼 가슴이 아팠다.

퍼뜩 꿈에서 깨어 벌떡 일어나 앉은 그는 크나큰 슬픔이 자신을 에워싸고 있음을 느꼈다. 그는 자신이 무가치하게, 무가치하고도 무의미하게 살아온 것 같은 기분이 들었다. 그의 수중에는 살아 있다거나 소중하다거나 보존할 가치가 있는 것은 하나도 남아 있지 않았다. 그는 난파를 당해 바닷가에 홀로 서 있는 사람처럼 혼자 멍하니 서 있었다.

그는 침울한 표정으로 자기 소유의 한 공원풍 정원으로 가서 꽤 작은 문을 걸어 잠그고는 한 망고나무 밑에 앉았다. 그는 심장 속에서 죽음을 느꼈고, 가슴속에서는 공포와 전율을 느꼈다. 그렇게 앉은 채로 그는 그러한 느낌이 자신의 내면에서 죽고, 자신의 내면에서 시들어 가고, 자신의 내면에서 끝나 가고 있음을 느꼈다.

서서히 그는 정신을 집중해 자신이 생각해 낼 수 있는 최초의 날부터 지금까지 걸어온 길을 머릿속에서 죽 훑어보았다.

'도대체 나는 언제 행복감을 체험했을까? 도대체 난 진정한 환희를 언제 체험한 걸까?'

아, 행복감과 환희를 체험하지 않은 것은 결코 아니었다. 그는 그러한 것을 여러 차례 체험했다. 소년 시절 브라만들로부터 칭찬을 들을 때, 거룩한 경전의 구절들을 암송하거나 학자들과 논쟁을 벌일 때, 제사를 지내며 조수 노릇을 할 때, 그는 또래보다 훨씬 뛰어났다. 그럴 때면 그는 가슴속에서 행복감을 느꼈다.

"네 앞에는 길이 하나 놓여 있어. 너는 그 길을 걸을 수 있는 천부적인 재능을 지니고 있어. 신들이 너를 기다리고 계셔."

그는 청년 시절에도 온갖 종류의 사색을 했는데, 그 목표가 점점 더 높아져서 그와 함께 동일한 목표를 추구하는 무리에서 벗어났을 때나, 고통스러워하면서도 범의 의미를 알기 위해 고군분투했을 때 그리고 매번 새롭게 지식을 얻어도 가슴속에서 끊임없이 갈증이 일었을 때, 그는 그 갈증 속에서, 그 고통 속에서 자신이 소년 시절에 느꼈던 것과 똑같은 것을 다시금 느끼곤 했다.

"계속해! 계속하라구! 그게 네 숙명이야!"

고향을 떠나 탁발승의 생활을 선택했을 때, 그는 그런 목소리를 들었다. 또한 탁발승들을 떠나 저 완성된 경지에 이른 붓다를 찾아갔을 때도 그런 목소리를 들었다. 그리고 그를 떠나 불확실함 속으로 빠져들어갔을 때도 그런 목소리를 들었다. 얼마나 오랫동안 그 목소리를 듣지 않았던가. 얼마나 오랫동안 고양된 수준에 이르지 못했던가. 자신이 걸어왔던 길은 얼마나 평탄하고 황폐했던가. 얼마나 긴 세월 동안 그는 고귀한 목표도 없이, 갈증도 없이, 정신적인 수양도 없이 여러 가지 자잘한 쾌락에 만족하고, 그럼에도 결코 만족하지 못하고 살았던가!

그 몇 해 동안 그는, 스스로는 의식하지 못했지만, 아이들과도 같은 그 많은 사람들처럼 되려고 애를 쓰고, 또한 그렇게 되기를 동경했다. 그런데도 그의 삶은 그들의 삶보다 훨씬 더 불행하고 빈한했다. 왜냐하면 그들의 목표는 그의 목표가 아니었고, 그들이 안고 있는 이런저런 걱정거리도 그의 걱정거리는 아니었으며, 카마스와미와 같은 사람들의 세계는 뭉뚱그려 볼 때 그에게는 그저 한낱 놀이요, 구경거리로서의 춤이요, 한 편의 희극에 불과했기 때문이다. 오로지 카말라 한 사람만이 그에게는 사랑스럽고 소중한 사람이었다. 하지만 그녀는 아직도 그런 존재일까? 그는 여전히 그녀를 필요로 하는 것일까, 아니면 그녀가 여전히 그를 필요로 하는 것일까? 그들은 끝이라고는 없는 놀이를 하는 것일까? 그런 것을 위해서 사는 것이 꼭 필요한 것일까? 아니다, 그런 건 필요하지 않다! 그런 놀이는 윤회라고 일컬어지는 것이다. 그것은 아이들을 위한 놀이이다. 그 놀이는 한 번, 두 번, 열 번 정도는 재미있을 수 있을지 모르지만, 그 놀이가 영원히 되풀이된다면 과연 어떻게 될까?

순간 싯다르타는 그 놀이가 끝났다는 것을, 더는 그 놀이를 할 수 없다는 것을 퍼뜩 깨달았다. 온몸에 저릿저릿한 전율이 일었다. 가슴속에서 뭔가가 죽어 버린 것 같은 기분이 들었다.

그날 하루 종일 싯다르타는 망고나무 아래 앉아 아버지를 생각하고, 고빈다를 생각하고, 고타마를 생각했다. 카마스와미 같은 인간이 되기 위해서 자신이 그들을 떠나야만 했던 것일까?

그는 어둠이 내리기 시작했을 때도 여전히 앉아 있었다.

그는 별들을 바라보며 이렇게 생각했다.

'나는 여기 내 망고나무 아래 앉아 있어. 내 정원에.'

그는 살짝 미소를 지었다. 망고나무 한 그루를, 하나의 정원을 소유하는 것은 꼭 필요한 일이었을까? 그것은 옳은 일이었을까? 한낱 어리석은 장난은 아니었을까?

싯다르타는 그러한 생각 역시 끝내기로 했다. 그것은 그의 내면에서 죽었다. 그는 자리에서 일어나 망고나무와 작별하고, 정원과도 작별을 했다. 하루 종일 아무것도 먹지 않았던 터라 그는 심한 허기를 느꼈다. 순간 그는 시내에 있는 자기 집과 자신의 방과 침대와 여러 가지 음식이 차려진 식탁이 떠올랐다. 그는 지친 표정으로 미소를 지으며 몸을 뒤흔들었다. 그러고는 이 모든 것들과 작별했다.

그날 밤, 싯다르타는 자신의 정원을 떠났다. 그 도시를 떠나 두 번 다시 그곳에 돌아가지 않았다. 그가 도적들에게 잡혀갔다고 여긴 카마스와미는 오랫동안 사람들을 풀어 그를 찾도록 했다. 하지만 카말라는 그렇게 하지 않았다. 그녀는 싯다르타가 사라져 버렸다는 소리를 듣고도 놀라지 않았다. 그녀는 그러하리라는 것을 늘 예측하지 않았던가? 그는 탁발승이요, 고향이 없는 자요, 순례자가 아니었던가? 그녀는 마지막으로 그와 함께 있었을 때, 그러한 사실을 깊이 절감했다. 그녀는 그를 잃게 된 고통을 느끼면서도 자신이 마지막으로 그토록 애틋한 마음으로 그를 품에 안았다는 사실에 기뻐하고, 한 번 더 오롯이 그의 사람이 되고, 그와 하나가 된 것 같은 기분에 기뻐했다.

싯다르타가 사라졌다는 소식을 처음 접한 카말라는 창가로 갔다. 카말라는 창가에 있는 황금 새장 속에 노래하는 진귀한 새 한 마리를 키우고 있었다. 그녀는 새장 문을 열고 새를 꺼내 날려 보냈다. 그녀는 오랫동안 새를, 하늘을 훨훨 날아가는 새를 바라보았다. 그날부터 그녀는 더 이상 손님을 맞이하지 않고 자기 집 대문을 잠가 버렸다. 얼마 지나지 않아 그녀는 싯다르타와 마지막으로 함께 있을 때 아이를 임신했다는 것을 알게 되었다.

강가에서

싯다르타는 이미 그 도시에서 멀리 떨어진 숲 속을 이리저리 거닐고 있었다. 그는 다시는 그곳으로 돌아갈 수 없고 지금껏 여러 해 동안 누렸던 생활은 완전히 끝나 버렸으며 자신이 그러한 생활을 구역질이 날 정도로 실컷 즐기고 빨아들였다는 사실, 그 한 가지만 알 뿐이었다.

그가 꿈속에서 보았던 새는 죽었다. 그의 가슴속에 있던 새는 죽은 것이다. 그는 윤회의 수레바퀴에 깊이 휘말려 들어갔다. 스펀지가 물을 빨아들여 완전히 부풀어 오르듯이 그는 사방에서 혐오감과 죽음을 자신의 내면에 빨아들였다. 그는 한없이 진저리가 났고, 한없이 비참했고, 한없이 죽음에 대한 생각을 했다. 이제 이 세상에서 그를 유혹하고, 그에게 기쁨을 안겨 주고, 그를 위로해 줄 수 있는 것은 아무것도 없었다.

그는 자신에 대해 더는 알고 싶지 않은 마음이 간절했다. 또한 편히 쉬고 싶은 마음도, 이제 그만 죽어 버리고 싶은 마음도 간절했다. 벼락이라도 맞아 죽어 버렸으면! 호랑이가 나타나 나를 잡아먹었으면! 마취시켜 버려 모든 걸 잊게 하고 잠에 빠져들게 해 다시는 깨어나지 않게 하는 술이나 독이 있었으면! 나를 더럽히지 않은 어떤 더러운 것이 아직도 있을까? 내가 저지르지 않은 죄와 어리석음이 아직도 있을까? 스스로 자초하지 않은 정신적인 황폐함이 아직도 남아 있는 것일까? 나는 아직도 살 수 있는 걸까? 또다시 숨을 쉬고 내쉬는 것, 배고픔을 느끼는 것, 다시금 먹는 것, 다시 잠을 자는 것, 다시금 여자 옆에 눕는 것, 이런 것들이 과연 가능할까? 내게 있어 이런 식의 돌고 도는 과정은 그 기운이 쇠해서 이미 다 끝나 버린 것일까?

싯다르타는 숲 속을 흐르는 커다란 강에 이르렀다. 그 강은 그가 아직 젊었던 시절, 고타마가 있던 도시를 떠나왔을 때, 어느 뱃사공이 그를 건네다 준 바로 그 강이었다. 그는 강가에 멈추어 섰다. 그는 발걸음을 옮기지 않고 주저하는 마음으로 그대로 서 있었다. 피로와 배고픔으로 그는 허약해진 상태였다. 그런데 대체 무엇을 위해 계속 걸어가야 한단 말인가? 도대체 어디로, 어떤 목적으로? 아니다, 목표 같은 건 더는 없었다. 지금 남은 것이라고는 그 뒤숭숭한 꿈을 조금도 남김없이 스스로에게서 털어 내고, 김빠진 술을 토해 내고, 이 비참하고 수치스러운 삶에 종지부를 찍고 싶은 지극히 고통스럽고도 강렬한 열망뿐이었다.

강기슭 위로 야자나무 한 그루가 드리워져 있었다. 싯다르타는 나무 밑동에 어깨를 기대고 팔로 나무 밑동을 끌어안은 채 하염없이 흘러가는 초록색 물속을 물끄러미 내려다보았다. 그는 훌훌 털어 버리고 강물 속에 가라앉아 버리고 싶은 욕구가 가슴속에 가득 차 있다는 것을 발견했다. 소름끼치는 공허감이 물속으로부터 수면 위로 그를 향해 비치고 있었다. 그러자 그의 영혼 속에 있던 무시무시한 공허감이 그것에게 대꾸를 했다. 그래, 난 끝장난 거야. 이제 내가 할 수 있는 건 내 스스로 나를 죽이고, 내 삶이 만들어 냈지만 결국 실패로 끝난 이 모든 것을 박살 내서 나를 조롱하며 웃고 있는 신들의 발 앞에 그걸 홱 집어 던지는 것밖에 없어. 그건 내가 그토록 바라던 거지. 꼭꼭 잠긴 걸 우격다짐으로 부수어 여는 것. 그건 죽음이고, 내가 증오했던 형식과 형상을 박살 내는 것이지. 물고기들이 나를, 이 개 같은 싯다르타를, 이 미친놈을, 변질하고 썩어 버린 이 몸뚱이를, 피곤에 지치고 함부로 마구 써 버린 이 영혼을 잡아먹어 준다면 얼마나 좋을까! 물고기들과 악어들이 나를 잡아먹고, 악마들이 나를 발기발기 찢어 버려 준다면 얼마나 좋을까!

싯다르타는 얼굴을 잔뜩 찌푸린 채 강물 속을 뚫어지게 바라보았다. 그러고는 자신의 얼굴이 물속에 비친 것을 보고는 그곳에 침을 퉤 뱉었다. 몹시 지친 상태에 있던 그는 나무 밑동을 끌어안고 있던 팔을 풀고는 서 있는 자세 그대로 물속에 몸을 던져 영원히 그곳에 가라앉기 위해서 몸을 조금 돌렸다. 그는 눈을 감은 채 죽음을 향해 가라앉았다.

바로 그 순간, 그의 영혼 속 아주 구석진 이곳저곳에서, 피곤에 젖은, 그의 삶의 여러 과거에서 어떤 소리가 파르르 떨리는 듯이 울렸다. 그것은 하나의 단어였고, 하나의 음절이었다. 그는 그 음절을 아무 생각 없이 웅얼거리는 목소리로 툭 내뱉었다. 그 음절은 모든 브라만들이 올리는 오래된 기도의 첫 번째 단어이자 마지막 단어, 곧 저 거룩한 '옴'이었다. 그것은 '완전한 것' 또는 '완성'만큼이나 중요한 의미를 지니는 단어였다. "옴"이라는 소리가 싯다르타의 귓가를 스치는 순간, 까무룩 잠들어 있던 그의 정신은 퍼뜩 깨어나 자신의 행위가 어리석었다는 사실을 깨달았다.

싯다르타는 소스라치게 놀랐다. 자신이 처한 처지는 바로 다음과 같은 것이었다. 곧 그는 한없이 타락하고, 한없이 길을 잃고 헤매면서 모든 지식에서 벗어나 결국 죽음을 찾게 되었고, 그러한 소망, 곧 그의 내면에 있던, 아이들이나 갖는 소망이 간절해지게 된 것이었다. 그건 바로 자신의 육체를 없애 버림으로써 안식을 찾고 싶다는 소망이었다! 지난 시간 동안 그가 그토록 고통스러워하고, 수도 없이 각성하고, 끝없이 절망해도 결코 얻지 못했던 것이, 옴이 그의 의식 속으로 뚫고 들어오는 바로 그 순간, 그는 그것을 얻었다. 그건 바로 비참하고, 끝내 목적을 찾지 못하고 헤매고 있는 상태에서 자신을 인식한 것이었다.

그는 중얼거렸다.

"옴! 옴!"

그러자 그는 범을, 생명의 불멸성을 그리고 그가 그동안 잊고 있었던 모든 신성(神性)을 다시금 알게 되었다.

하지만 그러한 깨달음은 한순간 동안만, 한 찰나 동안만 지속되었다. 그는 야자나무 밑동에 털썩 주저앉아 피곤에 지친 몸을 누이고는 옴을 중얼거리면서 머리를 나무뿌리 위에 올려놓았다. 그러고는 깊은 잠에 빠져들었다.

너무 깊이 잠든 나머지 그는 꿈같은 건 전혀 꾸지 않았다. 그렇게 잠을 잔 건 정말 오랜만이었다. 여러 시간이 지난 뒤에 잠에서 깨어났을 때, 그는 마치 십 년의 세월이 흘러간 듯한 기분이 들었다. 강물이 흘러가는 소리가 나지막하게 그의 귓가에 들려왔다. 그는 자신이 어디에 있는지 그리고 누가 자신을 그리로 데리고 왔는지를 알 수 없었다. 그는 눈을 뜨고 나무들과 하늘이 자신의 위에 있다는 사실을 놀란 눈으로 바라보았다. 그리고 자신이 지금 어디에 있는지 그리고 어떻게 그곳에 오게 되었는지를 기억에 떠올렸다. 하지만 기억을 되살리는 데에는 오랜 시간이 걸렸다. 지나간 과거는 그에게 마치 장막에 싸인 듯 아득하게 멀게만 느껴졌고, 끝없이 멀리 떨어져 있는 것처럼, 자신과는 하등의 관계가 없는 것처럼 느껴졌다. 그가 알고 있는 것은 오로지 자신이 (잠에서 깨어나 정신을 차린 순간, 그가 지금까지 살아왔던 삶은 그에게는 오래전에 존재했던 하나의 화신처럼, 자신의 현재 자아의 전생처럼 느껴졌다.) 그 삶을 버리고 떠났다는 것 그리고 혐오감과 비참함을 깊이 느낀 나머지 자신의 목숨까지도 내던져 버리려고 했다는 것, 하지만 강가에 있던 어느 야자나무 아래서 정신을 차리고, 그 거룩한 단어인 옴을 입에 올린 다음, 까무룩 잠이 들었다가 이제 새로운 사람이 되어 잠에서 깨어난 뒤 세상을 바라보고 있다는 사실뿐이었다.

그는 자신을 잠들게 한 옴이라는 말을 나지막이 중얼거렸다. 그가 오랫동안 취했던 수면은 바로 긴 시간동안 완전히 몰두한 상태에서 옴을 말한 것으로 여겨졌다. 또한 그러한 긴 수면은 옴-사상이며, 옴 속으로, 무어라고 이름 붙일 수는 없지만 완성된 존재 속에 가라앉아 완전히 그 속으로 들어가는 것처럼 여겨졌다.

이 얼마나 놀라운 수면인가! 지금껏 잠을 자고 난 뒤, 이번처럼 기분이 상쾌해지고, 새로운 기분이 들고, 젊어진 듯한 느낌을 가졌던 적은 한 번도 없었다! 혹시 정말 죽어 썩어 버린 뒤, 새로운 모습으로 다시 태어난 것일까? 하지만 그렇지는 않았다. 그는 자기 자신을 잘 알고 있었다. 그는 자신의 두 손과 두 발을 알고 있었고, 자신이 누워 있던 곳도 알고 있었고, 자신의 가슴 속에 있는 이 자아, 이 싯다르타, 고집불통의 남자, 괴팍한 남자를 너무나도 잘 알고 있었다. 하지만 이 싯다르타는 달라져 있었고, 새로워졌고, 신기할 정도로 잠을 푹 잤고, 참으로 이상하게도 잠에서 깨어났고, 기뻐했고, 호기심이 일었다.

싯다르타는 몸을 일으켰다. 그러자 맞은편에 한 남자가 앉아 있는 것이 보였다. 머리를 박박 깎은 그 낯선 남자는 노란색 가사를 입은 승려로 명상하는 자세를 취하고 있었다. 싯다르타는 그 승려를 찬찬히 뜯어보았다. 그는 머리카락도, 수염도 없었다. 얼마 지나지 않아 싯다르타는 그 승려의 모습 속에서 고빈다를, 청년 시절의 벗을, 거룩한 붓다에게 귀의한 고빈다를 알아보았다. 고빈다 역시 나이가 들어 있었다. 하지만 그의 얼굴에는 예전의 표정이 여전히 고스란히 담겨 있었다. 그 얼굴엔 열성과 충직함과 구도심과 조바심이 어려 있었다. 하지만 고빈다가 싯다르타의 시선을 느껴 눈을 뜨고 그를 지긋이 바라보았을 때, 싯다르타는 고빈다가 자신을 알아보지 못한다는 것을 알아차렸다. 고빈다는 싯다르타가 깨어나서 기뻐했다. 필시 그는 싯다르타가 누구인지 알지 못한 채로 이곳에 오랫동안 앉아 있으면서 싯다르타가 깨어나기만을 기다린 게 분명했다.

싯다르타가 말했다.

"내가 잠이 들었었네. 여긴 도대체 어떻게 온 거야?"

고빈다가 대답했다.

"주무시고 계셨습니다. 이런 곳에서 주무시는 건 좋지 않지요. 뱀도 자주 나오고 숲 속 짐승들도 지나다니거든요. 저는, 아, 나리, 거룩하신 고타마, 곧 붓다이신 석가모니의 제자인데, 우리 일행 몇몇과 함께 이 길을 순례하고 있었어요. 그런데 나리가 잠을 자기에는 위험천만한 곳에서 누워 주무시고 계시는 것을 보았지요. 그래서 저는 나리를 깨우려고 했습니다. 아, 나리, 하지만 아주 깊이 잠드셨기에 일행을 떠나보내고 곁에 앉아 있었습니다. 그러다 저 역시 그만 깜빡 잠이 들어 버렸나 봅니다. 아무 탈 없이 잠을 이루실 수 있게 지켜보려고 했던 제가 말이에요. 저는 제가 해야 할 도리를 제대로 하지 못했습니다. 너무 피곤했던가 봅니다. 하지만 이제 잠이 깨셨으니 저는 이만 가보겠습니다. 형제들을 따라잡아야 하거든요."

싯다르타가 말했다.

"사문이시여, 제가 잠자는 동안 지켜봐 주셔서 감사합니다. 그 거룩하신 분의 제자들은 참으로 친절하시군요. 이제 그만 가시지요."

"나리, 그럼 가겠습니다. 늘 건강하시기 바랍니다."

"사문이시여, 감사합니다."

고빈다는 작별 인사를 하는 몸짓을 취하며 말했다.

"안녕히 계세요."

"고빈다, 안녕히 가세요."

싯다르타가 말했다.

그 승려는 그 자리에 우뚝 멈추어 섰다.

"나리, 실례지만 제 이름을 어떻게 아시는지요?"

그러자 싯다르타가 빙그레 웃음을 지었다.

"아, 고빈다, 난 너를 알아. 네 아버지의 오두막에서 지냈을 때부터, 브라만 학교를 다닐 때부터, 제사를 드릴 때부터, 우리가 탁발승이 되기 위해 함께 집을 떠났을 때부터 그리고 네가 기원정사에서 세존에게 귀의하던 때부터 너를 잘 알았지."

고빈다가 큰 소리로 외쳤다.

"너, 싯다르타구나! 이제야 알아보겠다. 그런데 내가 어떻게 너를 곧바로 알아보지 못했는지 도무지 이해가 안 되네. 싯다르타, 잘 왔어. 너를 다시 보게 되어 얼마나 기쁜지 모르겠다."

"나도 기뻐. 넌 내가 잠을 자는 동안 날 지켜 주었지. 정말 고마워. 나를 지켜 줄 사람이 필요했던 건 아니었지만 말이야. 아,

벗이여, 어디로 갈 거야?"

"딱히 목적지가 있는 건 아냐. 우기가 아니면 우리 승려들은 늘 어딘가로 가. 우리는 늘 이곳저곳을 옮겨 다녀. 계율에 따라 생활하고, 설법을 전하고, 시주를 받고, 계속 다른 곳으로 이동하지. 늘 그래. 하지만 싯다르타, 넌 어디로 가는 길이야?"

싯다르타가 말했다.

"벗이여, 나도 너랑 같아. 목적지가 없어. 그냥 발길 가는 대로 가는 거야. 난 순례 중이야.

고빈다가 말했다.

"그 말 믿을게. 하지만 아, 싯다르타, 미안해. 넌 순례자같이 보이지 않아. 넌 부자들이 입는 옷을 입고 있어. 신분이 높은 사람들이 신는 신도 신고 있고. 그리고 네 머리카락에서는 향기 좋은 향수 냄새가 풍겨. 순례자의 머리카락이 아니야. 탁발승의 머리카락도 아니고."

"맞아. 벗이여, 아주 잘 관찰했어. 네 예리한 눈은 모든 걸 꿰뚫어 보는구나. 하지만 난 내가 탁발승이라는 말은 안 했어. 나는 이렇게 말했지. 순례를 하고 있다고. 사실이야. 난 지금 순례 중이야."

고빈다가 말했다.

"순례 중이라고. 하지만 그런 차림새로 순례를 하는 사람은 거의 없어. 그런 신발을 신고 순례를 하는 사람도, 그런 머리를 하고 순례를 하는 사람도 거의 없고. 이미 여러 해 동안 순례의 길을 걷고 있지만, 난 그런 순례자는 한 번도 만난 적이 없어."

"나의 고빈다여, 네 말이 맞을 거야. 하지만 이제, 오늘, 너는 바로 그런 순례자를 만난 거야. 그런 신발을 신고, 그런 복장을 한 순례자를. 벗이여, 다음과 같은 사실을 회상하기를 바라. 형상의 세계는 덧없는 거야. 우리 옷차림도, 우리 머리 모양도, 우리 머리칼과 육체도 덧없지. 한없이 무상하지. 지금 난 부자들이 입는 옷을 입고 있어. 네가 잘 본 거야. 내가 이런 옷을 입는 건 내가 부자가 되었기 때문이야. 머리 모양도 속세 사람들이나 호색한들의 머리 모양을 하고 있지. 내가 바로 그런 인간이었거든."

"그럼 지금은 어떤 사람인데?"

"나도 몰라. 나도 너만큼 아는 게 없어. 난 지금 여행 중이야. 난 부자였어. 이젠 아니지. 내가 내일 어떤 사람이 될지는 나도 몰라."

"재산을 전부 잃은 거야?"

"재산을 잃었지. 아니면 재산이 나를 잃었든가. 전 재산이 없어졌어. 고빈다, 형상들의 수레바퀴는 빨리 돌아. 브라만이었던 싯다르타는 어디 있지? 탁발승이었던 싯다르타는 어디 있지? 부자였던 싯다르타는 또 어디 있지? 무상한 것들은 빨리 바뀌지. 고빈다, 너도 그 사실을 잘 알잖아."

고빈다는 젊은 시절의 친구를 의심 가득한 눈빛으로 오랫동안 지그시 바라보았다. 그런 다음, 고빈다는 신분이 높은 사람들에게 하듯 싯다르타에게 인사를 하고는 자신의 길을 갔다.

싯다르타는 빙그레 웃음을 지으며 고빈다의 뒷모습을 바라보았다. 그는 고빈다를, 언제나 한결같고, 빈틈이 없고, 지극히 신중한 그를 여전히 사랑하고 있었다. 또한 이 순간에, 경이롭고 신비하기까지 한 잠에서 깨어난 이 황홀하고 찬란한 순간에, 옴에 몸과 마음이 완전히 젖어든 그가 어찌 그 누군가를, 그 어떤 것을 —사람이든 사람이 아닌 대상이든— 사랑하지 않을 수 있었겠는가! 그가 모든 것을 사랑하게 된 것 그리고 자신의 눈에 들어오는 것들에 대해 한결같이 기쁨에 넘치는 사랑의 마음이 일어난 것, 이 두 가지 변화는 그가 잠을 자고 있는 동안 옴을 통해 그의 가슴속 깊은 곳에서 생겨난 마술과도 같은 것이었다. 이제 그는 자신이 지금까지는 너무나도 마음병이 깊었던 까닭에, 바로 그런 까닭에 그 어떤 것도, 그 누구도 사랑할 수 없었던 것이 아닐까 하고 생각했다.

싯다르타는 빙그레 웃으며 그곳을 떠나가는 승려의 뒷모습을 바라보았다. 잠을 자고 나니 힘이 불끈 솟았다. 하지만 시장기가 그를 괴롭혔다. 이틀 동안 아무것도 먹지 않은 데다 허기를 담담히 이겨 낼 수 있던 때는 아주 오래전이었기 때문이다. 그는 비통한 심정으로, 하지만 소리 내어 웃으며 그 시절을 회상했다. 그 시절, 그는 카말라 앞에서 세 가지를 자랑했다. 그는 고상하면서도 엄청난 세 가지 기술을 갖고 있었다. 그건 바로 단식하기와 참고 기다리기와 사색하기였다. 그 세 가지는 그의 재산이었고, 능력이자 힘이었고, 그 무엇보다 확고한 버팀대였다. 힘겹고 고달팠지만 부지런했던 젊은 시절, 그가 배운 것이라고는 그 세 가지 재주밖에 없었다. 이제 그 세 가지 기술은 그를 떠나 버렸다. 그중 어떤 것도 그에게 남아 있지 않았다. 단식을 하는 것도, 꿋꿋이 기다리는 것도, 사색을 하는 것도 모두 떠나 버리고 없었다. 비천하기 짝이 없는 것들을 손에 넣기 위해, 곧 지극히 덧없는 것들을 손에 넣기 위해, 관능적인 쾌락을 얻기 위해, 넉넉한 재산을 위해 그는 그 기술들을 모두 내던져 버린 것이었다! 실제로 그는 참으로 이상야릇한 일을 겪었다. 그리고 이제, 이제 그는 정말 어린아이 같은 사람이 된 것 같았다.

싯다르타는 자신이 처한 상황에 대해 곰곰이 생각해 보았다. 생각하는 것도 힘들었고, 도저히 그럴 기분도 아니었지만, 그는 생각하려고 애를 썼다.

싯다르타는 이렇게 생각했다.

'지극히 덧없는 것들이 내 손에서 미끄러져 빠져 나간 지금, 일찍이 어린 시절 그랬듯이 난 또다시 태양 아래 서 있구나. 그 어떤 것도 내 것이 아니고, 그 어떤 것도 난 할 수 없어. 내가 할 수 있는 것은 아무것도 없어. 배운 것도 없고. 이 얼마나 기이한 일인가! 이제, 내가 더 이상 젊지 않은 지금, 내 머리카락이 이미 반백이 된 지금, 기력이 쇠한 지금, 다시금 아이가 되어 처음부터 새로이 시작하다니!'

그는 다시금 미소를 짓지 않을 수 없었다. 그렇다, 그의 운명은 참으로 기이했다! 그는 내리막길을 걷고 있었다. 그리고 이제 그는 또다시 빈손에 발가벗고 어리석은 상태로 이 세상에 서 있었던 것이다. 하지만 그는 그러한 사실에 대해 비애감 같은 느낌이 들지 않았다. 아니, 오히려 그는 소리 내어 웃고 싶은 충동을 강렬하게 느꼈다. 스스로에 대해서 그리고 이 기이하고 어리석기 짝이 없는 세상에 대해서 비웃고 싶은 충동을.

"넌 내리막길을 걷고 있는 거야!" 하고 혼잣말을 한 다음, 그는 소리 내어 웃었다. 무심코 그는 강물 위로 시선을 던졌다. 그는 강물 역시 아래로 흘러가는 것을, 쉼 없이 굽이굽이 아래로 아래로 흘러가면서 노래를 부르고 마냥 신이 난 모습을 보았다. 그러한 광경에 마음이 흐뭇해진 그는 다정하게 웃음 지으며 강을 바라보았다. 이 강은 오래전에, 아니면 백 년 전에 그가 빠져 죽으려고 했던 바로 그 강이 아니었던가? 아니면 자신이 꿈을 꾼 것일까?

그는 생각했다.

'실로 내 삶은 정말 기이해. 난 참으로 기이하고도 먼 길을 돌아왔어. 소년 시절, 나는 신들과 제사에만 몰두했지. 청소년 시절엔 고행과 사색과 명상에만 관심을 쏟았고, 범을 탐구했고, 아트만에 내재하는 영원한 것을 숭배했고, 젊은 시절엔 참회자들을 좇아 숲 속에서 살고, 더위와 영하의 추위를 견디고, 밥을 굶는 법을 배우고, 내 몸에게 서서히 죽어 가는 법을 가르쳤고. 그러다가 참으로 신기하게도 위대한 석가모니의 가르침을 접하던 가운데 깨달음을 얻었지. 그리고 세계의 단일성에 대한 깨달음이 내 몸속에서 피가 도는 것과 마찬가지로 내 안에서 빙빙 돌고 있는 것을 느꼈어. 하지만 난 석가모니도, 그 위대한 인식도 또다시 떠나야 했어. 나는 걷고, 또 걸었어. 그리고 카말라에게서 사랑의 쾌락을 배웠지. 그리고 카마스와미에게서는 장사를 배우고, 돈을 모으고, 돈을 물 쓰듯이 쓰고 내 위(胃)를 사랑하는 법과 내 관능을 충족시키는 법을 배웠어. 여러 해 동안 난 지력이나 정신적인 것을 모두 잃어버리고, 예전에 배웠던 사색하는 법도 다 잊어버리고, 단일성 역시 까맣게 잊어버린 채 허송세월만 보냈지. 내가 느릿느릿 먼 길을 이리저리 돌아 한 남자에서 한 아이로, 한 사상가에서 아이처럼 단순한 사람이 된 게 아닐까? 하지만 에둘러 온 그 길은 참 좋았어. 그래도 내 가슴속에 있던 그 새는 아직 죽지 않았구나. 하지만 그 길은 얼마나 우여곡절이 많았던지! 난 다시금 아이가 되어 새로이 시작할 수 있도록 하기 위해서, 오로지 그 목적을 이루기 위해서 그렇게도 많은 어리석은 짓을 일삼고, 그렇게도 많은 악습에 물들고, 그렇게도 많은 과오를 저지르고, 그렇게도 많은 구토감과 실망감과 비애감에 잠기지 않을 수 없었던 거야. 하지만 아이가 되어 새로 시작할 수 있는 것, 그것은 지극히 옳은 일이었어. 그러한 사실에 대해 내 심장은 옳다고 말하고, 내 두 눈은 소리 내어 웃네. 나는 절망감에 사로잡혀야 했어. 온갖 어리석은 생각을 하다가 급기야는 그 생각들 중에서 가장 어리석은 생각, 곧 자살을 할 생각에 이르지 않을 수가 없었던 거지. 하지만 그건 바로 자비를 체험하기 위해서, 다시금 옴을 듣기 위해서, 다시금 제대로 푹 자고 제대로 깨어날 수 있기 위해서였던 거야. 나는 내 안에서 아트만을 다시금 발견하기 위해서 바보가 되어야 했어. 난 다시금 살아갈 수 있기 위해서 죄를 지어야 했던 거야. 내 길은 또 어딘가로 나를 이끌까? 그 길은 기이하고 이상야릇해. 그 길은 구부러지기도 했고. 아마도 원을 그리며 빙글빙글 도는 길일지도 모르지. 그 길이 어떻게 생겼든 난 그 길을 갈 거야.'

그는 가슴속에서 기쁨이 용솟음치는 것을 느꼈다. 참으로 놀라운 일이었다.

그는 자신의 심장에게 물었다.

'이 기쁨은 도대체 어디에서 오는 것일까? 한껏 기분을 개운하게 만들어 준 긴 단잠 때문일까? 아니면 내가 무심코 입 밖에 낸 '옴'이라는 단어에서 비롯된 것일까? 아니면 내가 이전 상태에서 벗어났다는 것, 그 상태에서 내가 완전히 도망쳐 나왔다는 것, 내가 마침내 다시금 자유롭게 되어서 어린아이처럼 하늘 아래 서 있다는 사실에서 비롯되는 것일까? 아, 이렇게 도망쳐 나와 자유의 몸이 되니 얼마나 좋은지! 이곳의 공기는 얼마나 맑고 상쾌한지! 이곳의 공기는 상쾌하고 숨을 쉬기에 얼마나 좋은지! 내가 도망쳐 나온 곳에서는 모든 것에서 향유, 향료, 술, 포만 그리고 게으름의 냄새가 물씬 풍겼지. 나는 그 세계, 부자들과 미식가들과 노름꾼들의 그 세계를 얼마나 증오했던가! 내가 그 끔찍한 세계에서 오랫동안 머물렀던 사실에 대해 내 스스로를 또 얼마나 증오했던가! 나는 얼마나 내 스스로를 혐오하고, 내 자신을 떠나고, 스스로 독을 마셔 병이 나고, 스스로 괴롭히고, 늙고 사악하게 만들었던가! 그렇다, 예전엔 싯다르타가 지혜롭다고 자주 착각을 했었지만 앞으로는 절대로 그러지 않을 거야! 하지만 내 자신에 대한 혐오감에 종지부를 찍고, 그 어리석고 황폐한 삶에도 종지부를 찍은 것, 그건 정말 잘한 일이야!

마음에 들어. 칭찬받을 만한 일이지. 싯다르타, 내가 널 칭찬해 줄게. 어리석음으로 점철된 그 기나긴 세월이 흐른 뒤, 넌 다시금 생각이 번개같이 퍼뜩 떠올랐지. 그리고 넌 곧바로 행동에 옮겼어. 너는 네 가슴속에 있는 그 새가 노래 부르는 소리를 듣고 그 새를 좇아간 거야!'

그는 스스로를 그렇게 칭찬했다. 가슴이 뿌듯했다. 그는 자신의 허기진 배에서 꼬르륵거리는 소리를 호기심 어린 얼굴을 한 채 귀 기울여 들었다. 이제 그는 지난 며칠 동안 고통 한 조각과 비참함 한 조각을 처음부터 끝까지 모두 음미하고 토해 낸 뒤, 절망에 빠지고 죽음에 이를 정도로 그 두 가지를 모두 하나도 남김없이 다시 싹싹 먹어 치워 버린 듯한 기분이 들었다. 그건 백만 번 잘한 일이었다. 만일 그가 더 오랫동안 카마스와미의 집에 머물면서 돈을 벌고, 그 돈을 흥청망청 쓰고, 자신의 뱃살이 뒤룩뒤룩 오르고, 자신의 영혼이 목이 말라 죽게 했다면, 또한 더 오랫동안 그 부드럽고 푹신푹신한 쿠션이 있는 지옥에서 살게 되었다면, 그와 같은 순간은 결코 오지 않았을 것이다. 출구라고는 하나도 없는, 한없이 비참하고 지극히 절망적이었던 그 순간은, 도도히 흐르는 강물을 내려다보며 스스로 목숨을 끊을 준비가 되어 있던 그 극단적인 최악의 순간은 영원히 오지 않았을 것이다. 그는 자신이 그러한 절망을, 그러한 극심한 혐오감을 느꼈다는 사실에 대해, 그러한 혐오감에 무릎을 꿇지 않았다는 사실에 대해 그리고 그 새가, 그의 마음속에 있는 마냥 즐거운 샘이자 목소리인 그 새가 여전히 살아 있다는 사실에 대해 기뻐했다. 그러한 사실 때문에 그는 소리 내어 웃었다. 또한 그러한 사실 때문에 하얗게 머리가 센 그의 얼굴은 환하게 빛났다.

그는 생각했다.

'꼭 알아야 되는 것은 직접 체험하는 게 좋아. 이 세상의 쾌락과 부유함이란 좋은 게 아니라는 것을 난 어릴 적부터 이미 배웠지. 오래전부터 그러한 사실을 알고는 있었지만, 체험하기는 이번이 처음이네. 이제 난 그러한 사실을 확실히 알아. 머리로만 아는 게 아니라 내 두 눈과 가슴과 위로 아는 거지. 그러한 것을 알게 됐다니 참 다행이야!'

오랫동안 그는 자신의 변화에 대해 깊이 생각했다. 그는 그 새의 노랫소리에 귀를 기울였다. 새는 기쁨에 겨워 노래를 부르고 있었다. 자신의 내면에 있던 그 새는 죽지 않았던가? 그가 새의 죽음을 몸소 느끼지 않았던가? 그렇다. 그의 내면에서는 다른 어떤 것이 죽었다. 이미 오래전에 죽음을 동경하던 그 어떤 것이. 그건 일찍이 그가 열정적으로 참회를 하던 몇 년 동안 죽여 버리고 싶었던 게 아니었을까? 그것은 자신의 자아, 보잘것없고 잔뜩 겁에 질려 있으면서도 자신감이 넘치던, 자신의 자아가 아니었을까? 그토록 오랜 세월 동안 그가 맞붙어 싸웠지만, 번번이 그를 이겼던 자신의 자아, 매번 죽여 버려도 번번이 그 모습을 드러내곤 했던 그 자아, 기쁨을 금지하고 두려움을 느꼈던 그 자아가 아니었을까? 마침내 오늘 이곳, 숲 속을 흐르는 이 사랑스럽고 정겨운 강가에서 자신의 죽음을 발견한 것이 바로 그 자아가 아니었을까? 이제 그가 마치 어린아이처럼 그토록 신뢰감에 넘치고, 그토록 두려움이라고는 모른 채, 그토록 기쁨에 넘치는 것은 다 그 자아가 죽었기 때문이 아닐까?

이제 싯다르타는 자신이 브라만 신분으로 있었을 때, 그리고 참회를 하던 시절에 그 자아와 싸우기만 하면 왜 매번 헛수고로 끝났는지도 어렴풋이 알 것 같았다. 너무나 많은 지식이, 너무나 많은 성스러운 구절들이, 너무나 많은 제사 규칙들이, 과도할 정도로 지나친 금욕이, 너무나도 많은 실천과 노력 등이 그를 방해했던 것이다! 그는 너무나도 자만심에 가득 차 있었고, 언제나 가장 총명했고, 언제나 가장 열성적이었고, 언제나 다른 이들보다 한 걸음 앞서 있었고, 언제나 학식 있고 지적 수준이 높았으며, 언제나 승려이거나 현자였다. 그의 자아는 승려라는 그 지위 속에, 그 오만한 마음속에, 그 지성 속에 슬며시 숨어든 다음, 그곳에 찰싹 달라붙어 쑥쑥 자라났던 것이다. 그런데 그는 단식을 하고 참회를 함으로써 그 자아를 죽이려 했던 것이다. 이제 그는 이 같은 사실을 알게 되었다. 또한 그 은밀한 목소리가 옳았다는 것과 일찍이 어떤 스승도 자신을 구해 낼 수 없었을 것이라는 사실도 알게 되었다. 그런 까닭에 그는 속세로 나와야 했고, 쾌락과 권세에, 여자와 돈에 빠져들어야 했고, 장사꾼이, 주사위 노름꾼이, 술주정뱅이가, 탐욕가가 되어야 했으며, 결국 그의 내면에서 사제와 탁발승이 죽음에 이르게 된 것이었다. 그런 까닭에 그는 끔찍한 지난 몇 년을 견뎌 내야 했던 것이었다. 그는 구토감을, 공허함을, 황폐하고도 타락한 삶의 무의미함을 견뎌 내야 했고, 결국 씁쓸한 절망감을 느끼고, 탕아 싯다르타도, 탐욕가인 싯다르타도 죽어 버리게 된 것이었다. 그는 죽었다. 그리고 새로운 싯다르타가 잠에서 깨어났다. 그 역시 나이가 들고 늙어 갈 것이다. 그 역시 언젠가는 죽음을 면치 못할 것이다. 싯다르타는 덧없는 존재였고, 무릇 모든 형상들 역시 덧없다. 하지만 오늘 그는 나이가 젊다. 아이가 된 것이다. 새로운 싯다르타가 된 것이다. 그리고 그는 기쁨에 넘쳤다.

그는 그런 생각을 했다. 그는 빙그레 웃음 지으며 자신의 배 속에서 나는 소리에 귀를 기울이고, 벌들이 붕붕거리는 소리를 감사한 마음으로 주의 깊게 들었다. 한껏 명랑한 기분으로 그는 도도히 흐르는 강물을 바라보았다. 지금껏 강물이 이토록 마음에 든 적은 없었다. 흘러가는 강물의 목소리와 그 강물이 전해주는 비유가 이토록 강렬하고 아름답게 들린 적은 일찍이 없었다. 그는 강이 자신에게 뭔가 특별한 것을, 그것이 무엇인지 아직 알 수는 없지만, 여전히 그를 기다리고 있는 어떤 특별한 것을 들려주고 있는 것만 같은 기분이 들었다. 그는 그 강물에 빠져 죽으려고 했다. 그 강에선 늙고 지치고 절망에 빠진 지난 시간의 싯다르타가 오늘 빠져 죽었다. 하지만 새로운 싯다르타는 도도히 흐르는 이 강물에 깊은 사랑을 느꼈다. 그는 곧바로 그곳을 떠나지 않기로 결심했다.

뱃사공

싯다르타는 생각했다.

'이 강가에 머물자. 예전에 난 이 강을 건너서 어린아이들 같은 사람들에게 갔었어. 그때 한 친절한 뱃사공이 나를 건네다 주었지. 그 뱃사공을 찾아가야겠다. 그때 그의 오두막에서 새로운 삶에 이르는 내 길이 시작되었지. 이제 그 삶은 옛것이 되어 죽어 버렸어. 내가 지금 걸어가야 할 길도, 내가 맞이한 현재의 새로운 삶도 그곳에서 첫발을 내디뎠으면 좋겠다!'

그는 다정한 눈빛으로 유유히 흘러가는 강물을, 투명한 초록빛 강물을, 이루 말할 수 없이 신비로운 무늬를 그리며 만들어진 수정처럼 맑은, 물결의 선들을 바라보았다. 그는 물속 깊은 곳에서 영롱한 진주 알갱이들이 여기저기 솟구쳐 오르는 것을, 고요한 물거품이 거울 같은 수면 위에서 살랑살랑 헤엄치는 것을 그리고 그 위에 푸른 하늘이 비치는 것을 보았다. 강은 수천 개의 눈으로, 곧 초록 눈들로, 하얀 눈들로, 수정처럼 맑은 눈들로, 하늘처럼 푸른 눈들로 그를 바라보았다. 그는 그 강을 얼마나 사랑했는지! 강은 얼마나 그를 매혹시켰는지! 그가 강에게 얼마나 감사했는지! 그는 가슴속에서 새로 깨어난 목소리가 말하는 것을 들었다.

그 목소리는 그에게 이렇게 말했다.

"이 강을 사랑해! 강 곁에 머물러! 강에게서 배워!"

아, 그렇다. 그는 강에게서 배우고 싶었다. 강의 말에 귀 기울이고 싶었다. 그 강을 이해하고, 그 강이 간직하고 있는 비유들을 이해하는 자는 많은 다른 것들, 곧 수많은 비밀을, 모든 비밀을 이해할 것 같았다.

하지만 오늘 그는 강의 비밀들 중에서 딱 한 가지만을 보았을 뿐인데도 그 하나의 비밀에 그의 영혼은 그만 사로잡혀 버렸다. 강물은 흐르고 또 흘렀다. 강은 쉼 없이 흘렀다. 그런데도 강은 늘 똑같은 자리에 있었다. 언제나 똑같은 모습이지만 매 순간 새로웠다! 그는 그 모든 것을 보았다. 아, 누가 그러한 것을 파악할 것인가! 누가 그러한 것을 이해할 것인가! 싯다르타는 그것을 이해하지도, 파악하지도 못했다. 다만 어떤 예감 같은 것이 마음 한편에 깃드는 것만 같은 기분이 들었다. 그리고 그는 아득한 기억을, 신의 여러 목소리를 느꼈을 뿐이었다.

싯다르타는 자리에서 일어났다. 허기가 느껴져 도저히 참을 수가 없었던 것이다. 그는 주린 배를 안고 계속 발걸음을 옮겼다. 강기슭에 난 좁다란 길 위쪽으로 올라가 그 큰 강 위쪽으로 걸으며 그는 강물 소리에 귀를 기울였다. 그리고 자신의 허기진 배에서 꼬르륵거리는 소리도 주의 깊게 들었다.

그가 나루터에 이르렀을 때, 마침 나룻배가 기다리고 있었다. 그런데 언젠가 그 젊은 탁발승을 강 건너로 데려다주었던 바로 그 뱃사공이 나룻배 안에 서 있었다. 싯다르타는 뱃사공을 재차 알아보았다. 뱃사공 역시 많이 늙은 모습이었다.

싯다르타가 물었다.

"저 좀 건네주실래요?"

뱃사공은 그렇게 신분이 높은 남자가 혼자서, 그것도 두 발로 걸어서 그곳에 온 것을 보고는 소스라치게 놀란 얼굴로 싯다르타를 나룻배 안에 태운 다음, 노를 저어 앞으로 나아갔다.

손님이 말했다.

"참으로 멋진 삶을 택하셨군요. 늘 이 강가에서 살면서 매일같이 배를 타고 강 위를 돌아다니는 건 분명히 멋진 일일 거예요."

몸을 이리저리 흔들며 노를 젓던 사공이 빙그레 웃으며 말했다.

"멋지지요. 나리께서 말씀하신 그대로입니다. 하지만 모든 삶이, 모든 일이 멋지지 않나요?"

"그럴지도 모르지요. 하지만 저는 당신이 하는 일이 부럽네요."

"아, 하지만 해 보시면 금방 싫증이 나실 거예요. 이런 일은 좋은 옷을 입는 분들이 하실 일이 아니지요."

싯다르타가 소리 내어 웃었다. 그러고는 이렇게 말했다.

"오늘도 이미 한차례 이 옷 때문에 사람들이 저를 유심히 보더군요. 수상쩍은 눈으로 보더라고요. 사공이시여, 제겐 짐스럽기만 한 이 옷가지들을 저 대신 좀 받아 주시면 안 될까요? 뱃삯을 낼 돈이 한 푼도 없거든요."

뱃사공이 껄껄 웃었다.

"나리가 농담도 잘하시네요."

"벗이여, 농담하는 게 아닙니다. 전에도 뱃삯을 받지 않고 저를 이 배에 태워 강을 건네주신 적이 있었지요. 오늘도 그렇게 해 주세요. 그리고 그 대가로 제 옷가지들을 받아 주세요."

"그럼 나리께서는 옷도 입지 않은 채 계속 여행을 하실 생각인가요?"

"아, 이제 더 이상 여행은 정말 하고 싶지 않아요. 제게 낡은 앞치마를 한 벌 주시고, 저를 조수로 곁에 머물게 해 주시면 정말 좋겠습니다. 아니, 차라리 제자가 되는 게 더 좋겠네요. 우선 배를 다루는 법부터 배워야 하니까요."

뱃사공은 오랫동안 그 낯선 사람을 탐색하듯 찬찬히 뜯어보았다.

마침내 뱃사공이 입을 열었다.

"이제야 누구신지 생각나네요. 언젠가 제 오두막에서 주무셨지요. 아주 오래전에요. 아마 20년도 더 지난 것 같습니다. 제가 나리를 강 건너로 모셔다 드렸지요. 그리고 우리는 친한 친구들처럼 작별했었지요. 그때는 탁발승이 아니셨던가요? 이름은 생각나지 않네요."

"제 이름은 싯다르타입니다. 전에 저를 보셨을 때 저는 탁발승이었습니다."

"싯다르타, 잘 오셨어요. 제 이름은 바수데바*입니다. 오늘도 제 손님이 되어 저의 오두막에서 주무시기 바랍니다. 그리고 어디에서 오시는 길이며, 아름다운 옷가지들이 왜 귀찮아졌는지를 이야기해 주세요."

그들은 강 한복판에 이르렀다. 그러자 바수데바는 물살을 가로질러 나가기 위해 한층 더 힘껏 노를 저었다. 그는 뱃머리에 시선을 고정시킨 채 힘센 두 팔로 침착하게 노를 저었다. 싯다르타는 배 안에 앉아 탁발승 시절의 마지막 날, 이 남자에 대한 사랑이 자신의 가슴속에서 솟구쳐 오르던 기억이 떠올랐다. 싯다르타는 바수데바의 초대를 감사한 마음으로 받아들였다.

나룻배가 강기슭에 닿자, 싯다르타는 바수데바가 나룻배를 두툼하고 작은 말뚝 여러 개에 동여매는 것을 도왔다. 잠시 뒤 뱃사공은 그에게 오두막 안으로 들어오라고 한 다음, 빵과 물을 내왔다. 싯다르타는 즐거운 마음으로 음식을 먹었다. 그러고는 바수데바가 뒤이어 내놓은 망고도 기쁜 마음으로 맛있게 먹었다.

그러고는 해가 뉘엿뉘엿 질 무렵, 그들은 강기슭에 있는 한

---

*바수데바 : 힌두교 신화에 나오는 영웅신 크리슈나의 여러 이름들 중 하나이다. 바수데바는 한 인도 왕의 이름이자 비슈누 신이 여덟 번째로 현현한 것이다.

나무 그루터기에 걸터앉았다. 싯다르타는 뱃사공에게 자신의 출생과 지금껏 살아온 이야기 그리고 오늘 절망에 빠졌던 그 순간에 자신의 눈앞에서 펼쳐진 것을 보았던 이야기를 하나도 남김없이 들려주었다. 밤이 이슥하도록 싯다르타의 이야기는 그칠 줄 몰랐다.

바수데바는 싯다르타의 이야기를 매우 주의 깊게 귀 기울여 들었다. 그는 싯다르타가 말하는 것을 하나도 빠짐없이 경청하며 가슴속 깊이 받아들였다. 그의 출생과 어린 시절, 그가 배운 모든 것들, 그가 추구한 모든 것들, 그가 느꼈던 모든 기쁨, 그가 처했던 모든 곤경을 바수데바는 가슴속 깊이 받아들였다. 이것이야말로 뱃사공이 지닌 가장 위대한 미덕들 중 하나였다. 그는 그 누구보다도 경청할 줄 아는 사람이었다. 이야기를 들려주고 있던 싯다르타는 바수데바가 한마디도 하지는 않았지만, 자신이 하는 말을 조용히, 마음을 활짝 열고, 재촉하지 않고 느긋하게 기다리는 듯한 표정으로 가슴속 깊이 받아들이는 게 느껴졌다. 또한 싯다르타는 바수데바가 자신이 하는 말을 한마디도 놓치지 않을 뿐만 아니라, 다음 말이 무엇일지 초조하게 기다리지도 않고, 싯다르타가 말할 때 칭찬이나 비난조의 말을 한마디도 덧붙이지 않은 채 그저 귀를 기울이고 있다는 것을 느꼈다. 싯다르타는 그렇게 상대방의 말을 경청하는 사람에게 고백하고, 자신의 삶을, 자신이 추구하는 바를 그리고 자신의 고뇌를 그의 가슴속에 모두 털어놓는 것이 이루 말할 수 없이 행복한 일이라는 것을 느꼈다.

싯다르타의 이야기가 끝나 갈 무렵, 곧 그가 강가의 나무와 강물에 대한 이야기와 강물로 뛰어들려고 한 이야기, 성스러운 옴에 대한 이야기를 들려주고, 달콤한 선잠에서 깨어난 뒤 강물에 대한 애틋한 사랑을 느꼈다고 말하자, 사공은 한층 더 주의를 집중하고 지그시 두 눈을 감은 채 온 마음으로 귀를 기울였다.

하지만 싯다르타가 입을 다문 뒤 한동안 침묵이 계속되자, 바수데바는 입을 열었다.

"제가 생각한 대로네요. 강이 그대에게 말을 했군요. 강은 그대에게도 친구인 게지요. 그대에게도 강이 말을 건넨 겁니다. 잘됐어요. 아주 잘된 거예요. 싯다르타, 내 벗이여, 내 곁에 머물도록 해요. 전엔 아내가 있었어요. 아내의 잠자리는 내 잠자리 바로 옆에 있었는데, 이미 오래전에 죽었지요. 저는 혼자 산 지 오래 됐습니다. 이제부터는 저와 함께 살도록 해요. 우리 둘이 살 공간도, 식량도 충분합니다."

싯다르타가 말했다.

"고맙습니다. 감사히 제안을 받아들이겠습니다. 바수데바, 제 말을 경청해 주신 데 대해서도 감사드립니다! 경청하는 법을 아는 사람들은 별로 없지요. 그리고 저는 당신처럼 경청할 줄 아는 사람을 지금껏 만나 본 적이 없습니다. 그 점 역시 당신에게서 배우겠습니다."

바수데바가 말했다.

"배우게 될 거예요. 하지만 저에게서는 아닙니다. 경청하는 법은 강이 제게 가르쳐 주었지요. 그대도 강에게서 경청하는 법을 배우게 될 겁니다. 강은 모든 것을 알고 있습니다. 우리는 강에게서 모든 것을 배울 수 있어요. 보세요, 아래로 내려가는 것, 가라앉는 것, 그 깊이를 탐구하는 것이 좋다는 사실도 이미 강에게서 배웠잖아요. 부유하고 지체 높던 싯다르타는 노를 젓는 하인이 될 겁니다. 그리고 학식 있는 브라만인 싯다르타는 뱃사공이 될 겁니다. 이것 역시 강이 그대에게 말해 준 것이지요. 그대는 강에게서 다른 것도 배우게 될 겁니다."

오랫동안 침묵이 흐른 뒤, 싯다르타가 말했다.

"다른 것이라니요?"

바수데바가 자리에서 일어났다.

"밤이 늦었어요. 이제 잠자리에 듭시다. 아, 벗이여, 저는 그대에게 그 '다른 것'에 대해 말해 줄 수 없습니다. 그대는 그것을 배우게 될 겁니다. 이미 알고 있을지도 모르지요. 보세요, 저는 학자가 아닙니다. 저는 말하는 법을 모릅니다. 생각하는 법도 모르고요. 저는 그저 귀 기울여 듣는 법과 경건한 마음을 갖는 것만 압니다. 그 외에는 아무것도 배운 게 없습니다. 그 다른 것에 대해 제가 말씀드리고 가르쳐 드릴 수도 있다면, 전 아마도 현자겠지요. 하지만 전 그저 한낱 뱃사공에 불과합니다. 제가 해야 하는 일은 사람들을 배에 태우고 강을 건너는 것입니다. 저는 수많은 사람들을 건네주었어요. 수천 명을요. 그네들에게 제 강은 여행하는 도중에 만난 장애물일 뿐이었지요. 그들은 돈을 벌거나 장사를 하기 위해, 또는 혼례식에 가거나 순례길에 오르기 위해 여행을 했어요. 그런데 강은 그들의 길을 가로막고 있었던 겁니다. 뱃사공인 저는 그들이 장애물을 신속하게 건널 수 있도록 하기 위해서 그곳에 있었던 것이지요. 하지만 수천 명 중 몇몇은, 극소수의 사람들, 그 네다섯 명에게는 그 강이 더 이상 장애물이 아니었습니다. 그들은 강물 소리를 들었어요. 그들은 강물 소리에 귀를 기울인 것이지요. 강은 그들에게 성스러운 존재가 되었어요. 제게 그랬던 것처럼요. 싯다르타, 이제 그만 가서 쉽시다."

싯다르타는 뱃사공 곁에 머물면서 나룻배를 다루는 법을 배웠다. 그리고 나루터에서 딱히 할 일이 없을 때는 바수데바와 함께 논에서 일을 하거나 나무를 하거나 바나나를 땄다. 싯다르타는 노를 만드는 법과 나룻배를 수리하는 법 그리고 바구니 엮는 법을 배웠다. 그는 배우는 모든 것에서 기쁨을 느꼈다.

여러 날, 여러 달이 쏜살같이 흘러갔다. 강은 바수데바가 그에게 가르쳐 줄 수 있었던 것보다 훨씬 많은 것을 가르쳐 주었다. 그는 강에게서 끊임없이 배웠다. 특히 그는 강에게서 귀 기울여 듣는 법을 배웠다. 고요한 마음으로, 기다리며 활짝 열린 영혼으로, 격정이나 소망을 가슴속에 품지 않고, 어떤 식의 판단도 내리지 않고, 어떤 특정한 생각도 하지 않은 채 경청하는 법을 배웠다.

그는 바수데바와 함께 정겹게 살았다. 때때로 그들은 서로 말을 주고받았다. 몇 마디 되지 않았지만 오랫동안 심사숙고한 말들이었다. 바수데바는 말하는 것을 좋아하는 사람이 아니었다. 그런 까닭에 그가 입을 열어 말을 하도록 하는 것이 성공하는 때는 거의 없었다.

한번은 싯다르타가 바수데바에게 물었다.

"당신도 강에게서 그 비밀을 배웠나요? 시간이란 것은 존재하지 않는다는 거요."

바수데바의 얼굴에 환한 미소가 서서히 번졌다.

그가 말했다.

"그렇습니다. 당신 말은 강물이 어디에서나 동시에 존재한다는 거죠? 강의 발원천에서나 강어귀에서나 폭포에서나 나루터에서나 여울이나 바다, 산에서나, 말하자면 강물은 어디에서나 동시에 존재하고, 강에게는 '과거'라는 그림자나 '미래'라는 그림자 없이 오로지 현재만이 존재한다는 거죠?"

싯다르타가 말했다.

"네, 맞습니다. 그러한 사실을 배운 다음, 제 삶을 돌아보았습니다. 제 삶 역시 한 줄기 강이었지요. 소년 싯다르타는 단지 현실에 의해서만 어른 싯다르타와 노인 싯다르타와 분리된 것이 아니라, 오로지 그림자에 의해서만 서로 분리되어 있었던 것이었지요. 싯다르타의 여러 전생 역시 지나간 과거사가 아니고, 그의 죽음이나 그가 범으로 돌아가는 것 역시 장차 미래에 일어날 일이 아니지요. 존재했던 것은 아무것도 없고, 앞으로 존재하게 될 것 역시 아무것도 없습니다. 모든 것은 바로 지금 이 순간, 존재하지요. 모든 것은 본질과 현존을 지니고 있습니다."

싯다르타는 황홀감에 젖어 말했다. 그러한 깨달음을 얻어 행복감을 느낀 것이었다.

"아, 그렇다면 번뇌란 것은 모두 시간이 아닐까요? 스스로를 괴롭히는 것도, 두려움에 떠는 것도 모두 시간이 아닐까요? 우리 인간이 시간을 극복하면, 시간이란 게 없다고 생각할 수 있다면, 이 세상의 모든 괴롭고 힘든 것과 모든 적대감은 그 즉시 사라지고 극복될 수 있지 않을까요?'

싯다르타는 여전히 황홀감에 젖은 표정으로 말했다. 하지만 바수데바는 그에게 환한 미소를 지어 보이며 그의 말이 옳다는 듯 고개를 끄덕였다. 묵묵히 고개만 끄덕이던 바수데바는 싯다르타의 어깨를 한 손으로 쓰다듬다가 다시 자기 일을 하려고 몸을 돌렸다.

또 언젠가 한번은 우기에 강물이 불어나 우레와 같은 소리를 내며 흘러가자, 싯다르타는 이렇게 말했다.

"아, 벗이여, 강은 참으로 많은 목소리를, 정말로 엄청나게 많은 목소리를 갖고 있지 않나요? 강은 왕의 목소리, 무사의 목소리, 황소의 목소리, 야행성 조류의 목소리 그리고 아이를 낳는 여인의 목소리, 탄식하는 사람의 목소리 그리고 천 가지 다른 목소리를 갖고 있는 게 아닐까요?"

바수데바가 고개를 끄덕였다.

"그렇습니다. 강의 목소리에는 삼라만상의 목소리가 모두 담겨 있지요."

싯다르타가 말을 이었다.

"강의 수천 가지 목소리들을 모두 들을 수 있다면, 강이 무슨 말을 하는지도 아시나요?"

바수데바의 얼굴에 행복에 넘치는 미소가 넘쳐흘렀다. 그는 싯다르타를 향해 몸을 굽히고는 그의 귓가에 성스러운 “옴”을 말했다. 그런데 그것은 싯다르타도 들었던 바로 그 소리였다.

시간이 흐를수록 싯다르타의 미소는 뱃사공의 미소를 점점 더 닮아 갔다. 웃음 짓는 그의 얼굴엔 뱃사공이 웃음 지을 때와 거의 같은 정도로 이루 말할 수 없이 화사한 빛이 넘쳐흘렀고, 뱃사공과 거의 마찬가지로 행복감이 두루 뿜어져 나왔다. 또한 그가 빙그레 웃음을 지을 때는 수많은 잔주름 사이사이에서 뱃사공과 똑같은 빛이 흘러나왔으며, 그 미소는 뱃사공과 똑같이 어린아이처럼 천진난만하기도 했고, 노인 같기도 했다.

그 두 뱃사공들을 본 수많은 여행객들은 그들이 형제라고 생각했다. 저녁 무렵이면 싯다르타와 바수데바는 자주 강기슭의 그루터기에 함께 걸터앉아 침묵에 잠긴 채 강물 소리에 귀를 기울였다. 그들에게 강물은 그저 단순한 물이 아니라 삶의 목소리였고, 존재하는 것의, 영원히 변화를 거듭하며 존재하는 그것의 목소리였다. 때때로 그들은 강물 소리를 들으면서 똑같은 생각을 하기도 했다. 엊그제 주고받았던 어떤 대화를 떠올리기도 하고, 그들이 배에 태워 강을 건네준 어떤 여행자 —그의 얼굴이며 운명은 여전히 그들의 뇌리에 남아 있었다.— 를 떠올리기도 하고, 죽음에 대해서도 생각하고, 자신들의 어린 시절에 대해서도 생각했다. 또한 그 둘은 강이 그들에게 뭔가 좋은 것을 말해주면, 그 순간 완전히 똑같은 것을 생각하고, 그 질문에 대해 한 치의 오차도 없이 똑같은 답을 생각해 낸 것에 대해 한없이 기뻐하면서 서로 마주 보는 때도 자주 있었다.

그 나룻배에서 그리고 그 두 뱃사공들에게서는 어떤 독특한 분위기가 뿜어져 나왔는데, 꽤 많은 여행자들은 그것을 감지했다. 때때로 여행자들 중에는 그 뱃사공들 중 한 사람의 얼굴을 지긋이 바라보다가 자신들이 지금껏 살아온 이야기를 들려주고는 자신들이 왜 괴로운지 모두 털어놓고, 나쁜 짓을 했다고 고백하기도 하고, 위로와 충고를 해 달라고 간청하는 이들도 있었다. 또 때로는 누군가가 그들을 찾아와 하루 저녁 동안 강물 소리를 귀 기울여 듣겠다며 그들의 오두막에 머물 수 있게 해 달라고 부탁하는 일도 있었다. 그런가 하면 이 나루터에 두 명의 현인, 마술사 또는 성인이 살고 있다는 소문을 듣고 호기심 많은 사람들이 그곳을 찾아오는 일도 있었다. 호기심 많은 그 사람들은 많은 질문을 던졌지만, 아무런 대답도 듣지 못했다. 그들은 마술사도, 성자도 만나지 못했다. 그들은 그저 벙어리 같고 왠지 이상야릇하고 정신박약으로 보이는, 친절하고 늙고 키 작은 두 남자만 눈앞에서 확인했을 뿐이었다. 호기심 많은 그 사람들은 하하 웃으면서 일반 백성들이란 너무나도 어리석고 귀가 얇아 그런 터무니없는 헛소문을 퍼뜨린다고 서로들 이야기했다.

세월이 흘러갔다. 두 사람 모두 몇 해가 지났는지 헤아리지 않았다. 그러던 어느 날, 고타마, 곧 붓다를 믿고 따르며 순례를 하고 있던 승려들이 와서 강을 건네 달라고 부탁했다. 뱃사공들은 그들로부터 그들이 자신들의 위대한 스승에게 서둘러 되돌아가고 있는 중이라는 것을 전해 들었다. 세존이 위독하여 머지않아 인간으로서 마지막 숨을 거두고 열반에 들 것이라는 소문이 파다하게 퍼져 있다는 것이었다. 얼마 지나지 않아 순례길에 오른 또 한 무리의 승려들이 그곳으로 왔고, 그 뒤로도 또 한 무리의 승려들이 몰려왔다. 승려들 그리고 대부분의 여행자들과 나그네들은 한결같이 고타마와 그의 임박한 죽음에 대한 이야기만 했다. 출정을 나가거나 왕의 즉위식이 거행될 때, 전국 방방곡곡에서 사람들이 떼를 지어 물밀듯이 몰려들어, 마치 개미들이 떼를 지어 모여드는 것처럼 사람들은 어떤 마법에 이끌리기라도 하듯이 위대한 붓다가 자신의 죽음을 기다리는 곳으로, 엄청난 사건이 벌어질 것이라는 그곳으로, 한 시대의 위대한, 완성된 경지에 이른 자가 열반에 들 것이라는 그곳으로 우르르 몰려가고 있었다.

싯다르타는 죽음을 향해 서서히 한 발 한 발 다가가고 있는 그 현인에 대해, 그 위대한 스승에 대해 오래도록 생각했다. 그의 목소리는 뭇 중생들에게 훈계를 내리고 수십만 명에 이르는 사람들을 일깨웠다. 싯다르타 역시 언젠가 그의 목소리를 들었던 적이 있었다. 또한 싯다르타는 그의 거룩한 얼굴을 경외심을 갖고 바라보았었다. 싯다르타는 흐뭇한 마음으로 그를 떠올렸다. 완성에 이른 그 모든 과정을 눈앞에 그려 보고, 젊은 시절, 자신이 그에게, 세존에게 했던 말을 빙그레 웃음을 지으며 떠올렸다. 지금 생각해 보니 자신이 했던 말은 자만심에 가득 차고 당돌하기 짝이 없었다. 그는 씩 웃으며 그 말을 떠올렸다. 그는 자신이 고타마와 완전히 무관한 관계는 아니라는 것을 이미 오래전부터 잘 알고 있었다. 하지만 그는 고타마의 가르침을 받아들일 수 없었다. 그렇다, 진정으로 도를 구하는 자는, 진정으로 깨달음을 얻고자 하는 자는 어떠한 가르침도 받아들일 수 없었다. 하지만 깨달음에 이른 자는 어떠한 가르침도, 어떠한 길도, 어떠한 목표도 받아들일 수 있었다. 또한 깨달음에 이른 자는 영원 속에서 살고 신성을 호흡하는 수천 명의 사람들과 더 이상 구분되지 않았다.

그토록 수많은 사람들이 임종을 앞둔 붓다가 있는 곳으로 순례의 길을 떠나던 무렵의 어느 날, 한때 가장 아름다웠던 창녀였던 카말라 역시 그곳으로 순례를 떠났다. 이미 오래전에 그녀는 과거의 생활을 청산하고, 자신의 정원을 고타마를 따르는 승려들에게 시주하고, 붓다의 가르침에 귀의하여 순례자들의 친구도 되어 주고, 그들에게 자비도 베풀었다. 카말라 외에도 그런 일을 하는 사람들은 여럿 있었다.

고타마의 임종 소식을 전해 들은 카말라는 어린 아들 싯다르타와 함께 소박한 복장을 하고 타박타박 걸어서 길을 떠났다. 순례 도중에 카말라와 어린 아들은 강가에 이르렀다. 하지만 아이는 이내 지쳐서 집으로 돌아가자고 칭얼거리고, 좀 쉬었다 가자고 징징거리고, 먹을 것을 달라고 보채고, 막무가내로 떼를 쓰다가 울먹거렸다. 카말라는 아이와 함께 자주 쉬어야 했다. 아이는 엄마 말을 듣지 않고 제멋대로 고집을 부리는 습관이 몸에 배어 있었다. 카말라는 아이에게 먹을 것도 주고, 달래기도 하고, 꾸짖기도 해야 했다. 아이는 왜 자기가 엄마와 함께 전혀 알지도 못하는 낯선 곳으로, 성스럽다면서 지금 죽어 가고 있다는 어떤 모르는 남자를 찾아 이토록 힘들고도 슬픈 순례 여행을 해야 하는지 도무지 이해가 되지 않았다. 그 남자가 죽건 말건 그게 자신과 무슨 상관이란 말인가?

그 순례자들이 바수데바의 나룻배에서 그다지 멀지 않은 곳에 이르렀을 때, 어린 싯다르타는 엄마에게 또다시 쉬었다 가자고 보챘다. 카말라 역시 지친 상태였다. 아이가 바나나 한 개를 먹는 동안, 그녀는 땅바닥에 쪼그리고 앉아 잠시 눈을 감고 쉬었다. 그런데 돌연 그녀가 비명을 질렀다. 소년은 소스라치게 놀란 얼굴로 엄마를 바라보았다. 소년은 엄마의 얼굴이 공포에 시퍼렇게 질려 있는 것을 보았다. 카말라의 옷자락 밑에서 작은 새까만 뱀 한 마리가 스르르 빠져나와 도망갔다. 카말라는 그 뱀에게 물린 것이었다.

카말라와 아이는 사람들을 찾아 황급히 길을 달렸다. 나룻배 근처까지 왔을 때, 카말라는 그만 그곳에서 털썩 주저앉고 말았다. 더는 걸어갈 수가 없었던 것이다. 소년은 애처로운 목소리로 연방 고함을 지르면서 중간중간 자기 엄마에게 뽀뽀도 하고, 목도 꼭 끌어안았다. 아들이 큰 목소리로 도와 달라고 외치자, 카말라도 목소리를 보탰다. 마침내 카말라 모자의 외침 소리가 나룻배 옆에 서 있던 바수데바의 귀에 와 닿았다. 그는 재빨리 달려가서 그 여인을 두 팔로 안아 보트에 실었다. 소년도 함께 달려갔다. 그들은 곧 오두막에 이르렀다.

싯다르타는 오두막 안 아궁이가에 서서 막 불을 지피고 있었다. 그는 고개를 들어 먼저 소년의 얼굴을 보았다. 놀랍게도 그 얼굴은 그동안 까맣게 잊고 있던 것을 상기시켜 주었다. 다음 순간 그는 카말라를 보았다. 그녀는 의식을 잃고 뱃사공의 품에 안겨 있었지만, 그는 그녀를 곧바로 알아보았다. 그리고 이제 그는 자신이 고스란히 잊고 있었던 것을 상기시켰던 그 얼굴을 한 소년이 자신의 아들이란 것을 알아차렸다. 그러자 그의 가슴이 쿵쾅거렸다.

말끔히 씻어 내기는 했지만 이미 카말라의 상처 부위는 시커멓게 변해 있었고, 온몸은 퉁퉁 부어오른 상태였다. 물약을 입에 흘려 넣자, 그녀는 의식이 돌아왔다. 그녀는 오두막 안, 싯다르타의 잠자리에 누워 있었다. 그녀가 한때 그토록 사랑했던 싯다르타가 그녀 위로 몸을 굽힌 채 서 있었다. 그녀는 꿈을 꾸는 것만 같았다. 그녀는 빙긋 웃으며 애인이었던 남자의 얼굴을 바라보았다. 그녀는 서서히 자신이 어떤 상황에 놓여 있는지를 깨달았다. 그녀는 뱀에게 물렸던 사실을 기억해 내고는 다급한 목소리로 아들을 불렀다.

싯다르타가 말했다.

"당신 곁에 있어요. 걱정하지 말아요."

카말라는 싯다르타의 두 눈을 바라보았다.

그녀는 뱀독으로 마비되어 뻣뻣해진 혀로 이렇게 말했다.

"늙었네요. 백발이 됐군요. 하지만 그 옛날에 옷가지도 걸치지 않고 먼지 잔뜩 묻은 발로 내 정원으로 들어오던 그 젊은 탁발승과 똑같아요. 당신이 나와 카마스와미를 버리고 떠났을 때보다 지금이 훨씬 더 탁발승의 모습과 닮았어요. 싯다르타, 눈이 그때와 똑같아요. 아, 나도 늙었어요. 보다시피 이렇게 늙었어요. 그런데도 날 알아볼 수 있었던 거예요?"

싯다르타는 빙그레 웃음을 지었다.

"사랑하는 카말라, 곧바로 알아봤어요."

카말라는 자기 아들을 가리키며 말했다.

"이 아이도 알아봤나요? 당신 아들이에요."

카말라의 두 눈은 초점을 잃고 흐릿해지더니 딱 감기고 말았다. 소년은 엉엉 울었다. 싯다르타는 소년을 자신의 무릎 위에 앉히고는 그대로 울게 내버려 두었다. 그러고는 아이의 머리를 쓰다듬어 주었다. 아이의 얼굴을 바라보고 있노라니 자신이 어렸을 적 배웠던 브라만들의 어떤 기도가 문뜩 떠올랐다. 그는 흥얼흥얼 가만가만 노래를 부르는 듯한 목소리로 그 기도문을 읊조리기 시작했다. 그러자 지나간 과거와 어린 시절로부터 이런 저런 말들이 좌르르 흘러나왔다. 가만가만 노래처럼 흥얼거리는 소리에 아이는 마음이 진정된 듯하다가도 이따금씩 또다시 훌쩍거리다가 마침내 소르르 잠이 들었다. 싯다르타는 아이를 바수데바의 잠자리에 눕혔다. 바수데바는 아궁이가에 서서 쌀밥을 짓고 있었다. 싯다르타가 눈길을 보내자, 바수데바는 빙그레 웃음을 지어 보였다.

싯다르타가 조용히 말했다.

"아이 엄마는 죽을 겁니다."

바수데바가 고개를 끄덕였다. 다정함이 묻어나는 그의 얼굴에 아궁이의 불빛이 어른어른 비쳤다.

카말라는 다시 한 번 깨어나서 의식을 되찾았다. 그녀의 얼굴은 고통으로 일그러졌다. 싯다르타는 그녀의 입과 백짓장같이 창백한 뺨에 드리워진 고통을 읽었다. 그는 온 마음을 기울인 채 그 어떤 것을 기다리는 듯이, 그리고 그녀의 고통 속에 온전히 가라앉는 듯한 마음으로 조용히 그 고통을 읽어 냈다. 카말라는 그것을 느꼈다. 그녀의 눈은 그의 눈을 보려고 애썼다.

카말라는 싯다르타를 바라보면서 말했다.

"이제 보니 당신 눈도 변했네요. 완전히 다른 눈이 됐어요. 당신이 싯다르타라는 걸 뭘 보고 알 수 있죠? 당신은 싯다르타이면서 싯다르타가 아니기도 해요."

싯다르타는 아무 말도 하지 않았다. 그의 두 눈은 조용히 그녀의 눈을 뚫어지게 응시했다.

카말라가 물었다.

"당신, 목표하던 것에 도달했나요? 마음의 평화를 찾았어요?"

싯다르타는 빙그레 웃으며 한 손을 그녀의 손에 올려놓았다.

그녀가 말했다.

"그런 것 같네요. 그런 것 같아. 이제 나도 마음의 평화를 찾게 될 거예요."

싯다르타가 속삭였다.

"이미 찾았어요."

카말라는 시선을 돌리지 않은 채 싯다르타의 두 눈을 지그시 바라보았다. 그녀는 완성된 경지에 이른 자의 얼굴을 보기 위해, 그의 평화를 호흡하기 위해 순례길을 떠났건만 고타마 대신 싯다르타를 만나게 된 일을 떠올렸다. 하지만 그것은 고타마를 만난 것만큼 잘된 일이라고 생각했다. 그녀는 자신의 생각을 싯다르타에게 말해 주려고 했다. 하지만 혀가 더 이상 말을 듣지 않았다. 그녀는 말없이 싯다르타를 뚫어지게 바라보았다. 그는 그녀의 두 눈에서 생명이 꺼져 가고 있는 것을 보았다. 최후의 고통이 그녀의 눈 속을 가득 메우다가 눈빛이 흐릿해지고, 최후의 전율이 그녀의 팔다리에 스치자, 싯다르타는 자신의 손가락으로 그녀의 눈꺼풀을 감겨 주었다.

그는 오랫동안 그대로 앉아 고요히 잠든 그녀의 얼굴을 바라보았다. 오랫동안 그녀의 입을, 입술이 가늘어진 늙고 지친 입을 찬찬히 뜯어보았다. 그는 자신이 한창 젊었던 시절에 그 입을 이제 막 속살을 드러내기 시작한 무화과*에 비교했던 일을 떠올렸다. 오랫동안 그는 그대로 앉아 핏기 없이 창백한 얼굴과 지친 주름살들을 뚫어지게 바라보다가 마침내 그 일에 완전히 몰입하게 되었다. 그는 그 얼굴에서 그 얼굴과 똑같이 새하얗고, 똑같이 죽은 상태로 누워 있는 자신의 얼굴을 보았다. 그와 동시에 그는 자신과 카말라의 젊은 얼굴, 붉은 입술과 이글거리는 눈을 가진 젊은 얼굴도 보았다. 현재와 동시성을, 영원을 느낀 것만 같은 기분이 가슴속 깊이 엄습해 왔다. 순간 그는 모든 생명

---

*속살을 드러내기 시작한 무화과 : 꽃이 보이지 않는 무화과는 익으면 속살이 드러난다.

의 불멸성과 모든 순간의 영원성을 그 어느 때보다 훨씬 더 강렬하게 느꼈다.

그가 자리에서 일어나자, 바수데바는 그를 위해 밥을 차려 주었다. 하지만 싯다르타는 한술도 뜨지 않았다. 두 노인은 자신들이 키우는 염소 우리의 바닥에 —염소 한 마리가 우리에 서 있었다.— 짚과 나뭇잎을 조금 더 깔고 잠자리를 마련했다. 바수데바는 잠을 자려고 몸을 누였다. 하지만 싯다르타는 밖으로 나가 오두막 앞에 앉아 밤새도록 강물 소리에 귀를 기울였다. 그가 살아왔던 과거가 물결처럼 그의 주위로 씻겨 내려갔다. 그는 자신이 지금껏 살아온 삶의 모든 시간을 동시에 접했다. 그 시간들은 그를 에워싸고 있었다. 하지만 그는 가끔씩 일어나 오두막 문가로 가서 소년이 잠을 자고 있는지를 알아보기 위해 귀를 기울였다.

이튿날 새벽, 아직 해가 뜨기도 전에 바수데바는 염소 우리에서 나와 자신의 친구에게 다가갔다.

바수데바가 말했다.

"한숨도 안 잤군요."

"네, 그렇습니다. 줄곧 여기 앉아 있었어요. 그리고 강물 소리를 귀 기울여 들었어요. 강이 제게 많은 이야기를 들려주었어요. 강은 유익한 사상으로, 단일성의 사상으로 제 가슴 깊숙한 곳을 가득 채워 주었어요."

"싯다르타, 그대는 고통을 겪었군요. 하지만 제가 보기에 슬픔이 그대의 가슴속까지 밀려들지는 않았네요."

"네, 그렇습니다. 사랑하는 벗이여, 왜 제가 슬퍼해야 하죠? 부유하고 행복했던 저는, 이제 전보다 훨씬 더 부자가 되었고, 훨씬 더 행복해졌습니다. 아들도 선물로 받았고요."

"그대의 아들도 환영합니다. 싯다르타, 하지만 이제 그만 일하러 갑시다. 할 일이 많아요. 카말라는 내 아내가 죽었던 바로 그 자리에서 숨을 거뒀어요. 내 아내를 화장하려고 장작더미를 쌓아 놓았던 바로 그 언덕 위에 카말라를 화장할 장작더미를 쌓읍시다."

소년이 아직 잠자고 있는 동안, 그들은 화장할 때 쓸 장작을 쌓았다.

아들

소년은 쭈뼛거리고 울면서 어머니의 장례식에 참가했다. 소년은 싯다르타가 자신이 아버지라고 하면서 바수데바의 오두막에서 함께 살아도 된다고 하자, 침울하고도 서먹서먹한 표정으로 잠자코 듣기만 했다. 소년은 여러 날 동안 창백한 얼굴로 어머니를 화장한 언덕에 앉아 아무것도 먹으려 하지 않고 눈길 한 번 주지 않은 채 마음의 문을 굳게 닫아 버렸다. 소년은 운명에 맞서고 반항했다.

싯다르타는 소년을 살뜰히 보살펴 주고 소년이 하고 싶어 하는 대로 내버려 두었다. 그는 엄마를 잃은 데 대한 아이의 크나큰 슬픔을 존중해 주었다. 그는 자신의 아들이 아버지인 자신을 알지 못한다는 것과 아들이 자신을 아버지로서 사랑하지 못한다는 것을 이해했다. 또한 그는 그 열 살짜리 소년이 어머니 치마폭 속에 싸여서 귀엽게 응석받이로 자라났고, 부자들의 생활 습관에 젖어 성장한 터라 상당히 고급스러운 음식과 부드럽고 포근한 침대에 길들여져 있고, 하인들에게 이래라저래라 명령하는 습관도 몸에 배어 있다는 것을 알게 되었다. 그는 그러한 사실들을 이해했다. 싯다르타는 상을 당해 슬픔에 잠긴 그 응석받이 소년이 하루아침에 그것도 낯설고 빈한한 곳에서 선뜻 만족감을 느낄 수는 없을 것이라는 사실을 이해했다. 그는 아들에게 억지로 무엇을 하라고 강요하지 않았다. 그는 아들을 위해 꽤 많은 일을 하고, 아들을 위해 늘 최고의 간식을 골라 먹였다. 그는 인내심을 갖고 아들에게 친절하게 대하면, 언젠가는 아들의 마음을 얻을 수 있을 것이라고 차츰차츰 기대하게 되었다.

싯다르타는 소년과 오두막에서 함께 살게 되자, 자신은 부자이고 행복하다고 말했다. 하지만 시간이 지나도 소년은 여전히 서먹서먹해하고 침울한 표정을 지었다. 또한 소년은 오만불손하고 고집이 세며, 일이라고는 도통 하려고 들지 않고, 노인들을 공손한 태도로 대하지 않고, 바수데바의 과일나무에 열린 과일을 훔쳐 먹었다. 그러자 싯다르타는 아들이 행복과 평화를 자신에게 안겨 준 게 아니라, 고통과 괴로움과 근심 걱정만 안겨 주었다는 것을 깨닫기 시작했다. 하지만 그는 소년을 사랑했다. 그는 소년이 그곳에 오기 전 행복하고 기쁨을 누렸던 삶보다, 소년과 함께 살면서 사랑하기 때문에 괴로워하고 근심 걱정을 하는 삶이 더 좋았다.

어린 싯다르타가 오두막에서 함께 살게 된 뒤로 두 노인은 일을 각기 나눠서 했다. 바수데바는 다시금 혼자 뱃사공 일을 맡았고, 싯다르타는 아들과 함께 있기 위해서 집안일과 밭일을 도맡았다.

오랫동안, 여러 달 동안, 싯다르타는 자신의 아들이 아비인 자신을 이해해 주기를, 아들이 자신의 사랑을 받아들여 주기를 그리고 어쩌면 자신의 사랑에 반응을 보여 줄 수 있기를 하염없이 기다렸다. 여러 달 동안 바수데바는 그저 묵묵히 지켜보기만 하면서 기다렸다. 그리고 침묵했다.

어느 날, 어린 싯다르타가 고집을 피우고 변덕을 부리며 자기 아버지를 또다시 괴롭히다가 밥그릇 두 개를 박살 내자, 바수데바는 저녁때 자신의 벗을 가까이 불러 그와 이야기를 나누었다.

바수데바가 말했다.

"실례지만 벗의 입장에서 말할게요. 그대가 괴로워하는 거 다 압니다. 걱정하는 것도 알고요. 벗이여, 그대의 아들은 그대에게 근심을 안겨 주지요. 내게도 그렇고요. 그 어린 새는 우리와는 다른 생활과 다른 보금자리에 길들여져 있어요. 그 아이는 그대처럼 부유함과 도시에 혐오감을 느끼고 그 두 가지가 지긋지긋해서 거기에서 도망쳐 나온 게 아닙니다. 그 아이는 자신의 뜻과는 상관없이 그 모든 것을 남겨 두고 떠나올 수밖에 없었던 것이지요. 아, 벗이여, 저는 강에게 물어보았어요. 수도 없이 많이 물었지요. 하지만 강은 그저 웃기만 하지요. 강은 저를 조롱합니다. 강은 저와 그대를 조롱합니다. 그리고 우리의 어리석음에 대해 고개를 절레절레 흔들지요. 물은 물이 있는 곳으로 가려 하고, 젊음은 젊음이 있는 곳으로 가려 하지요. 그런데 그대의 아들은 지금 잘 자라날 수 있는 곳에 있지 않습니다. 그대도 강에게 물어 보세요. 강의 말에 귀를 기울이세요!"

싯다르타는 수심에 찬 얼굴로 바수데바의 다정한 얼굴을 바라보았다. 수없이 많은 주름살 속에는 언제나 변함없이 명랑하고 밝은 기운이 깃들어 있었다.

싯다르타가 부끄러워하며 나직이 물었다.

"제가 그 아이와 헤어질 수 있을까요? 벗이여, 제게 조금만 더 시간을 주세요! 보세요, 저는 아이 때문에 안간힘을 쓰고 있어요. 전 그 아이의 마음을 얻으려고 애쓰고 있어요. 사랑의 마음으로 그리고 다정다감함을 잃지 않고 한없이 인내하면서 그 아이를 제 곁에 딱 붙들어 매고 싶어요. 언젠가 강은 그 아이에게도 말을 건넬 겁니다. 그 아이도 강의 부름을 받았지요."

바수데바의 얼굴에는 한층 더 따사로운 미소가 살포시 피어올랐다.

"아, 그렇지요. 그 아이 역시 영원한 생명으로부터 태어났지요. 하지만 우리는, 그대와 나는 과연 그 아이가 무엇 때문에 부름을 받았는지, 어떤 길을 가도록 부름을 받았는지, 어떠한 행위를 하도록 부름을 받았는지, 어떠한 고통을 겪도록 부름을 받았는지, 알고 있기나 한 걸까요? 그 아이의 고통과 번뇌는 결코 적지 않을 겁니다. 또한 그 아이는 자존심이 세고 냉혹하지요. 그런 사람들은 수없이 괴로워하고, 수없이 방황하고, 수없이 많은 부당한 짓을 저지르고, 수없이 많은 죄를 짊어져야 하지요. 사랑하는 벗이여, 한번 말해 보세요. 그대는 아들을 교육시키고 있는 건 아닌가요? 아이에게 강요하지는 않나요? 아이를 때리지는 않나요? 아이에게 벌을 주는 건 아닌가요?"

"그렇지 않아요. 그런 것들은 전혀 하지 않습니다."

"나도 잘 알고 있어요. 그대는 아이에게 억지로 무엇을 하라고 강요하지도 않고, 아이를 때리지도 않고, 아이에게 명령을 하지도 않지요. 왜냐하면 그대는 부드러움이 단단함보다 강하고, 물이 바위보다 강하고, 사랑이 폭력보다 강하다는 것을 잘 알기 때문이지요. 아주 잘하고 있어요. 칭찬하고 싶네요. 하지만 그대가 그 아이에게 강요하지도 않고, 벌도 주지 않는다고 생각하는 게 그대의 착각은 아닐까요? 그대는 사랑이라는 끈으로 아이를 꽁꽁 묶어 두고 있는 게 아닌가요? 그대는 호의를 베풀고 인내심을 보임으로써 매일같이 아이에게 수치심을 불러일으키고 힘들게 만들지는 않나요? 그대는 건방지고 응석받이로 자라 버릇이라고는 없는 그 소년에게 바나나를 먹고 사는 두 늙은이네 오두막에서 함께 살자고 강요하는 건 아닌가요? 쌀밥이 최고의 음식이고, 생각하는 건 그 아이와 전혀 다르고, 마음은 늙고 고요해서 그 아이의 마음과는 전혀 다른 그런 두 늙은이들과 함께 살라는 거예요?"

싯다르타는 당황한 표정으로 바닥을 내려다보았다.

그가 조용히 물었다.

"제가 어떻게 해야 할까요?"

바수데바가 말했다.

"그 아이를 도시로 데려가세요. 어머니의 집으로요. 그곳엔 아직도 하인들이 있을 거예요. 그 하인들에게 아이를 데려다주세요. 만일 그곳에 하인이 없다면, 스승을 구해 아이를 맡기세요. 가르침을 받게 하기 위해서가 아니고, 그 아이가 다른 소년 소녀들과 한데 어울리고, 그 아이가 살던 세계로 돌아가도록 하기 위해서요."

싯다르타가 슬픈 표정으로 말했다.

"제 마음을 훤히 꿰뚫어 보시는군요. 저도 그런 생각 많이 했어요. 하지만 생각해 보세요. 그렇지 않아도 성격이 온화하지 못한 아이를 어떻게 제가 그런 세상으로 보낼 수가 있겠어요? 그 아이가 마냥 사치스럽게 살지는 않을까요? 쾌락과 권세에 빠지지는 않을까요? 자기 아비가 저질렀던 과오를 그대로 모두 되풀이하지는 않을까요? 혹시 윤회의 세계 안에서 흔적 없이 사라져 버리는 건 아닐까요?"

뱃사공이 환한 미소를 지었다.

그는 싯다르타의 팔을 다정하게 어루만지며 말했다.

"벗이여, 그런 건 강에게 물어봐요! 그런 말을 듣고 강이 조롱하는 소리를 들어 봐요! 그대가 어리석은 일들을 저질렀던 게 모두 아들이 그런 일들을 겪지 않게 하기 위해서였다고 생각하는 건가요? 정말 그렇게 생각해요? 그리고 그대는 아들을 윤회의 세계로부터 벗어나게 지켜 줄 수 있다고 생각하는 건가요? 도대체 어떻게 그렇게 할 수가 있다는 거죠? 가르침을 통해서, 기도를 통해서, 훈계를 통해서 그렇게 할 수 있는 건가요? 벗이여, 그대가 언젠가 바로 이곳에서 내게 들려줬던 그 이야기를,

브라만의 아들인 싯다르타에 대한 그 교훈적인 이야기를 새카맣게 잊었나요? 누가 탁발승이었던 싯다르타를 윤회로부터, 죄업으로부터, 탐욕으로부터, 어리석음으로부터 지켜 주었나요? 부친의 신앙심이, 스승들의 훈계가 그를 지켜 줄 수 있었나요? 아니면 그 탁발승의 지식이, 탐구 정신이 그 탁발승을 지켜 줄 수 있었나요? 이 세상에 과연 어떤 아버지가, 어떤 스승이 그가 자기식대로 삶을 살아가고, 자기 손으로 직접 삶을 더럽히고, 스스로 죄업을 짓고, 제 손으로 직접 쓰디쓴 술을 마시고, 자신이 갈 길을 스스로 찾는 것, 이 모든 것을 하지 못하도록 보살펴 그대를 지켜 줄 수 있었을까요? 벗이여, 그대는 혹시 어떤 누군가는 그러한 길을 걸어가지 않아도 된다고 생각하는 건가요? 혹시 그대가 어린 아들을 사랑하기 때문에 그 어린것은 번뇌와 고통과 실망 같은 것을 되도록 겪지 않게 하고 싶은 마음에, 아이는 그러한 길을 걸어가지 않아도 될 것이라고 생각하는 건가요? 하지만 그대가 그 아이를 위해 열 번 죽는다 해도 그대는 아이의 운명을 눈곱만큼도 줄어들게 할 수는 없을 겁니다."

바수데바는 지금껏 그렇게 말을 많이 한 적이 없었다. 싯다르타는 다정한 목소리로 그에게 감사의 말을 한 뒤, 슬픔에 잠긴 채 오두막 안으로 들어갔다. 하지만 그는 오랫동안 잠을 이루지 못했다. 바수데바가 그에게 한 말들은 모두 싯다르타가 이미 생각했던 것이고, 익히 잘 알고 있었던 것이었다. 하지만 그러한 것은 머리로만 알 뿐 행동으로 옮길 수는 없는 그런 종류의 앎이었다. 소년에 대한 사랑은 그러한 앎보다 강렬했고, 자식에 대한 애틋한 마음이나 행여 자식을 잃을까 봐 노심초사하는 마음보다 강렬했다. 도대체 지금껏 그가 이토록 마음을 송두리째 빼앗겼던 적이 있었던가? 지금껏 누군가를 이토록 맹목적으로, 이토록 괴로워하면서, 이토록 아무 소득도 없이, 하지만 이토록 행복에 겨워하며 사랑해 본 적이 있었던가?

싯다르타는 차마 벗의 충고를 따를 수 없었다. 그는 아들을 떠나보낼 수 없었다. 그는 소년이 이래라저래라 명령을 해도 내버려 두었고, 자신을 멸시해도 잠자코 있었다. 그는 묵묵히 기다렸다. 그리고 날이면 날마다 다정다감함이 가득하지만 말 없는 전쟁을, 속으로는 인내하고 또 인내하지만 소리 없는 전쟁을 시작하고, 또 시작했다. 바수데바 역시 침묵한 채 다정한 표정으로 그리고 모든 것을 다 알면서도 진득하게 기다렸다. 인내하는 데 있어서는 두 사람 다 대가였다.

한번은 소년의 얼굴에서 카말라를 보는 듯한 느낌이 강렬하게 들자, 싯다르타는 문뜩 그녀가 오래전 젊은 시절에 그에게 했던 말이 문뜩 생각났다.

"당신은 사랑 같은 거 못해요."

카말라는 그렇게 말했었다. 그는 시인했다. 그러고는 자신을 별에 그리고 아이들처럼 단순한 사람들은 떨어지는 나뭇잎에 비유했었다. 하지만 그는 카말라의 말에서 자신을 비난하는 듯한 느낌을 받았다. 실제로 그는 어떤 사람에게 완전히 빠져 그에게 자신을 송두리째 바치고, 자기 자신을 잊고, 그 사람을 사랑하는 까닭에 저지를 수도 있는 바보 같은 짓을 지금껏 단 한 번도 한 적이 없었다. 그는 그런 건 할 수 없었다. 당시에는 바로 그러한 점이야말로 자신과 아이들 같은 사람들을 구분 지어 주는 커다란 차이점이라고 여겨졌다. 하지만 이제 아들과 함께 지내게 된 뒤로는 그 역시, 싯다르타 역시 완전히 아이 같은 사람이 되어 버렸다. 어떤 한 사람 때문에 괴로워하고, 한 사람을 사랑하고, 사랑에 완전히 홀려 사로잡히고, 사랑 때문에 바보 천치가 된 것이다. 이제 그 역시 인생에서 한 번, 늘그막에 그와 같은 극도로 강렬하고 극도로 이상야릇한 열정을 느끼고, 그 열정 때문에 비참할 정도로 괴로워했다. 하지만 그는 지극히 행복해했고, 왠지 새로워진 듯한 기분이 들었고, 예전에 비해 훨씬 부자가 된 듯한 기분이 들었다.

그는 이 사랑이, 아들에 대한 이런 식의 맹목적인 사랑이 고통이자 지극히 인간적인 것이라는 사실을, 또한 그러한 사랑은 윤회이고, 탁한 샘물이며, 시꺼먼 물이란 사실을 알아차렸다. 그럼에도 그는 그러한 사랑은 결코 가치 없는 것이 아니라 필수불가결한 것이며, 동시에 그 자신의 본질에서 비롯된다는 것을 느꼈다. 그는 이러한 기쁨도 만끽하고 싶었고, 이러한 여러 고통도 맛보고 싶었고, 이러한 바보 같은 짓들도 저지르고 싶었다.

아들은 자기 아버지가 바보 같은 짓을 하도록 내버려 두었다. 또한 아들은 아버지가 자신의 환심을 사려고 갖은 애를 쓰도록 했고, 날이면 날마다 죽 끓듯 변덕을 부리면서 아버지를 무시하고 함부로 대했다. 그 아버지는 아들의 마음을 송두리째 사로잡을 만한 어떤 점도, 아들에게 두려움을 불러일으킬 만한 어떤 점도 갖고 있지 않았다. 그 아버지는 도덕적으로 결함이 없는 사람이었다. 그 아버지는 선량하고 무엇이든 기꺼이 도와주고, 쉽게 용서해 주며 성품이 온화한 사람으로 신앙심이 무척 깊은 사람이거나 성인이었을지도 몰랐다. 하지만 그 모든 것은 소년의 마음을 사로잡을 수 있는 특성들은 아니었다. 소년에게 그 아버지는 따분하고 재미없는 사람일 뿐이었다. 그 아버지는 자신을 궁티가 줄줄 흐르는 오두막에 가두어 놓았다. 소년에게 아버지는 그야말로 지루하기 짝이 없는 사람이었다. 그 아버지는 소년이 아무리 무례하게 굴어도 언제나 빙그레 웃음을 지어 보였고, 어떤 욕지거리를 퍼부어 대도 다정하게 대꾸하고, 아무리 악의를 품어도 친절하게 대꾸했는데, 소년에게는 바로 이러한 점들이 아첨으로 은근히 자기 이득을 취하는 늙은이의 추악하기 짝이 없는 술수라고 여겨졌다. 소년은 차라리 아버지라는 그 남자가 자신을 위협하고 자신에게 학대를 가하는 편이 훨씬 더 좋을 것 같았다.

그러던 어느 날, 어린 싯다르타는 감정이 폭발해 아버지에게 노골적으로 대들고야 말았다. 싯다르타는 아들에게 가느다란 잔가지를 주워 오라고 심부름을 시켰다. 하지만 어린 싯다르타는 오두막 밖으로 나가지 않고 잔뜩 화가 난 채 고집스럽게 떡 버티고 서서 두 발로 바닥을 쿵쿵 구르고, 두 주먹을 불끈 쥐고는 자기 아버지의 얼굴에 증오와 멸시가 가득 찬 목소리로 버럭 고함을 질러 댔다.

어린 싯다르타는 불같이 화를 내며 외쳤다.

“당신이 쓸 잔가지는 직접 가져와! 난 당신 하인이 아냐. 당신이 나를 때리지 않는다는 거 잘 알아. 감히 그렇게 못하는 거지. 당신이 경건한 척하고 관대한 척하면서 늘 나를 벌주려는 것도, 무시하려는 것도 다 알아. 당신은 내가 당신과 똑같이 되기를 바라지. 당신처럼 그렇게 신앙심이 깊고, 그렇게 부드럽고, 그렇게 현명하게 되었으면 하고 말이야! 하지만 난, 잘 들어, 나는 당신 마음을 아프게 할 거야. 난 당신처럼 되느니 차라리 노상강도에 살인자가 되어서 지옥에 떨어지고 싶어! 난 당신을 증오해. 당신은 내 아버지가 아니야. 당신이 설령 우리 어머니의 애인이 열 번 되었다고 해도 내 아버지는 아냐!”

엄청난 분노와 슬픔이 소년의 가슴으로 와락 밀려왔다. 그러한 감정들은 험악하고 악의에 찬 수없이 많은 말로 바뀌어 아버지에게 퍼부어졌다. 그런 다음 소년은 오두막을 뛰쳐나갔다. 소년은 저녁 늦게야 비로소 돌아왔다.

하지만 이튿날 아침, 소년은 사라지고 없었다. 뱃사공들이 뱃삯으로 받은 동전과 은화를 보관해 둔, 두 가지 색깔의 나무껍질로 엮은 작은 바구니 또한 보이지 않았다. 보트도 사라지고 없었다. 싯다르타는 맞은편 강기슭에 보트가 덩그러니 놓여 있는 것을 발견했다. 소년은 도망을 간 것이다.

싯다르타가 바수데바에게 말했다.

“아이를 뒤쫓아 가야겠어요.”

싯다르타는 어제 소년이 자신에게 욕설을 퍼부은 뒤로 여전히 침통한 기분에 젖어 온몸을 부르르 떨고 있었다.

그가 말을 이었다.

"아이 혼자서는 숲 속을 지나가지 못하니까요. 아이는 죽고 말 거예요. 바수데바, 우리가 강을 건널 뗏목을 만들어야 해요."

바수데바가 말했다.

"아이가 타고 간 우리 보트를 다시 가져오기 위해서 뗏목을 만듭시다. 하지만 벗이여, 아이가 도망가게 놔두세요. 그 아이는 더 이상 아이가 아니에요. 스스로 잘 알아서 할 겁니다. 그 아이는 도시로 가는 길을 찾을 거예요. 그 아이 생각이 백번 옳아요. 그 점을 잊지 마세요. 지금 그 아이는 그대가 마땅히 해줘야 하는데 차일피일 미루며 해 주지 않은 것을 하고 있는 거예요. 그 아이는 스스로를 돌보고 자신의 길을 갈 겁니다. 아, 싯다르타, 괴로워하고 있군요. 하지만 남들이 보면 그런 건 고통도 아니라고 코웃음을 칠 거예요. 그대 역시 이내 웃음을 터뜨릴 거고요."

싯다르타는 아무런 대꾸도 하지 않았다. 그는 이미 두 손에 도끼를 들고 대나무로 뗏목을 만들기 시작했다. 바수데바는 싯다르타가 풀을 엮어 만든 밧줄로 잘라 낸 대나무 밑동 여러 개를 한데 묶는 일을 도왔다. 그런 다음, 그들은 뗏목을 타고 강을 건넜다. 하지만 그들은 한참을 떠밀려 내려간 뒤에야 비로소 맞은편 강기슭에서 뗏목을 끌어올렸다.

싯다르타가 물었다.

"왜 도끼를 가져온 거죠?

바수데바가 말했다.

"노가 없어졌을지도 모르니까요."

하지만 싯다르타는 자신의 벗이 무슨 생각을 하고 있는지 잘 알았다. 바수데바는 그 소년이 앙갚음을 하기 위해, 자신을 뒤따라오지 못하게 하기 위해 노를 내팽개치거나 박살을 냈을 것이라고 생각한 것이다. 실제로 보트 안에 노는 없었다. 바수데바는 보트 바닥을 가리키며 웃음을 머금은 얼굴로 친구의 얼굴을 바라보았다.

마치 이렇게 말하고 싶어 하는 듯했다.

"아들이 무슨 말을 하고 싶어 했는지 모르겠어요? 자기 아버지가 뒤따라오는 걸 그대 아들이 싫어한다는 걸 모르겠어요?"

하지만 바수데바는 그런 말을 입 밖에 내지 않았다. 그는 노를 새로 만들기 시작했다. 하지만 싯다르타는 도망간 아이를 찾기 위해 바수데바에게 작별을 고했다. 바수데바는 그를 말리지 않았다.

오랫동안 숲 속을 헤매고 다니던 싯다르타는 이렇게 아이를 찾아다니는 일이 부질없는 짓이라는 생각이 문뜩 들었다. 소년은 이미 자신이 따라잡을 수 없을 정도로 멀리 가서 이미 도시에 이르렀거나, 아니면 아직 그곳으로 가고 있는 중이라고 해도 아이는 자신을 뒤쫓아 오는 아버지를 피해 몸을 숨길 것 같았다. 줄곧 생각에 잠겨 있던 싯다르타는 자신이 아들 걱정을 하지 않는다는 것 그리고 자신의 내면 깊은 곳에서는 아들이 죽은 것도 아니고, 숲 속에서 위험에 처해 있지도 않다는 것을 알고 있다는 것을 깨달았다. 그럼에도 그는 쉬지 않고 계속 달렸다. 아들을 구하기 위해서가 아니라, 그 아이를 한 번만 더 보고 싶은 마음이 간절했기 때문이다. 그는 도시 근교까지 달렸다.

마침내 그는 도시 근교의 큰길에 이르렀다. 그는 카말라 소유였던 그 아름다운 정원 입구에서 멈추어 섰다. 그 옛날 바로 그곳에서 그는 가마를 타고 있던 카말라를 처음으로 보았었다. 그때 일이 생생하게 머릿속에 떠올랐다. 그는 그곳에 서 있는 자신의 모습을 보았다. 젊고, 수염이 덥수룩하고, 머리칼은 먼지를 뽀얗게 뒤집어 쓴 채 벌거벗은 탁발승의 모습을. 싯다르타는 오랫동안 거기 서서 열린 문으로 정원 안을 들여다보았다. 아름다운 나무들 아래를 노란 가사를 입은 승려들이 거닐고 있었다.

싯다르타는 오랫동안 골똘히 생각에 잠긴 채 눈앞에 펼쳐진 광경을 바라보았다. 그러고는 자신이 지금껏 살아온 여정에 귀를 기울인 채 서 있었다. 그는 오랫동안 승려들을 바라보았다. 하지만 그의 눈에는 승려들이 아닌 젊은 시절의 싯다르타가 보였고, 한창 젊은 카말라가 키 큰 나무들 아래를 거닐고 있는 모습이 보였다. 그는 자신이 카말라에게서 식사 대접을 받는 모습이며 그녀에게서 첫 입맞춤을 받는 모습 그리고 자신감이 넘치고 경멸에 찬 시선으로 자신의 탁발승 시절을 돌아보면서 오만하고 욕망에 불타오른 채 세속적인 생활을 시작하던 자신의 모습을 또렷하게 보았다. 그는 카마스와미를 보았고, 하인들을 보았고, 흥청망청 먹고 마시는 수차례의 연회 장면과 주사위 노름꾼들과 악사들을 보았고, 새장에 갇혀 있는 카말라의 노래하는 새를 보았다. 그리고 그는 그 모든 것을 다시 한 번 체험했고,

윤회를 호흡했고, 또다시 늙고 지쳤고, 또다시 구토감을 느꼈고, 또다시 스스로를 파멸시키고 싶은 마음이 간절했다. 그리고 그는 성스러운 옴 덕분에 다시금 기력을 회복했다.

싯다르타는 오랫동안 그 정원의 문가에 서 있었다. 그리고 그는 자신이 이곳까지 오지 않을 수 없도록 만든 갈망은 한없이 어리석었다는 것과 자신은 아들을 도와줄 수 없다는 것 그리고 아들에게 집착해서는 안 된다는 것을 깨달았다. 그는 도망간 아들에 대한 사랑을 가슴속 깊이 느꼈다. 그것은 꼭 상처 같았다. 또한 그는 동시에 그 상처가 자신의 마음속을 아프게 헤집으려는 목적으로 자신에게 주어진 게 아니라는 것을, 상처는 활짝 꽃을 피우고 찬란하게 빛나야 한다는 것을 느꼈다.

그 상처가 아직껏 꽃도 피우지 않고, 찬란하게 빛을 뿜어내지도 못한다는 사실 때문에 그는 슬펐다. 달아나 버린 아들을 뒤쫓아 이곳까지 오게 했던 간절한 소망이 자리하고 있던 가슴속 한편에는 이제 허망한 마음만 가득했다. 슬픔에 잠긴 그는 땅바닥에 털썩 주저앉았다. 자신의 가슴속에서 어떤 무언가가 죽어 가고 있는 것이 느껴졌다. 그는 공허감을 느꼈다. 기쁨도 찾을 수 없었고, 목표 또한 떠오르지 않았다. 그는 깊은 생각에 잠긴 채 앉아 하염없이 기다렸다. 강가에서 그가 배운 것은 딱 한 가지였다. 그것은 바로 기다리고, 인내심을 갖고, 귀를 기울이는 것이었다. 그는 거리의 먼지를 뽀얗게 뒤집어쓴 채 앉아서 귀를 기울였다. 지치고 슬픔에 잠긴, 자신의 심장이 어떻게 뛰는지 귀 기울였다. 그리고 어떤 한 목소리를 기다렸다.

여러 시간 동안 그는 웅크리고 앉아 귀를 기울였다. 이제는 어떠한 영상도 보이지 않았다. 그는 공허 속으로 침잠해 어떤 길이나 행로도 보지 않은 채 자기 자신을 한없이 가라앉게 했다. 상처가 쿡쿡 쑤실 때면, 그는 아무 소리도 내지 않은 채 옴을 말하고, 자신을 옴으로 가득 채웠다. 정원에 있던 승려들이 그를 보았다. 그가 오랜 시간 동안 계속해서 쭈그리고 앉아 있느라 백발 머리에 먼지가 뽀얗게 쌓이자, 한 승려가 다가와 바나나 두 개를 그의 앞에 내려놓았다. 하지만 노인은 승려를 보지 않았다.

마비된 것처럼 굳어 버린 그가 정신을 차리도록 한 것은 그의 어깨를 스치고 지나간 하나의 손길이었다. 그는 곧바로 부드럽고 수줍어하는 듯한 손길을 알아차렸다. 그러고는 퍼뜩 제정신이 들었다. 그는 자리에서 일어나 바수데바에게 인사를 건넸다. 바수데바가 그를 뒤따라온 것이었다. 바수데바의 다정한 얼굴과 온통 미소로 가득 찬 듯한 수많은 잔주름과 명랑한 기운이 감도는 두 눈을 바라보자, 그 역시 빙그레 웃음을 지었다. 그제야 비로소 그는 자기 앞에 놓인 바나나 두 개가 눈에 들어왔다. 그는 바나나를 집어 들어 한 개는 뱃사공에게 주고, 나머지 한 개는 자신이 먹었다.

그런 다음 그는 말없이 바수데바와 함께 숲 속으로 돌아가 나루터로 돌아왔다. 아무도 오늘 일어난 일에 대해서 말하지 않았고, 아무도 소년의 이름을 입에 올리지 않았고, 아무도 소년이 도망간 것에 대해 말하지 않았고, 아무도 마음의 상처에 대해 말하지 않았다. 오두막 안으로 들어온 싯다르타는 자신의 잠자리에 몸을 누였다. 잠시 뒤, 바수데바는 야자유 한 사발을 들고 그에게로 다가갔다. 하지만 그는 이미 고이 잠들어 있었다.

옴

상처는 오랫동안 쿡쿡 쑤시고 화끈거렸다. 싯다르타는 아들이나 딸을 데리고 다니는 꽤 많은 여행자들을 나룻배에 태우고 강을 건넜다. 그는 그런 사람들을 볼 때마다 부러운 마음이 들면서 이렇게 생각했다.

'이토록 많은 사람들이, 수천 명의 사람들이 저토록 운이 좋은데 난 왜 그렇지 못한 걸까? 사악한 인간들도, 도둑이나 강도들도 자식이 있지. 그자들은 자식들을 사랑하고, 자식들로부터 사랑도 받아. 나만 그렇지 않네.'

이제 그는 그렇듯 단순하게, 분별력 같은 것을 갖지 않은 채 소박하게 생각했다. 어린아이들처럼 단순한 사람들과 이렇다 할 차이가 거의 없었다.

이제 그는 전과는 사뭇 다른 눈길로 사람들을 바라보았다. 총명하다거나 자신감이 넘쳐흐른다거나 하는 눈빛은 훨씬 줄어들고, 그 대신 따스하고, 호기심 어리고, 관심을 갖고 주의 깊게 바라보는 눈빛을 하고 있었다. 평범한 부류의 여행자들, 곧 아이들과 같은 단순한 사람들과 장사꾼들과 무사들과 여자들을 배에 태워 건네다 줄 때면 그는 예전처럼, 그들이 다른 세상에서 온 사람들처럼 낯설지 않았다. 그는 그들을 이해했다. 그는 사고와 분별력에 의해서가 아니라, 오로지 충동과 욕망에 의해 좌지우지되는 그들의 삶을 이해했고, 그러한 삶을 살았다. 그는 그들과 똑같이 느꼈다.

그는 거의 완성을 이룬 경지에 이르렀고, 마지막 상처로 고생하고 있었음에도 어린아이들과 같이 단순한 그 사람들이 마치 자신의 형제처럼 느껴졌다. 또한 자신이 최고인 줄 아는 그들의 허영심과 탐욕과 가소롭고 우스꽝스러운 면들은 그에게 더 이상 가소롭고 하찮게 보이지 않았다. 그는 그러한 것들을 이해할 수 있게 되었다. 뿐만 아니라 그러한 것들에 끌리고 호감을 느끼고, 심지어 존경의 마음이 일기까지 했다. 자식에 대한 어느 어머니의 맹목적인 사랑, 자신의 어린 외아들이 최고로 잘난 줄 아는 어느 아버지의 어리석고 맹목적인 자부심 그리고 어떻게 해서든지 장신구를 가지려 하고 어떻게 해서든지 남자들의 감탄해마지않는 눈길이 자신에게 향하기를 바라는 어느 허영기 많은 나이 어린 여자의 욕심, 이 모든 충동들은, 이 모든 유치한 짓들은, 이 모든 단순하고 어리석은, 하지만 매우 강렬하고 팔팔하게 살아 있는, 자신의 뜻을 확고하게 이루고야 마는 여러 충동들과 탐욕들은 이제 싯다르타에게 더 이상 유치한 것들이 아니었다. 그는 그런 것들 때문에 사람들이 살아간다는 것을 깨달았다. 또한 그들은 그런 것들이 있기에 엄청나고 대단한 것을 기어이 해 내고, 여행을 떠나고, 전쟁을 일으키고, 한없이 괴로워하고, 그 괴로움을 한없이 견디어 낸다는 것도 알게 되었다.

그는 바로 그런 이유 때문에 그들을 사랑할 수 있었다. 그는 그들의 열정 하나하나에서, 그들의 행위 하나하나에서 삶을, 살아 있는 것을, 불변하는 것을, 범을 보았다. 그 사람들은 한결같으면서도 맹목적인 마음을 지니고 있었고, 무조건적인 강인함과 끈질긴 면이 있었는데, 그러한 점들은 사랑받고 감탄을 불러일으킬 만한 것들이었다. 중요한 문제들에 대해 철저하게 사색하며 그러한 것들에 정통한 그가 그들보다 더 잘하는 것은 딱 한 가지밖에 없었다. 조금도 중요하지 않은 그것이란 바로 모든 생명의 단일성을 명료하게 인식하고, 그것에 대해 사유를 한다는 점이었다.

싯다르타는 많은 시간, 그러한 인식이, 그러한 사유가 그토록 높은 가치가 있는 것일까 하고, 그리고 자신도 사유를 하는 사람들, 곧 사유를 하기는 하지만 어린아이들처럼 단순한 사람들의 유치한 짓을 하는 것은 아닐까 하고 의심했다. 사유를 한다는 점을 제외한 그 밖의 모든 면에서는 세상 사람들 또한 그 현자와 별반 차이가 없었고, 그보다 훨씬 우월할 때도 많았다. 그것은 짐승들 역시 꽤 많은 순간에 자신들이 하지 않으면 안 되는 어떠한 것을 끈질기면서도 확실하게 해 낼 때, 인간을 능가하는 것처럼 보이는 것과 같은 이치였다.

싯다르타의 내면에서는 지혜란 도대체 무엇이며, 자신이 오랫동안 추구해 왔던 목표는 무엇이었던가에 대한 깨달음이, 인식이 서서히 꽃을 피우고, 서서히 무르익어 갔다. 그것은 바로 삶을 살아가면서 매 순간 단일성에 대한 사상을 생각하고, 그러한 단일성을 느끼고, 호흡할 수 있는 마음의 준비요 능력이요 비밀스러운 기술이었다. 그의 마음속에서는 단일화가 서서히 꽃피었다. 그리고 바수데바의 늙은, 하지만 아이 같은 얼굴에서는 조화와 이 세상의 영원한 완전성에 대한 깨달음과 미소와 단일성이 환하게 뿜어져 나와 그의 얼굴에 비쳤다.

하지만 싯다르타의 상처는 여전히 쿡쿡 쑤시고 화끈거렸다. 그는 아들을 애타게 그리워했다. 가슴이 아팠다. 그는 가슴속에 아들에 대한 사랑과 다정함을 품고, 괴로움에 만신창이가 되었으며, 사랑하는 마음이 일 때 일어날 법한 온갖 어리석은 짓을 저질렀다. 이 불꽃은 저절로 사그라지지 않았다.

어느 날, 상처가 심하게 쑤시면서 화끈거리자, 싯다르타는 그리움에 사무쳐서 강을 건넜다. 보트에서 내린 그는 도시로 가서 아들을 찾아보고 싶은 마음이 일었다. 강물은 유유히 그리고 고요히 흐르고 있었다. 건기였지만 강물 소리는 참으로 특이했다. 강은 웃고 있었던 것이다! 강은 분명히 웃고 있었다. 강은 소리내어 웃었다. 낭랑하고 높은 목소리로 그 늙은 뱃사공을 비웃고 있었던 것이다. 싯다르타는 멈추어 서서 강물 소리를 더 잘 듣기 위해 강물 위로 몸을 굽혔다. 그리고는 고요히 흘러가는 강물에 비친 자신의 얼굴을 보았다. 그 얼굴에는 그에게 어떤 기억을 떠올리게 하는 무엇이, 그가 까맣게 잊고 있었던 어떤 것이 담겨 있었다. 곰곰 생각한 뒤, 그는 그것이 무엇인지 알게 되었다. 그것은 그가 일찍이 알고 사랑하고 무서워하기도 했던 어떤 남자의 얼굴과 닮아 있었다. 그 얼굴은 바로 브라만이었던 자기 아버지의 얼굴과 닮아 있었다.

그는 오래전 자신이 젊었을 때, 자신을 고행자들에게 보내 달라고 아버지에게 조르던 일이며 아버지와 작별을 하던 장면이며 집을 떠난 뒤 두 번 다시 집에 돌아가지 않았던 일 등이 주르르 떠올랐다. 아버지 역시 자신이 아들 때문에 괴로워하는 그 고통을 똑같이 느낀 것은 아니었을까? 혹시 아버지가 이미 오래전에 당신의 아들을 다시 보지도 못한 채 홀로 외롭게 돌아가신 것은 아닐까? 이런 식의 반복, 숙명적으로 돌고 도는 윤회 과정은 그야말로 웃기는 희극이 아닐까? 기이하기 짝이 없고 어처구니없는 바보 같은 짓이 아닐까?

강은 소리 내어 웃었다. 그렇다. 그런 것이다. 충분히 괴로워했건만 문제가 해결되지 않은 것들은 어김없이 또다시 나타나고, 매번 똑같은 고통을 안겨 주었다. 싯다르타는 다시 보트에 올라탄 뒤, 오두막으로 돌아왔다. 노를 젓는 동안 그는 아버지를 생각하고, 아들을 생각하고, 강물의 비웃음을 받고, 자신과 다투고, 절망하고, 자신과 세계를 큰 소리로 비웃고 싶은 충동을 느꼈다.

아, 가슴속 상처는 아직도 꽃을 피우지 않았다. 그의 심장은 아직도 자신의 운명에 저항하고 있었다. 아직도 그의 고통에서는 유쾌함과 승리의 빛이 환하게 뿜어져 나오지 않았다. 하지만 그는 희망을 느꼈다. 오두막으로 돌아온 그는 바수데바에게 속내를 털어놓고 모든 것을 있는 그대로 보여 주고, 경청의 대가인 그에게 모든 것을 낱낱이 말하고 싶은 충동을 강렬하게 느꼈다.

바수데바는 오두막 안에 앉아 바구니를 엮고 있었다. 그는 이제 나룻배로 강을 오가지 않았다. 시력이 떨어지기 시작했기 때문이다. 시력뿐만 아니라 두 팔과 두 손도 기력이 떨어졌다. 하지만 그의 얼굴에는 기쁨과 명랑한 자비심이 여전히 변함없이 환하게 드리워져 있었다.

싯다르타는 노인 곁에 앉았다. 그러고는 천천히 입을 열었다. 그 두 사람은 지금껏 한 번도 그런 이야기를 나누어 본 적이 없었다. 싯다르타는 자신이 도시로 갔던 것, 화끈거리며 쿡쿡 쑤시던 상처, 행복해하는 아버지들을 바라볼 때 부러움을 느꼈던 것, 그러한 욕망들의 어리석음을 깨달은 것, 그러한 욕망들에 맞서 싸웠지만 허사였다는 이야기 등을 모두 들려주었다. 그는 모든 것을 털어놓았다. 그는 모든 것을, 지극히 곤혹스러운 것까지도 말할 수 있었다. 그는 모든 것을 말로 표현하고, 하나도 숨김없이 모조리 보여 주고, 모든 것을 들려줄 수 있었다. 그는 자신의 상처를 송두리째 드러내 보였고, 자신이 오늘 도시로 가려고 집을 뛰쳐나와 유치하기 짝이 없는 도망자처럼 강을 건넜다는 것과 강물이 소리 내어 웃었다는 이야기를 모두 들려주었다.

싯다르타의 이야기가 오랫동안 계속되는 동안, 바수데바는 평온한 얼굴로 귀를 기울였다. 싯다르타는 바수데바가 예전보다 훨씬 더 집중해 경청한다는 느낌을 받았다. 싯다르타는 자신의 고통과 불안하고 초조한 마음이 바수데바에게 흘러가고, 자신의 은밀한 희망 또한 그에게 흘러갔다가 다시금 자신에게 되돌아오는 것을 느꼈다. 이렇듯 귀 기울여 들어 주는 사람에게 자신의 상처를 있는 그대로 보여 주는 것은 강물 속에 들어가 상처 부위를 담그고 그 상처가 더 이상 화끈거리지 않고 싸늘하게 식어 강물과 하나가 될 때까지 강물 속에서 상처를 씻는 것과도 같았다.

싯다르타는 쉬지 않고 이야기를 하고, 고백하고, 참회했다. 그러는 동안 그는 맞은편에 있는 이 사람은 더 이상 바수데바가 아니라는 느낌이, 자신의 말을 경청하던 바로 그 사람이 곧 하나의 인간이 아니라는 느낌이 점차 들었다. 또한 싯다르타는 꼼짝도 하지 않고 자신의 말에 귀를 기울이고 있는 이 사람이 자신이 참회하는 바를 마치 나무가 빗물을 빨아들이듯이 자기 몸 안에 모두 빨아들이는 것을, 그 사람이 바로 신이라는 것을 그리고 그 사람은 영원 그 자체라는 것을 느꼈다.

싯다르타가 자신과 자신의 상처에 대해 생각하기를 멈추자, 바수데바의 변화된 본질에 대한 인식이 온통 그를 사로잡았다. 싯다르타가 점점 그 변화된 본질을 느낄수록 그리고 그것을 더욱더 탐구할수록 그 변화된 본질은 점점 더 이상야릇하지 않게 보였다. 또한 그는 다음과 같은 사실을 점차 깨닫게 되었다. 모든 것이 순조롭고 질서정연하고 자연스럽다는 것을, 또한 바수데바는 이미 오래전에, 이미 거의 언제나 그러한 면을 지니고 있었다는 것을, 단지 그 자신만 그것을 제대로 알아채지 못했다는 것을 그리고 그 자신도 바수데바와 거의 차이가 나지 않는다는 것을 깨달았다. 그는 이제 자신이 늙은 바수데바를 마치 백성들이 신들을 우러러보는 것처럼 우러러본다는 것과 이러한 것이 오랫동안 지속될 수는 없을 것이라는 것을 느꼈다. 그는 마음속으로 바수데바와 작별을 고하기 시작했다. 그러면서도 그는 이야기를 계속했다.

그가 말을 마치자, 바수데바는 다정하지만 다소 흐릿해진 눈빛을 그에게 보내기만 할 뿐 아무 말도 하지 않았다. 바수데바에게서 사랑과 명랑함, 이해와 깨달음이 가득한 빛이 뿜어져 나왔다. 그는 싯다르타의 손을 잡고 그를 강기슭의 앉는 자리로 데려갔다. 그러고는 그와 함께 나란히 앉아 강을 바라보며 빙그레 웃음을 지었다.

바수데바가 말했다.

"그대는 강의 웃음소리를 들었군요. 하지만 그대는 전부를 다 들은 건 아닙니다. 우리 함께 귀 기울입시다. 더 많은 것을 들을 수 있을 거예요."

둘은 귀를 기울였다. 수많은 소리가 어우러진 강의 노랫소리가 은은하게 울려 퍼졌다. 싯다르타는 강물을 들여다보았다. 그러자 흘러가는 강물 속에 여러 모습들이 나타났다. 그의 아버지의 모습이 보였다. 그는 아들을 잃고 홀로 외롭게 슬픔에 잠겨 있었다. 그 자신도 나타났다. 그 역시 외로운 모습을 하고 있었는데, 자기 아버지와 마찬가지로 멀리 있는 아들을 향한 사무치는 그리움 때문에 그 아들에 옴짝달싹 하지 못하게 묶여 있었다. 그 다음에는 그의 아들이 나타났다. 소년 역시 외로워 보였다. 소년은 그 또래의 젊은이들이 갖고 있는 여러 욕망이 가득한, 죄 많고 끔찍한 길을 탐욕심이 가득한 표정으로 게걸스레 급히 내달리고 있었다. 모두들 하나같이 각자 자신의 목표를 향해 달려가고 있었고, 모두들 하나같이 자신의 목표에 사로잡혀 있었고, 모두들 하나같이 괴로워하고 있었다. 강은 고통에 찬 목소리로 노래를 불렀다. 강은 너무나도 간절한 마음으로 노래했다. 강은 너무나도 간절한 마음으로 자신의 목표를 향해 흘러가고 있었다. 강의 목소리는 슬프고도 침울하게 울려 퍼졌다.

바수데바의 고요한 시선이 물었다.

"들려요?"

싯다르타는 고개를 끄덕였다.

바수데바가 속삭였다.

"좀 더 잘 들어 봐요!"

싯다르타는 조금 더 잘 들으려고 애를 썼다. 아버지의 모습, 자신의 모습, 아들의 모습이 서로 마구 뒤섞인 채 흘러가고 있었다. 카말라의 모습도 나타났다가 스르르 녹아 버리듯이 사라졌다. 그리고 고빈다와 그 밖의 다른 사람들의 모습들도 나타났다가 서로 뒤섞이더니 스르르 녹듯이 사라져 버렸다. 그러고는 모두 강물이 되었다. 그 모습들은 하나의 강이 되어 한없이 그리워하면서, 간절히 바라고 구하면서 그리고 괴로워하면서 목표를 향해 흘러가고 있었다. 강물 소리에는 그리움이, 살을 에는 듯한 고통이, 결코 채워지지 않는 욕망이 가득 담겨 있었다. 강물은 목표를 향해 앞으로 앞으로 계속 나아가고 있었다.

싯다르타는 강이, 자신과 가족 그리고 그가 지금껏 보았던 모든 사람들로 이루어진 그 강이 서둘러 황급히 흘러가고 있는 것을 보았다. 모든 물결과 강물은 고통스러워하면서 수많은 목표들, 곧 폭포와 호수와 여울과 바다를 향해 줄달음치고 있었다. 강물은 모두 각기 자신들의 목적지에 이르렀다. 그러고 나면 그 목표에 또 다른 새로운 목표가 뒤를 이었다. 강물은 수증기가 되어 하늘로 올라갔다가 비가 되어 하늘에서 땅으로 떨어진 다음, 샘이 되고, 시내가 되고, 강이 되어 또다시 앞으로 앞으로 나아가고, 또다시 흘러갔다.

하지만 애타게 그리워하던 그 소리는 변해 있었다. 여전히 고통에 가득 차 있고, 갈구하고 있기는 했지만, 그 소리에 다른 소리들이 합류해 한데 어우러졌다. 그건 바로 기쁨의 소리, 고통의 소리, 선량한 소리들과 사악한 소리들, 깔깔 웃는 소리들과 죽은 이들을 생각하며 슬퍼하는 소리들, 수백 가지의 목소리, 수천 가지의 목소리들이었다.

싯다르타는 귀를 기울였다. 그는 이제 온몸과 온 마음으로 귀를 기울이는 사람이 되어 경청하는 일에만 몰두하고, 마음을 전부 비운 채 귓가에 들리는 소리를 모두 받아들였다. 그는 자신이 이제 귀 기울여 듣는 법을 전부 다 배운 것 같은 기분이 들었다. 그는 이미 이 모든 것을, 강물에서 나는 이 수많은 소리를 자주 들었다. 그런데 오늘은 그 울림이 무척이나 새로웠다. 그는 이제 더 이상 그 수많은 소리를 구분할 수 없었다. 기쁨에 겨운 소리와 소리 내어 우는 소리도, 아이다운 목소리와 어른의 목소리도 그는 구분이 되지 않았다. 그 모든 소리는 한데 어우러져 있었다. 한없이 그리워하는 탄식 소리와 깨달음을 얻은 자의 웃음소리, 분노에 찬 외침 소리와 죽어 가는 자들의 신음 소리, 이 모든 것은 하나였다. 이 모든 것은 서로 밀접하게 연결되고 결합되어 있으며 이루 헤아릴 수 없이 많은 방식으로 서로 뒤얽혀 있었다. 그리고 이 모든 것이 한데 합쳐지고 어우러진 모든 소리들, 모든 목표들, 모든 동경들, 모든 고통, 모든 쾌락, 모든 선과 악, 이 모든 것들은 곧 이 세상이었다. 이 모든 것들이 한데 어우러진 것, 그것은 바로 세상만사가 담긴 강이요 삶의 음악이었다.

싯다르타가 강물의 소리에, 수없이 많은 소리가 어우러진 그 노래에 세심한 주의를 기울여서 귀를 기울일 때면, 고통도 웃음도 그의 귓가에 들리지 않을 때면, 그가 자신의 영혼을 그 어떤 하나의 소리에 붙들어 매고는, 그 소리에만 오롯이 영혼을 바쳐 몰두하는 대신 모든 것을 들을 때면, 전체를, 단일성을 들을 때면, 수많은 소리로 이루어진 그 거대한 노래는 단 한 개의 단어로 이루어졌다. 그것은 바로 완성을 뜻하는 '옴'이었다.

바수데바의 눈빛이 다시금 물었다.

"들려요?"

바수데바의 미소는 환하게 빛났다. 그의 늙은 얼굴에 난 모든 주름살 위에는 강의 모든 소리들 위에서 옴이 두둥실 떠도는 것처럼 밝게 빛나는 미소가 두둥실 떠다니고 있었다. 벗을 바라보는 바수데바의 미소가 환하게 빛났다. 그리고 이제 싯다르타의 얼굴에서도 그와 똑같은 미소가 어느 순간 환하게 빛났다. 그의 상처는 꽃을 피웠고, 그의 고통은 환히 빛났고, 그의 자아는 단일성 속으로 흘러들었다.

그 순간 싯다르타는 운명과 싸우던 일을 멈추고, 괴로워하던 일도 멈추었다. 그의 얼굴에는 깨달음의 기쁨이 꽃피듯이 활짝 피어났다. 그것은 어떠한 의지와도 더 이상 대립하지 않는 깨달음이었고, 완성의 경지를 아는 깨달음이었다. 또한 세상만사의 강 그리고 삶의 큰 강과 합의하여 가슴속 깊이 함께 괴로워하고 함께 기뻐하며 도도히 흐르는 강물의 흐름에 스스로를 내맡긴 채 단일성에 속해 그 일부를 이루는 깨달음이었다.

바수데바는 앉아 있던 자리에서 몸을 일으켜 싯다르타의 눈을 바라보았다.

그는 싯다르타의 두 눈에서 깨달음의 기쁨과 즐거움이 환하게 뿜어져 나오는 것을 보고는 이렇게 말했다.

"벗이여, 난 이 순간을 줄곧 기다렸어요. 이제 때가 왔어요. 이제 그만 나를 보내 줘요. 오랫동안 난 이 순간을 기다려 왔어요. 오랫동안 난 뱃사공 바수데바였지요. 이제 그것으로 충분합니다. 오두막아, 잘 있으렴. 강아, 너도 잘 있어. 싯다르타, 안녕히 계세요!"

싯다르타는 작별을 고하는 그 사람에게 깊이 몸을 숙였다.

그리고는 조용히 말했다.

"그러실 줄 알았어요. 숲으로 가실 거죠?"

바수데바가 말했다. 그의 얼굴에서는 환한 빛이 뿜어져 나왔다.

"난 숲으로 갈 겁니다. 단일성 안으로 들어갈 거예요."

그는 그곳을 떠났다. 그의 주위에서는 환한 빛이 뿜어져 나왔다. 싯다르타는 그의 뒷모습을 바라보았다. 그는 바수데바의 뒷모습을 바라보았다. 무한히 기쁘면서도 가슴속 깊이 못내 아쉬운 마음이 들었다. 싯다르타는 지극히 평화로운 그의 걸음걸이와 찬란한 빛에 둘러싸인 그의 머리와 후광에 에워싸인 그의 뒷모습을 보았다.

고빈다

언젠가 고빈다는 휴식 기간 동안에 창녀 카말라가 고타마의 제자들에게 시주한 공원풍 정원에서 머물고 있었다. 그는 사람들이 어떤 늙은 뱃사공에 대해 이야기하는 것을 들었다. 그 뱃사공은 그곳에서 하룻길을 가면 닿을 수 있는 강가에 살고 있는데, 많은 사람들한테서 현자로 여겨진다고 했다. 고빈다는 휴식을 마친 뒤, 또다시 순례길에 오르면서 그 뱃사공을 너무나도 보고 싶은 마음에 나루터로 가는 길을 택했다. 왜냐하면 그는 평생을 계율을 지키며 살았고, 자신의 나이와 겸손한 성격 때문에 나이가 비교적 어린 승려들에게 존경을 받았음에도 가슴속에서는 불안감과 깨달음을 얻으려는 마음이 잦아들지 않았기 때문이다.

고빈다는 강가에 이르렀다. 그는 노인에게 강을 건네 달라고 부탁했다.

강 건너편에 도착해 보트에서 그 둘이 내렸을 때, 고빈다는 노인에게 말했다.

"우리 승려들과 순례자들에게 좋은 일을 하시는군요. 이미 우리 승려들을 많이 건네주셨겠지요. 뱃사공이여, 당신도 올바른 길을 찾고 있는 구도자가 아니신지요?"

싯다르타는 늙은 두 눈에 미소를 머금으며 말했다.

"아, 스님, 스스로를 구도자라고 부르시나요? 이미 연세가 많으신데 아직도 승려 고타마의 법복을 입고 계신 건가요?"

고빈다가 말했다.

"맞아요. 저는 늙었습니다. 하지만 저는 깨달음을 얻는 일을 멈추지 않았습니다. 앞으로도 결코 멈추지 않을 겁니다. 제 운명이자 사명인 듯합니다. 당신도 구도의 길을 걸으셨던 것처럼 보이네요. 존경하는 분이시여, 한 말씀 해 주시겠습니까?"

싯다르타가 말했다.

"존경하는 스님, 제가 스님께 해 드릴 말씀이 뭐가 있겠습니까? 혹시 너무 지나칠 정도로 구도하시는 게 아닐까요? 구도하는 일에 너무 치우친 나머지 깨달음을 발견하지 못하시는 게 아닐까요?"

고빈다가 물었다.

"어찌해서 그런 거죠?"

싯다르타가 말했다.

"누군가 구도를 하면, 그 사람의 눈은 오로지 자신이 찾는 그 사물 하나만을 보느라 다른 것은 아무것도 발견하지 못하고, 아무것도 마음속에 받아들이지 못하기 쉽지요. 그건 그 사람이 언제나 자신이 찾는 것만을 생각하고, 단 하나의 목표만을 갖고 있고, 그 목표에 완전히 사로잡혀 있기 때문입니다. 구도라는 것은 하나의 목표를 갖고 있다는 뜻입니다. 하지만 발견한다는 것은 자유로운 상태를 뜻하고, 마음이 활짝 열린 상태를 뜻하고, 어떠한 목표도 갖지 않는 것을 뜻하지요. 스님, 스님께서는 실제로 구도자일지도 모르겠네요. 스님께서는 목표를 이루기 위해 갖은 애를 쓰시면서도 막상 스님 눈앞에 있는 많은 것들은 보지 못하시니까요."

고빈다가 부탁하는 어조로 말했다.

"잘 이해가 되지 않습니다. 무슨 뜻인지요?"

싯다르타가 말했다.

"아, 스님, 스님께서는 이미 여러 해 전에 이 강가에 오신 적이 있습니다. 그때 강가에서 잠을 자고 있는 한 남자를 발견하셨지요. 스님께서는 그 남자 곁에 앉아 그 남자가 잠을 이루는 동안 아무 일이 일어나지 않도록 그를 지켜 주셨어요. 아, 고빈다, 하지만 자네는 잠을 자고 있던 그 남자를 알아보지 못했지."

승려는 마치 마법에 걸린 것처럼 소스라치게 놀란 얼굴로 뱃사공의 눈을 뚫어지게 바라보았다.

그는 기어들어가는 목소리로 물었다.

"자네, 혹시 싯다르타인가? 이번에도 자네를 못 알아볼 뻔했군! 싯다르타, 정말 반갑네. 이렇게 자네를 또다시 만나게 되어 정말 기쁘네! 벗이여, 참으로 많이 변했네그려. 그러니까 자네는 뱃사공이 된 건가?"

싯다르타는 다정하게 웃었다.

"맞아. 뱃사공이 됐어. 고빈다, 상당수의 사람들은 많이 변화할 수밖에 없어. 그 사람들은 온갖 종류의 옷을 입어야 해. 내가 바로 그런 사람이야. 고빈다, 잘 왔어. 오늘 밤은 내 오두막에서 묵게나."

그날 밤, 고빈다는 오두막에 머물렀다. 그는 바수데바가 쓰던 잠자리에서 잠을 잤다. 고빈다는 젊은 시절 사귀었던 벗에게 수없이 많은 질문을 던졌다. 싯다르타는 자신이 살아온 많은 이야기를 들려주어야 했다.

이튿날 아침, 고빈다는 순례길에 오를 때가 되자, 잠시 망설이다가 입을 열었다.

"싯다르타, 길을 떠나기 전에 한 가지만 더 물어봐도 될까? 믿고 따르는 가르침을 갖고 있나? 자네가 살아가는 데 도움을 주고 올바른 일을 하도록 돕는 그런 믿음이나 지식 말이야."

싯다르타가 말했다.

"벗이여, 자네는 내가 이미 젊은 시절에, 그러니까 우리가 숲 속에서 고행자들 곁에서 살았을 때, 여러 가르침과 스승님들을 신뢰하지 않고 등을 돌렸던 사실을 잘 알 거야. 지금도 내 생각에는 변함이 없어. 그럼에도 나는 그 이후로 수많은 스승님들을 만났어. 한 아름다운 창녀가 오랜 세월 동안 나의 스승이었지. 어느 부유한 상인과 몇몇 주사위 노름꾼들도 내 스승이었고. 한번은 순례 중이던, 붓다의 제자도 나의 스승이 되었지. 그 승려는 내가 숲 속에서 까무룩 잠들어 있었을 때, 내 곁에 앉아 있었어. 난 그 승려한테서도 배웠어. 그 승려도 참으로 고마운 분이지. 하지만 내게 가장 많이 가르쳐 준 건 이 강과, 내가 뱃사공 일을 하기 전에 그 일을 했던 바수데바야. 바수데바는 굉장히 단순하고 소박한 분이야. 그분은 사상가가 아니야. 하지만 그분은 고타마와 마찬가지로 필연적인 이치를 아주 잘 알고 있었어. 그분은 완성의 경지에 이른 분이자 성자야."

고빈다가 말했다.

"아, 싯다르타, 자네는 여전히 비꼬는 걸 좋아하는군. 난 자네 말을 믿어. 그리고 자네가 어떤 한 스승님을 따르지 않는다는 것도 잘 알고 있어. 하지만 자네는 비록 어떤 하나의 교리나 가르침은 아니라 할지라도 어떤 사상이나 깨달음을 스스로 발견했던 게 아닐까? 자네 자신만의 것이며 자네가 살아가는 데 도움을 주는 그런 사상이나 깨달음 말이야. 그것들에 대해서 조금만이라도 내게 말해 준다면, 정말 기쁘겠네."

싯다르타가 말했다.

"맞아. 난 사상을 갖고 있었어. 이따금씩 깨달음도 얻었고. 때때로 한 시간이나 하루 온종일 난 사람들이 자신들의 가슴속에서 생명을 느끼는 것처럼 내 안에서 깨달음을 느끼기도 했어. 난 꽤 많은 사상을 갖고 있었어. 하지만 내가 발견했던 그 사상들을 자네에게 전달하는 건 어려울 것 같아. 이보게, 고빈다, 내가 깨달은 사상들 중의 하나는 바로 이런 거야. 지혜는 전달할 수 없다는 것 그리고 지혜로운 자가 사람들에게 지혜를 전달하려고 아무리 애를 써도, 말로 전달된 그 지혜는 언제나 바보 같은 소리로 들린다는 것이지.”

고빈다가 물었다.

“지금 농담하는 건가?”

“농담하는 게 아냐. 난 내가 직접 깨달은 바를 말하는 거야. 지식은 전달할 수 있지만, 지혜는 그렇게 할 수 없어. 우리는 지혜를 발견할 수 있고, 그것에 따라 살아갈 수도 있고, 마음속으로 지혜에 대해 고심하고 정진할 수도 있고, 지혜로 기적을 행할 수도 있어. 하지만 지혜에 대해서는 말할 수도 없고, 사람들에게 가르칠 수도 없지. 그러한 사실을 난 이미 젊은 시절에 이따금씩 알아챘어. 그래서 스승님들을 떠난 거야. 고빈다, 나는 어떤 하나의 사상을 발견했어. 자네는 그것도 농담이나 바보 같은 소리라고 여길 거야. 하지만 그건 내가 갖고 있는 사상들 중에서 가장 훌륭한 사상이야. 그건 바로 모든 진리는 그 반대 역시 그와 똑같이 진리라는 사실이야! 다시 말해 어떤 하나의 진리는, 그것이 한 방면으로 치우쳐 있을 때에만, 곧 다면적이 아니라 일면적일 때에만 우리가 입 밖으로 발음할 수 있고, 언어로 그것을 씌울 수 있어. 생각이란 것에 의해 생각되고 언어로 말해지는 것들은 전부 일면적이지. 모든 것은 일면적이고, 반쪽에 불과해. 모든 것은 전체성이, 완결성이, 단일성이 결여되어 있어. 그래서 세존 고타마는 이 세상에 대해 설법을 펼칠 때면, 이 세상을 윤회와 열반으로, 미혹과 진리로, 번뇌와 해탈로 나누지 않을 수가 없었던 거야. 그것 말고는 달리 어찌할 수가 없었던 거지. 가르침을 주려고 하는 자에게는 그 방법 말고는 다른 방법이 없어. 하지만 이 세계 자체는, 곧 우리 주위와 우리 안에 존재하는 그것은 결코 일면적이지 않아. 어떤 한 사람이나 어떤 하나의 행위는 전적으로 윤회의 과정 중에 있지도 않고, 전적으로 열반의 상태에 있지도 않아. 어떤 한 사람도 전적으로 거룩하거나 오로지 죄업으로만 가득 차 있지도 않지. 그런데도 그렇게 보이는 까닭은 시간이 실제로 존재하는 것이라고 우리가 착각하기 때문이야. 고빈다, 시간은 실재하지 않아. 나는 그것을 여러 번 체험했어. 그리고 만일 시간이 실제로 존재하지 않는다면, 이 세상과 영원 사이에, 번뇌와 지극한 행복감 사이에, 악과 선 사이에 가로놓여 있는 것처럼 보이는 얼마 안 되는 간격 또한 착각이지."

고빈다가 두려움에 찬 얼굴로 물었다.

"어떻게 그럴 수가 있지?"

"벗이여, 잘 들어, 잘 들어 봐! 나도, 자네도 다 죄인이지. 하지만 그 죄인은 언젠가 다시금 브라흐마가 될 거야. 그리고 또 언젠가는 열반에 이르고 붓다가 될 거야. 하지만 이걸 알아야 해. 이 '언젠가'라는 건 착각이고 한낱 비유에 불과하다는 사실을 말이야. 죄인은 불성을 이루고 있는 과정 중에 있지 않아. 우리의 사고는 그러한 것들을 달리 생각하지 못하지만, 그 죄인은 발전하고 있는 과정 중에 있는 게 아니야. 죄인 안에 지금 이 순간 그리고 오늘 이미 미래의 붓다가 존재하지. 죄인의 미래는 이미 다 존재하는 거야. 자네는 그 죄인 안에, 자네 안에, 모든 사람 안에 숨어 있는 붓다를, 붓다로 되어 가고 있으며, 붓다가 될 수도 있는, 그 숨어 있는 붓다를 존경해야 하네. 벗이여, 이 세상은 불완전하지 않아. 완성된 상태로 서서히 나아가고 있는 과정 중에 있는 것도 아니고. 절대 그렇지 않아. 이 세계는 매 순간 완전해. 모든 죄업은 이미 그 안에 자비를 품고 있어. 모든 어린아이들은 이미 자신 안에 노인을 품고 있고, 모든 갓난이들은 죽음을, 모든 죽어 가는 사람들은 영원한 삶을 품고 있지. 그 누구도 다른 사람들을 볼 때, 그들이 각자 자신들의 인생행로에서 얼마만큼 걸어갔는지를 헤아릴 수 없어. 도둑이나 주사위 노름꾼 안에는 붓다가 깃들어 있고, 브라만 안에는 도둑이 도사리고 있지. 명상에 깊이 잠겨 있을 때는 시간이라는 것을 완전히 없애 버릴 수도 있어. 그래서 지금껏 있었고, 현재에도 있고, 앞으로도 있게 될 모든 삶을 모두 한꺼번에 동시에 볼 수 있는 거야. 그렇게 되면 모든 게 선하고, 모든 게 완전하고, 모든 게 브라만이지. 그렇기 때문에 내게는 존재하는 것들이 모두 선량해 보여. 죽음과 삶이 같아 보이고, 죄와 거룩함, 총명함과 어리석음 역시 똑같아 보이고. 이 세상의 모든 것이 필시 그러하지. 이 세상의 모든 것은 오로지 나의 찬성과 나의 자발적인 승낙과 나의 너그러운 양해만을 필요로 하지. 내게는 잘된 일이야. 이 세상의 모든 것은 내게 결코 해를 끼치지 않으면서 오로지 나를 지원만 해 줄 수 있어. 내 몸과 영혼을 통해, 나는 나라는 인간이 여러 차례의 죄악을 절실히 필요로 했다는 것을 내 몸과 영혼을 통해 알게 되었어. 나는 쾌락과 물질에 대한 욕심과 허영심이 필요했어. 치욕스럽기 짝이 없는 절망감도 필요했고. 그건 모두 내가 반항하고 거스르는 것을 포기하는 법을 배우기 위해서, 이 세상을 사랑하는 법을 배우기 위해서, 이 세상을 내가 소망하고 상상했던 세상과 더 이상 비교하지 않고, 내가 머릿속에 이리저리 그려 보았던 완전한 어떤 상태와 비교하지 않고 이 세상을 있는 모습 그대로 받아들이고, 이 세상을 사랑하고, 이 세상과 밀접한 관계를 맺기 위해서였지. 아, 고빈다, 이런 생각들이 내가 문뜩문뜩 깨달은 것 중 몇 가지야."

싯다르타는 몸을 굽혀 땅바닥에서 돌멩이 한 개를 집어 올리더니 손 안에 넣고 이리저리 흔들었다.

그가 돌멩이를 만지작거리며 말했다.

"여기 있는 이건 돌멩이지. 이 돌멩이는 일정한 시간이 지나면 흙이 될 거야. 그리고 그 흙에서는 식물이나 짐승 또는 인간이 생겨나겠지. 예전 같았으면 난 이렇게 말했을 거야. '이 돌멩이는 한낱 돌멩이일 뿐이다. 이건 아무런 가치가 없어. 이건 마야의 세계에 속해. 하지만 이 돌멩이는 십중팔구 끊임없이 변화하고, 또 변화하는 과정을 거치면서 인간도 될 수도 있고, 정신도 될 수도 있으므로 난 이 돌멩이에게도 의미를 부여한다.' 예전 같았으면 그렇게 생각했을 거야. 하지만 오늘은 이렇게 생각하지. '이 돌멩이는 돌멩이다. 이 돌멩이는 짐승이기도 하다. 이 돌멩이는 신이기도 하다. 이 돌멩이는 붓다이기도 하다. 내가 이 돌멩이를 존경하고 사랑하는 이유는 이 돌멩이는 언젠가는 이런저런 것이 될 수 있기 때문이 아니라, 이 돌멩이가 오래전에도 그리고 항상 늘 변함없이 그 모든 것이기 때문이다. 또한 이 돌멩이가 돌멩이라는 바로 이 점이, 이 돌멩이가 오늘 이 순간,

내 눈에는 돌멩이로 보이는 이 점, 바로 그 점 때문에 나는 이 돌멩이를 사랑한다. 또한 나는 이 돌멩이의 줄무늬와 움푹 파인 홈 하나하나에서, 돌멩이가 지닌 노란색에서, 잿빛에서, 딱딱함에서, 내가 이 돌멩이를 두드릴 때 나는 소리에서, 이 돌멩이 표면의 건조함이나 습기에서 이 돌멩이의 가치와 의미를 본다. 돌멩이를 만지면 촉감이 기름이나 비누 같은 것도 있고, 나뭇잎 같은 것도 있고, 모래 같은 것도 있다. 돌멩이 하나하나는 모두 독특하고 제각기 자신들만의 방식으로 옴을 읊조린다. 모든 돌멩이들은 브라만이다. 하지만 모든 돌멩이들은 그와 동시에 돌멩이이며 기름이나 비누가 묻어 있는 것 같기도 하다.' 바로 이러한 점이 내 마음에 들어. 또한 이러한 점은 경이롭고 숭배할 만한 가치를 지니지. 하지만 더는 얘기하지 않겠네. 말이란 비밀스러운 의미를 훼손하지. 일단 말로 표현하면, 내용에 관계없이 하나같이 조금씩 뜻이 달라지고, 조금은 날조되고, 조금은 바보 같은 소리가 돼. 그래, 그런 것 또한 잘된 일이지. 난 그런 게 정말 마음에 들어. 나는 어떤 사람에게는 보물이자 지혜로 여겨지는 것이 다른 사람에게는 언제나 바보 같은 소리로 들린다는 사실에도 전적으로 동의해."

고빈다는 잠자코 귀를 기울이고 있었다.

그는 잠시 뒤 주저하는 듯한 목소리로 물었다.

"왜 내게 돌멩이 이야기를 한 건가?"

"별 뜻 없이 그냥 하게 됐어. 아니면 내가 바로 그 돌멩이를, 강을 그리고 우리가 관찰하고 가르침을 얻을 수 있는 이 모든 삼라만상을 사랑해서가 아니었을까 싶네. 고빈다, 난 어떤 돌멩이 한 개를 사랑할 수 있어. 어떤 나무 한 그루나 어떤 나무껍질도 사랑할 수 있고. 그런 것들은 사물이지. 우리는 사물을 사랑할 수 있어. 하지만 난 말은 사랑할 수 없어. 그래서 이런저런 가르침들은 내게는 아무런 소용이 없네. 가르침이란 딱딱하지도 않고, 부드럽지도 않고, 빛깔도 없고, 모서리도 없고, 냄새도 나지 않고, 맛도 없어. 가르침은 단지 말일 뿐 말 이외에는 다른 어떤 것도 갖고 있지 않아. 십중팔구 그런 것 때문에 자네가 평화를 발견하지 못하는 걸 거야. 십중팔구 그 수많은 말 때문일 거야. 왜냐하면 고빈다, 해탈과 미덕도, 윤회와 열반도 한낱 말에 지나지 않기 때문이지. 열반이라고 하는 것은 존재하지 않아. 다만 열반이라는 단어만 있는 거야."

고빈다가 말했다.

"벗이여, 열반이란 한낱 하나의 단어에 불과한 게 아냐. 그건 하나의 사상이야."

싯다르타가 말을 이었다.

"하나의 사상이라. 어쩌면 그럴지도 모르지. 사랑하는 벗이여, 자네에게 고백하지 않을 수가 없네. 나는 생각과 말을 별로 구분하지 않아. 솔직히 말하면 나는 사상들 역시 그다지 중시하지 않아. 나는 사물을 더 소중히 여기네. 예를 들면 사람을 건네주는 이 나룻배에서 노를 젓던 남자는 내게 이 일을 물려주었는데, 그는 나의 스승이며 성자였지. 그런데 그분은 꽤 오랜 세월 동안 그저 강 하나만을 믿었어. 그 외에는 아무것도 믿지 않았어. 그분은 강물 소리가 자신에게 말을 한다는 것을 알아차리고는 강에게서 배웠지. 강물 소리는 그분을 키우고 가르쳤어. 강은 그분에게 신처럼 보였던 거야. 오랜 세월 동안 그분은 모든 바람, 모든 구름, 모든 새, 모든 딱정벌레들이 자신이 존경하던 강과 똑같이 신성을 지니고, 강과 똑같이 많은 것을 알고 있고, 가르침을 줄 수 있다는 사실을 알지 못했어. 하지만 그 성인은 숲으로 들어갈 때 모든 것을 알게 되었어. 스승도 책도 없으면서 자네나 나보다 훨씬 더 많은 것을 알고 있었던 거지. 그렇게 된 것은 그분이 오로지 강만을 믿었기 때문이야."

고빈다가 말했다.

"하지만 자네가 '사물'이라고 부르는 것이 과연 현실에 실제로 존재하는 것일까? 또한 그것들은 본질적인 것일까? 사물이라는 건 마야가 사기를 쳐서 우리 눈에 보이는 게 아닐까? 관념이나 허상이 아닐까? 자네의 돌멩이, 자네의 나무, 자네의 강, 그것들은 과연 실제로 존재할까?"

싯다르타가 말했다.

"그것도 난 별로 신경 쓰지 않아. 그 사물들이 허상이든 아니든 그런 건 별로 중요하지 않아. 만일 그 사물들이 허상이라면 나 역시 허상이겠지. 그리고 그 사물들은 언제나 변함없이 나와 같은 존재들이지. 그런 까닭에 그 사물들은 내게는 그토록 사랑스럽고, 존경할 만한 가치를 지니는 거야. 그 사물들은 모두 똑같아. 그렇기 때문에 난 그 사물들을 사랑할 수가 있는 거야. 아, 고빈다, 자네는 지금 내가 말하고자 하는 가르침을 비웃을 거야. 그건 바로 사랑이 그 무엇보다 중요하게 여겨진다는 점이야. 이 세상을 훤히 꿰뚫어 보고, 이 세상을 설명하고, 이 세상을 경멸하는 것은 위대한 사상가의 몫이겠지. 내가 유일하게 중시하는 것은 이 세상을 사랑할 수 있는 것, 이 세상을 경멸하지 않는 것, 이 세상과 나 자신을 혐오하지 않는 것, 이 세상과 나 자신과 모든 존재들을 사랑과 경탄의 마음으로 그리고 존경의 마음으로 관찰할 수 있는 것뿐이야."

고빈다가 말했다.

"무슨 말인지 이해는 되네. 하지만 세존께서는 그와 같은 것을 환영이자 속임수라고 인식하셨어. 그분은 호의와 관용과 자비심과 인내심을 가지라고 이르셨지. 하지만 사랑을 가지라고 명령하지는 않으셨어. 그분은 우리가 세속적인 것에 대한 사랑에 우리의 마음을 얽매는 것을 금지하셨어."

싯다르타가 말했다.

"그건 나도 알아."

싯다르타의 미소가 황금빛으로 밝게 빛났다.

그가 말을 이었다.

"고빈다, 나도 그건 잘 알고 있어. 그런데 말이야, 한번 잘 보게, 자네와 나, 우리 둘은 서로의 여러 견해가 마구 뒤섞인 가운데 단어 때문에, 말 때문에 서로 다투고 있어. 왜냐하면 나는 사랑에 대해 내가 한 말이 고타마가 하신 말씀에 모순된다는 것을, 얼핏 보기에는 모순된다는 것을 부인할 수 없기 때문이지. 바로 그런 이유로 나는 말이란 걸 별로 믿지 않아. 왜냐하면 난 이러한 모순이 착각이라는 걸 익히 잘 알고 있기 때문이야. 나는 내가 고타마와 의견이 일치한다는 걸 알고 있어. 어떻게 그분께서 사랑을 모르실 수가 있었겠어? 인간 존재가 덧없고 허망하다는 것을 깨달으셨으면서도 무릇 중생을 그토록 사랑하셔서 그 기나긴 평생의 지난한 인생을 오로지 중생들을 돕고 그들을 가르치는 데 보내신 그분이 말이야! 자네의 위대한 스승님이신 그분의 경우에도 난 그분이 하신 말씀보다 그 말씀의 대상으로 언급된 하나하나의 사물이 더 좋아. 그분의 행위와 삶이 그분이 하시는 말씀보다 더 중요하고, 그분의 손짓이 그분의 여러 사상보다 더 중요해. 나는 그분의 위대함을 설법이나 사상에서 보지 않아. 오로지 그분의 행위와 삶에서 그분의 위대함을 보지."

두 노인은 오랫동안 아무 말이 없었다.

이윽고 고빈다가 작별 인사를 하려고 몸을 굽히며 말했다.

"싯다르타, 자네 생각을 단편적이나마 말해 줘서 고맙네. 부분적으로는 기이한 생각이라 듣는 즉시 전부 다 곧바로 알아듣지는 못했어. 어쨌거나 고맙네. 앞으로도 평안하게 지내기 바라."

(하지만 고빈다는 속으로 이렇게 생각했다.

'싯다르타, 이 친구는 참으로 이상야릇한 인간이야. 여러 가지 이상야릇한 사상을 말하고 있어. 그의 가르침이라는 건 바보 같은 소리로 들려. 한 점의 오차도 없는 세존의 가르침은 이 친구의 것과는 다르지. 훨씬 더 명료하고, 정확하고, 이해하기 쉽지. 세존의 가르침에는 기이한 것이 하나도 없어. 바보 같은 소리도, 우스꽝스러운 면도 없고. 하지만 싯다르타의 손과 발, 그의 눈, 그의 이마, 그의 숨결, 그의 미소, 그의 인사, 그의 걸음걸이는 그의 사상과는 완전히 딴판인 것 같아. 우리의 거룩하신 고타마가 열반에 드신 이래로 난 '이 사람이 성자다!'라고 느낀 사람을 단 한 번도 마주치지 못했는데! 그런데 딱 한 사람, 이 싯다르타가 바로 그런 사람이네. 싯다르타의 가르침은 기이하긴 해도, 그가 하는 말은 바보 같은 헛소리처럼 들려도, 그의 눈빛과 그의 손, 그의 피부와 그의 머리카락 그리고 그의 몸의 모든 부분은 한 점의 결함도 없는 완전함을 빛처럼 환하게 뿜어내고 있어. 명랑하고 온화하고 거룩한 기운도 뿜어져 나오고. 그와 같은 완전한 모습은 우리의 거룩한 스승님이 입적하신 뒤로 어느 누구에게서도 본 적이 없어.'

고타마는 그렇게 생각했다.)

그의 마음속에서는 갈등이 일었다. 하지만 친구에 대한 정 때문에 다시 한 번 싯다르타에게 몸을 굽혀 인사를 했다. 그러고는 고요히 앉아 있는 싯다르타에게 또다시 깊이 허리를 숙여 인사했다.

고빈다가 말했다.

"싯다르타, 우리 둘 다 늙은이가 되었어. 앞으로는 서로 다시 만나기 어려울 거야. 사랑하는 벗이여, 내 보기에 자네는 마음의 평화를 찾은 것 같군. 고백컨대 난 아직 평화를 찾지 못했어. 존경하는 벗이여, 내게 한마디만 더 해 주게. 내가 알아듣고 이해할 수 있는 말을 해 줘! 길 떠나는 내게 아무 말이라도 해 줘.

싯다르타, 내가 가는 길은 험난하고 어두울 때가 많다네."

싯다르타는 침묵한 채 여전히 잔잔한 미소를 지으면서 고빈다를 바라보았다. 고빈다는 두렵고도 한없이 갈망하는 눈빛으로 그의 얼굴을 뚫어져라 바라보았다. 고빈다의 눈빛에는 번뇌와 영원한 구도가, 영원히 갈구하지만 그것을 결코 발견하지 못하고 있는 모습이 담겨 있었다.

싯다르타는 그러한 것을 읽어 내고는 빙그레 웃음을 지었다.

그러고는 고빈다의 귓가에 대고 가만히 속삭였다.

"내 쪽으로 몸을 숙이게! 몸을 숙여! 그렇지, 좀 더 가까이 오게. 아주 바싹 다가오게! 고빈다, 내 이마에 입을 맞추게."

고빈다는 놀라워하면서도 위대한 사랑과 예감에 사로잡혀 그가 말한 대로 그에게 몸을 바짝 숙이고는 그의 이마에 입을 맞추었다. 그런데 바로 그때, 고빈다에게 참으로 놀라운 일이 일어났다. 그가 여전히 싯다르타가 들려준 이상야릇한 말에 대해 계속 곱씹고 있는 동안, 그가 여전히 시간을 잊고 열반과 윤회를 하나의 것으로 생각하려고 힘겹게 헛되이 애쓰고 있는 동안, 벗이 한 말들에 대한 일종의 경멸감이 그의 마음속에서 벗에 대한 무한한 사랑과 존경심과 다투고 있는 동안, 다음과 같은 일이 일어난 것이다.

그는 벗인 싯다르타의 얼굴이 더 이상 보이지 않았다. 그 대신 수많은 다른 얼굴들이 보였다. 그 얼굴들은 기다랗게 줄을 지어 늘어서 있었는데, 그것은 마치 얼굴들로 이루어진 강물 같았다. 수백 개의 얼굴들로, 수천 개의 얼굴들로 이루어진, 도도히 흘러가는 강물 같았다. 그런데 그 얼굴들은 나타났다가 이내 사라져 버렸다. 하지만 그 얼굴들은 모두 동시에 여전히 그곳에 있는 것처럼 보였다. 또한 그 얼굴들은 끊임없이 모습이 바뀌어 새로운 모습을 띠고 있었다. 그런데 그 얼굴들은 한결같이 싯다르타의 얼굴이었다.

그는 어느 물고기의, 이루 말할 수 없는 고통에 아가리를 쩍 벌린 어느 잉어의, 흐릿해진 눈빛을 한 채 죽어 가고 있는 어느 물고기의 얼굴을 보았다. 그는 갓 태어난 한 아기의 얼굴도 보았다. 빨갛고 온통 주름투성이인 그 얼굴은 울음을 터뜨리려는 듯이 오만상을 찌푸리고 있었다. 그는 한 살인자의 얼굴도 보았다. 그리고 그 살인자가 칼로 어떤 사람의 몸을 찌르는 것도 보았다. 또한 그는 그와 같은 순간에 그 범죄자가 밧줄에 포박된 채로 무릎을 꿇고 있다가 망나니가 내리치는 칼에 머리가 댕가당 잘려 나가는 것도 보았다. 그는 남자들과 여자들의 발가벗은 몸들이 다양한 체위를 취하며 미쳐 날뛰는 듯한 사랑의 난투극을 벌이는 것을 보았다. 그는 시체들이 사지를 쭉 뻗고 있는 모습을 보았다. 모두 아무 말 없이, 차디차고 공허한 모습을 하고 있었다. 그는 짐승들의 머리를 보았다. 그는 수퇘지들의 머리와 악어들의 머리와 코끼리들의 머리와 황소들의 머리와 새들의 머리를 보았다. 그는 신들을 보았다. 크리슈나를 보았고, 아그니*를 보았다. 그는 이 모든 형상들과 얼굴들이 서로 수없이 많은 관계를

---

*아그니 : 인도의 베다 신화에 등장하는 불의 신. 제단의 공물을 천상의 신들에게 가져다준다.

맺고 있는 것을 보았다. 그 모든 형상들과 얼굴들 하나하나는 다른 형상들과 얼굴들을 돕고, 사랑하고, 증오하고, 완전히 파괴하고, 새로이 낳고 있었다. 그 형상들과 얼굴들 하나하나는 모두 죽고자 하는 열망 그 자체였으며, 덧없음에 대한 너무나도 고통스러운 고백이었다. 하지만 그 어떤 형상도, 그 어떤 얼굴도 죽지 않았다. 모든 형상들과 얼굴들은 단지 모습이 바뀔 뿐이었다. 그것들은 끊임없이 새로이 태어나고, 끊임없이 새로운 얼굴을 가졌다. 하지만 하나의 얼굴과 다른 얼굴 사이에는 시간이란 것이 가로놓여 있는 것 같지는 않았다. 그 모든 형상들과 얼굴들은 움직이지 않고 가만히 있다가 흘러가고, 또 하나의 형상과 얼굴을 만들어 냈다가 두둥실 흘러가고, 그러다가 서로 뒤섞인 채 또다시 유유히 흘러갔다.

그 모든 형상들과 얼굴들 위에는 얄팍한 어떤 것이, 형체가 없는 어떤 것이, 그럼에도 존재하는 어떤 것이 마치 얇은 유리나 얼음 또는 투명한 막이나 물로 된 껍질이나 물로 된 거푸집 또는 물로 된 가면처럼 줄곧 씌워져 있었다. 그런데 그 가면은 빙그레 웃고 있었다. 그건 바로 싯다르타의 미소 짓는 얼굴이었다. 고빈다가 바로 그 순간 입술을 갖다 댄 그 얼굴이었다.

고빈다는 이 가면의 미소가, 유유히 흘러가는 이 형상들 위에 드리워진 단일성의 미소가, 수많은 탄생과 죽음 위에 드리워진 동시성의 이 미소가, 싯다르타의 이 미소가 그 미소와 똑같다는 것을, 바로 그 미소라는 것을 깨달았다. 그건 바로 고타마의, 붓다의 고요하고 기품 있고, 그 속마음을 헤아릴 수 없는, 자비로워 보이기도 하고, 왠지 조롱하는 것도 같은, 지혜롭고도 오묘한 미소였다. 고빈다가 경외심을 갖고 바라보았던 바로 그 미소였다. 고빈다는 완성된 경지에 이른 사람들은 그런 모습으로 미소를 짓는다는 것을 알게 되었다.

고빈다는 시간이라는 것이 과연 존재하는 것인지 아닌지, 방금 전 갖게 된 직관이 단 한순간 동안만 지속된 것인지, 아니면 백 년 동안 지속된 것인지 더 이상 의식하지 못한 채, 싯다르타라는 한 인간이 존재하는 건지 아닌지, 고타마라는 한 인간이 존재하는 건지 아닌지, 나와 네가 있는 건지 없는 건지 더 이상 의식하지 못한 채, 가슴속 깊은 곳에 신성한 화살을 맞아 상처 입은 듯한 느낌이 들었다. 그런데 그 상처에서는 달콤한 맛이 나는 것 같았다. 그리고 그 가슴속 깊은 곳은 마법에 걸려 스르르 녹아 버리는 것 같았다.

고빈다는 여전히 잠시 동안 자신이 방금 전에 입을 맞췄던 그리고 방금 전에 모든 형상들과 모든 변화와 모든 존재가 그 모습을 드러낸 현장이었던, 싯다르타의 고요한 얼굴 위로 몸을 굽힌 채 그대로 서 있었다.

그 얼굴은 겉으로 보이는 얼굴 저 아래 있는 수천 가지 종류의 깊디깊은 것들, 그것들의 문이 모두 다시 닫힌 뒤에도 조금의 변함도 없었다. 싯다르타는 고요한 미소를 지었다. 그는 조용히, 부드럽게, 자비심이 넘치는 것도 같고 신랄하게 비웃는 것도 같은 미소를 머금고 있었다. 그 미소는 세존의 미소와 완전히 똑같았다. 그것은 바로 세존께서 지었던 미소와 완전히 닮아 있었다.

고빈다는 허리를 깊숙이 숙여 인사를 했다. 까닭 모를 눈물이 늙은 얼굴에 주르르 흘러내렸다. 그의 가슴속에서는 애틋한 사랑의 감정이, 겸허한 존경심의 감정이 불꽃처럼 활활 타올랐다. 고빈다는 꼼짝하지 않고 앉아 있던 그 남자 앞에서 머리가 땅에 닿을 정도로 깊숙이 허리를 숙였다. 그의 미소는 고빈다에게 자신이 평생 동안 사랑했던 모든 것을, 자신의 삶에서 가치 있고 신성하게 여겼던 모든 것을 떠올리게 했다.

내면의 길을 간, 헤르만 헤세의 또 다른 '형제' 싯다르타

자기만의 방식으로 내면세계를 탐구해 자아를 실현하는 것을 평생 창작의 화두로 삼았던 독일 문학가 헤르만 헤세(1877~1962.)는 자신의 창작물 안에 내면의 부름에 따라 자신만의 길을 간 인물들을 아름답고 설득력 있게 묘사했다. 그는 소설 속 주인공들을 자신의 '형제들'이자 '자신의 꿈'의 또 다른 모습이라고 일컬었다. 빌헬름 2세가 지배하던 독일 제국은 정치적 · 경제적 격동기로 심각한 문제를 안고 있었고, 1914년부터 4년간 지속된 제1차 세계 대전에서 독일이 패하자, 전쟁터에서 돌아온 젊은이들과 폐허 더미에서 현실의 참담함을 몸소 겪어야 했던 독일인들은 크게 좌절하여 앞으로 나아갈 방향을 세우지 못했다.

전쟁의 참상을 직접 겪은 젊은이들이 특히 공감했던 성장소설 『데미안』이 출간된 1919년 12월, 헤세는 자신의 —헤세 식으로 표현하자면 '자신만의'란 표현이 더 옳을 듯하다.— '꿈'을 『데미안』과는 다른 방식으로 변형한 소설을 구상했다. 그의 또 다른 형제이자 싱클레어와 데미안의 형제이기도 한, 『싯다르타』의 주인공은 그 셋과 시간적으로나 공간적으로나 크나큰 거리감이 있는 세계에 존재한다. 바로 불교의 교리를 창시한 석가모니(이 소설에서는 고타마 붓다로 소개된다.)와 같은 시대를 살았던 브라만 계층의 청년 싯다르타이다.

헤세가 경건주의를 신봉하는 기독교 가문에서 성장했음에도, 인도에서 30여 년 동안 선교사로 활동하면서 저명한 인도학자로 연구와 집필 작업을 했던 외조부와, 역시 인도에서 기독교를 전파한 선교사였던 부모의 영향으로 어렸을 때부터 인도와 중국 등지의 서적과 동양 사상을 접하고 그에 대해 깊은 관심을 갖고 있었다는 것은 널리 알려진 사실이다. 제1차 세계 대전을 “유럽 문화의 붕괴 현상”이라고 보았던 헤세는 1919년, 프랑스 소설가 로망 롤랑에게 보낸 편지에서 자신은 더 이상 유럽을 신뢰하지 않으며, 자신이 믿는 것은 오로지 인간성과 영혼에 근거한 나라이고, 그런 나라가 세워지려면 유럽인들은 동양의 신세를 입어야 한다고 적었다. 경건주의에 거리를 두고 기독교와 유럽적인 정신의 한계를 동양 사상으로 보완하고자 했던 그는 인도 사상과 불교에 심취해 한때는 스스로를 불교 신자라고까지 불렀다. 하지만 단순히 이러한 개인적인 이유로만 그가 ‘인도의 문학’이라는 부제가 달린 소설 『싯다르타』를 집필한 것은 아니다.

당시 독일인들은 굳건한 강대국이던 독일 제국이 몰락하고

»»

제1차 세계 대전에서 패하자, 자신들의 크나큰 상실감과 좌절감을 해소할 하나의 돌파구를 찾고자 했다. 이미 1900년 이후부터 수많은 예술가와 작가, 철학자들은 오로지 이성만을 중시하고 신뢰하는 합리주의와 실증주의에 염증을 느꼈으며, 니체, 프로이트, 융의 혁신적인 사상을 접하고 언어와 자아에 대한 확고한 믿음을 상실했다. 많은 사람들은 그러한 상황으로부터 자신들을 지켜 줄 안전한 울타리를 종교에서, 명상에서, 신비적인 체험에서 찾았다. 인도와 중국 서적들과 불교와 힌두교에 대한 서적들이 독일어로 번역, 출간되었다. 평생 서평을 쓰면서 창작 활동 이외의 부수입을 얻었던 헤세는 1918년부터 1925년까지 수많은 인도와 중국 서적의 독일어 번역본에 대한 서평과 평론을 썼다. 동양 사상에 심취하고 깊은 관심을 갖고 있던 그는 이러한 활동을 통해 보다 풍부한 지식과 정보를 얻었을 것으로 추측된다.

독일 작가들 중에서 해외 독자들에게 가장 사랑받는 헤르만 헤세의 다섯 번째 장편소설이자, 지금껏 무려 1천만 부 이상 판매된 『싯다르타』의 주인공 싯다르타가 어떻게 자신만의 길을 걷고, 자신의 목표에 이르렀는지를 간략히 언급하고자 한다.

고대 인도의 브라만 계층 청년 싯다르타는 지력과 성품이 뛰어나고 외모 또한 출중하여 뭇사람들의 사랑을 받지만, 정작 그 자신은 조금도 행복감을 느끼지 못한다. 그는 엄격한 종교적 제식과 신에 대해 의심을 품는다. 그리고 이 세상의 유일한 신은 자신의 내밀한 자아 안에서 발견할 수 있을 것이라고 생각한다. "자신의 본성 깊숙한 곳에" 있고, "절대로 파괴되지 않으며, 우주와 하나가 되"게 하는 아트만이 힌두교 경전에 등장하지만, 싯다르타는 구체적인 실상 없이 오로지 미사여구로 표현된 아트만이 아닌, 구체적이고 살아 숨 쉬는 아트만을 찾아내어 자신의 것으로 만들고 싶어 한다. 또한 그러한 아트만을 가르쳐 줄 스승을 만나기를 갈망한다.

어느 날, 싯다르타는 그 도시를 지나가던 탁발승들이 자신의 갈증을 해소시켜 줄 것으로 기대한다. 그가 신이 될 수도 있을 것이라고 기대하며, "그림자"처럼 그를 따르고 싶어 하는 브라만 계층의 친구 고빈다와 함께 그는 부모님의 집을 떠나 탁발승들을 따라 숲 속으로 간다. 그는 탁발승들에게서 금욕과 명상과 단식 등을 통해 자아와 육체에서 벗어나는 법을 배운다. 가슴속에 있는 것, 곧 갈증·소망·꿈·기쁨·고통 등을 모두 죽여 자아의 흔적을 말끔히 없애 버림으로써 완전히 텅 비어 버린 가슴속에서 마침내 평정을 찾고, 역시 자아의 흔적이라고는 찾아볼 수 없게 되어 버린 사유 속에서 "경이로운 어떤 세계"를, "본성 안에 있는 가장 내밀"하고 "가장 궁극적인 그것"을 발견하고자 했던 그는 탁발승들의 방식이 자아에서 도망치는, 한낱 일시적이며 마취와도 같은 방법이라는 것과 그러한 방법으로는 결코 "윤회의 고통"에서 벗어나지 못한다는 사실을 깨닫고 그곳을 떠난다.

싯다르타와는 달리 브라만들의 제식과 사상에, 그리고 탁발승들의 방식에 비판적인 입장을 취하지 않는 고빈다는 "자신의 내면에서 이 세상의 고통을 완전히 극복하고 윤회의 수레바퀴를 멈추게" 함으로써 완성된 경지에 이른 고타마 붓다의 설법을 들으러 가자고 친구에게 제안한다. 무릇 지혜란 가르침을 통해서는 결코 얻을 수 없다는 것을 깨달은 싯다르타는 붓다의 설법이 자신의 갈증을 풀어 줄 것이라는 기대를 하지 않는다. 그는 붓다의 가르침, 곧 괴로움에서 해탈하여 열반에 이른다는 가르침에 공감하지 않고 "모든 스승과 모든 가르침을 떠나 오로지" 혼자 힘으로 자신의 목표에 도달하고자 한다. "동반자"와 "그림자"로 평생 친구와 함께하고 싶었던 고빈다는 불교에 귀의하고, 싯다르타는 홀로 그곳을 떠난다.

자신의 자아에서 빠져나와 자아를 극복하기를 간절하게 소망했지만, 실제로 자신은 자아에서 도망치고 자아를 속이기까지 했다는 것을 인식한 싯다르타는 지금까지 추구했던 관념적인 방식과 고행을 버리고 이 세상에 유일무이하고 일회적인 존재인 자신의 자아를 탐구하기로 결심한다. 물질세계에 있는 모든 사물들의 구체성과 생동감을 경시하고, 오로지 그것들의 개념만을 탐구했던 그는 사물들과 대상들의 온기와 형상을 있는 그대로 받아들이고, 그 안에 의미와 본질과 개념이 담겨 있다고 생각한다. 이러한 사고의 변화를 몸소 체험한 그는 자신이 새로이 태어났다고 기뻐하며 지금까지와는 완전히 다른 방식으로 스스로에게서 배우려고 한다.

그는 세계를 지금까지와는 다른 방식으로, 곧 사색의 과정이 아닌 감각에 의한 관찰로써 비로소 자연의 아름다움을 본다. 그는 자신의 목표에 이르기 위해 그동안 억압했던 감각의 세계에 새로운 가능성을 부여한다. 큰 도시에 도착한 싯다르타는 도시 입구에서 상류층을 상대하는 고급 창녀인 카말라를 보고는 자신의 친구이자 스승이 되어 달라고 부탁한다. 사랑의 모든 기교를 터득한 그녀에게서 그는 관능적인 쾌락을 배우고, 그녀가 소개해 준 부유한 상인인 카마스와미에게서는 장사하는 법을 배운다. 그는 카말라와 카마스와미가 존재하는 감각의 세계에서 자신이 하는 모든 행위를 하나의 "놀이"로 여기고, 자신이 만나는 사람들에 대한 우월감을 느낀다. 그는 그들을 아이들처럼 한없이 단순한 사람들이라고 여기고, 그들의 삶을 경멸하며, 그들과 일정한 거리를 두고 그들을 관찰하다.

»»

강을 건너 큰 도시로 오기 전에 그가 추구했던 것, 곧 자아의 내밀한 것에 대한 크나큰 갈증과 동경은 사랑의 쾌락과 주사위 노름에 빠진 그에게서 점점 멀어져 간다. 그는 스스로에게 혐오감과 구토감을 느끼고 자신의 삶은 실패했다고 결론을 내린 뒤, 그 도시를 떠나 숲 속을 정처 없이 헤매다 자살을 기도한다. 하지만 강물에 빠지기 직전, 자신이 잊고 있었던 마음속 깊은 곳의 갈망이 완성을 뜻하는 "옴"이란 단어로 나타나 그의 귓가에 들려온다. 그는 자신의 행동이 어리석었다는 것을 깨닫고는 강에게서 배우기로 결심한다. 그리고 강에서 일하는 사람은 자신이 목표에 이를 수 있게 도와줄 것이라고 믿는다. 그는 20여 년 전 자신을 배에 태워 강을 건네주었던 뱃사공을 찾아간다.

뱃사공인 바수데바는 탁발승들이나 붓다와는 달리, 생업에 종사하고 가정을 이루었으며 "모든 삶이, 모든 일이 멋지"다고 생각한다. 그는 가르침을 달라는 싯다르타에게 언어를 통한 가르침을 주는 대신, 모든 것을 알고 있는 강에게 귀를 기울이라는 말만 한다. 싯다르타는 고행을 하던 시절에 익혔던 관념적인 사고와, 감각을 추구했던 세계에서 가졌던 우월감과 경멸감을 모두 버리고 "고요한 마음으로, 기다리며 활짝 열린 영혼으로, 걱정이나 소망을 가슴속에 품지 않고, 어떤 식의 판단도 내리지 않고, 어떤 특정한 생각도 하지 않은 채 경청하는 법을 배"운다.

바수데바와 함께 뱃사공으로 일하던 그는 굽이굽이 흘러가는 강물을 바라보면서 강은 끊임없이 움직이지만 늘 똑같아 보이고, 그럼에도 늘 새롭다는 사실을 발견한다. 또한 강물은 어디로 흘러가든 그 모든 곳에서 동시에 존재하고, 강에게는 오로지 현재만이 존재한다는 사실을 인식함으로써 "시간이란 것은 존재하지 않"는다는 것과 "모든 것은 바로 지금 이 순간, 존재"한다는 것을 깨닫는다. 그는 자신의 삶 역시 그러하다고 생각한다.

강에 대한 싯다르타의 인식은 전혀 상상하지도 못한 자신의 어린 아들을 만나 함께 살고 기쁨과 고통을 동시에 느낌으로써 한층 더 높은 단계로 발전한다. 싯다르타가 말없이 떠난 뒤에 붓다의 가르침에 귀의한 카말라는 붓다의 임종 소식을 듣고 아들과 함께 순례를 하던 중 독사에게 물려 숨을 거둔다. 어린 소년은 늙고 누추한 싯다르타에게 거리감을 느끼고 반항하지만, 싯다르타는 아들을 맹목적으로 사랑한다. 그들이 살던 강가 오두막에서 도망간 아들을 찾아 도시로 가던 그는 강물의 소리를 듣는다. 그리고 홀로 오두막으로 돌아온 뒤, 또다시 강물의 수많은 목소리에 귀를 기울인다. 고통과 기쁨과 탄식과 깨달음과 분노와 죽음의 소리들과 아이와 어른의 목소리가 싯다르타의 귓가에 들린다. 그 모든 소리는 "서로 밀접하게 연결되고 결합되어 있으며" "한데 합쳐지고 어우러져" 더 이상 구분되지 않고 하나

》

의 형태, 곧 단일성(單一性)을 이루고 있다. 싯다르타는 수많은 강물 소리를 듣고 지상의 모든 현상들이, 삶과 죽음이, 모든 대립되는 것들이 하나의 형태를 이루고 한데 어우러져 있다는 것을 깨닫는다. 그가 이러한 깨달음을 얻은 순간, 그 "수많은 소리로 이루어진 그 거대한 노래는 단 한 개의 단어로 이루어"진다. 그것은 바로 완성을 뜻하는 "옴"이다.

싯다르타는 고타마 붓다나 바수데바와 마찬가지로 완성된 경지에 이른다. 입적을 앞둔 붓다가 있는 곳으로 순례를 하던 고빈다는 그 누구보다도 사랑했던 친구를 알아보지 못한다. 붓다의 가르침을 충실하게 따르고 끊임없이 수행을 하고 있지만, 고빈다의 마음속에는 평정이 깃들어 있지 않다. 자신이 추구하는 목표에 아직 이르지 못한 것이다. 싯다르타의 말이 기이한 궤변같이 들리지만, 그는 옛 친구가 깨달음을 얻었다는 것을 시인하지 않을 수 없다. 그는 친구를 통해 단일성을 경험한다. 깨달음을 향한 길을 함께 출발한 이들은 어떻게 서로 다른 종착점에 이르게 된 것일까? 둘 다 강가에서 자라났고, 강가에서 서로를 만났고, 강 위에서 함께 배를 탔다. 그러나 싯다르타가 내면의 목소리를 따라 언어를 통한 가르침을 거부하고, 모든 대립하는 것들이 더 이상 서로 배척하지 않은 채 한데 어우러져 완성을 이룬 강에게 귀를 기울인 반면, 고타마는 이미 방법과 길이 하나의 답처럼 제시된 가르침을 따랐다. 그는 자신이 아닌 타자의 손에 의해 만들어진 옷을 입고 신을 신어 끝내 그것들과 하나가 되지 못한 것이다.

2500여 년 전의 인도를 배경으로 하는 이 소설 역시 『데미안』과 마찬가지로 주인공이 성숙해지는 과정을 그린 성장소설이다. 헤세는 『싯다르타』를 집필함으로써 자신의 개인적인 상황(인플레이션으로 인한 생활고, 아내의 질병, 우울증 등)과 시대적인 상황에 자신만의 방식으로 자신의 목소리를 냈다. 그렇게 함으로써 그는 자신뿐만 아니라 독자들의 마음의 상처를, 영혼의 상처를, 정신의 상처를 치유했다. 고대 인도에서 실제로 존재했던 붓다와 같은 시대를 산 것으로 묘사된 브라만 출신 청년 싯다르타의 자아실현 과정을 그린 이 소설은 불교 교리에 문학의 옷을 입힌 작품이 아니다.

이 소설에는 헤세에게 적지 않은 영향을 미친 몇 가지 요소들의 그림자가 드리워져 있다. 그가 1904년 접하게 된 힌두교 경전 『바가바드기타』에서 언급된 단일 사상, 중국 춘추 시대의 사상가인 노자의 『도덕경』에 등장하는 물의 상징성, 심리학자 융의 전일 사상, 기독교의 신비주의 전통 등이 바로 그것이다. 하지만 헤세는 이러한 사상들을 그대로 문학적으로 형상화하지 않았다. 소설의 중심에는 그의 문학관이 자리하고 있었다.

『데미안』의 싱클레어와 2400년 이상의 시간적 간격을 두고 상상력에 의한 허구적 공간에서 존재하는 싯다르타는 어떤 점에서 헤세의 형제가 될 수 있는 것일까? 싱클레어가 삶의 길잡이인 데미안을 통해 자신의 내면을 탐구함으로써 자아를 마주하게 되듯이, 싯다르타 역시 스스로에게서 출발해 바수데바와 강을 통해 자기 자신을 마주하게 되고, 마침내 해탈의 경지에 이른다. 『싯다르타』가 『데미안』과는 달리 주인공의 60여 년에 걸친 인생을 다루는 것은 싯다르타가 스스로 추구했던 목표에 이른 소수의 인물 중 한 명이기 때문이다.

100여 년 전 집필된 이 소설은 21세기를 사는 우리들에게 어떤 점에서 의미가 있을까? 평생 자신을 탐구했던 헤세는 내면의 길이야말로 인간이 목표로 삼고 나아가야 할 길이라고 믿었다. 또한 인간이 내면의 길을 충실히 가면, 세계는 개선될 것이고 사회 문제 역시 해결될 수 있다고 생각했다. 그는 개개인들에게 사회적으로 형성된 관습과 도덕, 종교 등의 위력에 굽히거나 조종되지 말고, 그러한 전통과 사상 등이 행사하는 이원론적인 시각 —이러한 시각은 세계를 서로 대립하는 양극으로 나눈 뒤, 그중 한 면만을 인정한다.— 에 비판적 거리를 두고 힘들지만 용감하게 자신의 내면세계를 마주하고 내면의 내밀한 목소리를 따라

한 발 한 발 힘차게 걸어 나가라고 권고한다. 헤세는 막강한 세력들 앞에 망연자실한 표정으로 서 있는 개개인들을 위해서 기꺼이 그들을 옹호하고 지지하고자 했다.

인류의 한 선배인 헤르만 헤세, 내면세계를 탐구하는 것을 평생의 화두로 삼았던 그는 소설 『싯다르타』를 통해 우리에게 실존적인 길을, 좁고 험난하지만 의미 있고 찬란한 길을 제시한다. 감히 상상해 보건대 아마도 그는 지금도 여전히 독자 개개인들이 자신만의 꽃을 활짝 피우기를 바라지 않을까?

—옮긴이 이옥용

《헤르만 헤세 연보》

1877년 7월 2일, 독일 남부 뷔르템베르크 주의 소도시 칼브에서 개신교 선교사인 아버지 요한네스 헤세와 유서 있는 신학자 가문의 어머니 마리 군더트의 장남으로 출생.

1881년 부모와 함께 스위스 바젤로 이사.

1886년 다시 칼브로 돌아와 실업 학교에 다님.

1890년 명문 신학교에 입학하기 위해 괴핑엔에 있는 라틴어 학교에 다님.

1891년 명문 개신교 신학교인 마울브론 수도원 학교에 입학. 7개월 뒤 '시인이 되지 못하면 아무것도 되지 않겠다'는 이유로 학교를 중퇴함. 신학교에서의 경험은 소설 『수레바퀴 아래서』에서 비판적으로 묘사됨.

1892년 짝사랑으로 인해 자살을 기도하여 정신 요양원에서 생활함.
일반 고등학교 칸슈타트 김나지움 입학.

1893년 10월 학업을 중단함.

1894년 칼브의 시계 공장에서 견습공으로 일함.

1895년 튀빙엔의 헤켄하우어 서점에서 점원으로 일하며 글을 쓰기 시작함. 이후 글쓰기로 삶의 안정을 찾음.

1898년 처녀 시집 『낭만적인 노래』 출간.

1902년 어머니 마리 군더트 사망.

1904년 장편소설 『페터 카멘친트』의 출간으로 경제적인 안정을 얻게 되어 문학의 길에 전념함.

연구서 『보카치오』와 『프란츠 폰 아사시』 출간.

아홉 살 연상의 피아니스트 마리아 베르누이와 결혼.

1905년 첫 아들 브루노 출생.

1906년 자전적 소설 『수레바퀴 아래서』 출간.

잡지 〈삼월〉 창간.

1909년 둘째 아들 하이너 출생.

취리히, 독일, 오스트리아 등지로 강연 여행을 떠남.

1910년 장편소설 『게르트루트』 출간.

1911년 시집 『도중에』 출간.

셋째 아들 마르틴 출생.

1913년 여행기 『인도에서. 인도 여행의 기록』 출간. 동양에 대한 관심이 더욱 고조됨.

1914년 장편소설 『로스할데』 출간.

제1차 세계 대전이 발발하여 군 입대를 자원하였으나 복무 부적격 판정을 받음. '독일 포로 구호' 기구에 복무하며 전쟁 포로들과 억류자들을 위한 잡지를 발행함. 자신의 출판사를 만들어 1918년에서 1919년까지 스물두 권의 소책자를 펴냄.

1915년 단편집 『크눌프』와 『청춘은 아름다워라』 출간.

1916년 아버지 요한네스 헤세 사망.

병약한 아내와 셋째 아들로 인해 신경 쇠약 발병. 정신분석학자 융의 제자로부터 심리 치료를 받음.

1919년 정치평론집 『차라투스트라의 귀환』 출간.

스위스 테신 주의 몬타뇰라로 이주하여 평생을 이곳에서 거주.

에밀 싱클레어라는 가명으로 소설 『데미안』 출간.

중단편 동화를 묶은 『환상동화집』 출간.

1920년 정신적 안정을 위해 수채화를 그림. 색채 소묘를 곁들여 시집 『화가의 시들』, 『방랑』과 소설 『클링조어의 마지막 여름』 출간.

1922년 '인도의 문학'이라는 부제가 붙은 장편소설 『싯다르타』 출간.

1923년 마리아 베르누이와 이혼.

1924년 스무 살 연하인 루트 벵어와 재혼.

1925년 자전적 수기 『요양객』 출간.

1927년 여행기 『뉘른베르크 여행』과 소설 『황야의 이리』 출간.

루트 벵어와 이혼.

1930년 장편소설 『나르치스와 골드문트』 출간.

1931년 열여덟 살 연하인 니논 돌빈과 재혼.

1932년 소설 『동방순례』 출간. 이 작품은 훗날 『유리알 유희』의 모태가 됨.

1936년 고프트리프 켈러상 수상.

1937년 시집 『새 시집』 출간.

1939년 제2차 세계 대전이 본격화되면서 1945년 종전까지 헤세의 작품은 독일에서 출판 및 판매가 금지됨.

1942년 헤세의 첫 시 전집으로 『시집』이 취리히에서 출간.

1943년 장편소설 『유리알 유희』 출간.

1945년 시선집 『꽃 핀 가지』와 동화집 『꿈의 여행』 출간.

1946년 전쟁과 정치에 관한 시사평론집 『전쟁과 평화』 출간.

제2차 세계 대전이 종전되며 헤세의 작품이 독일에서 다시 출간되기 시작함.

『유리알 유희』로 괴테상과 노벨 문학상 수상.

1947년 고향 칼브시의 명예시민이 됨.

1950년 브라운슈바이크 시가 수여하는 빌헬름 라베상 수상.

1954년 프랑스 문학가 로맹 롤랑과 교환한 서신을 담은 『헤르만 헤세-로맹 롤랑 서한집』과 동화 『픽토르의 변신』 출간.

1955년 서독 출판협회로부터 평화상 수상.

1956년 헤르만 헤세상 제정.

1962년 몬타뇰라의 명예시민이 됨.

8월 9일, 뇌출혈로 몬타뇰라에서 사망.

헤르만 헤세 1877년 독일의 소도시 칼브에서 선교사의 아들로 태어났다. 어린 시절 시인이 되고자 수도원 학교를 중퇴한 뒤, 시계 공장과 서점에서 견습생으로 일했다. 이십대 초부터 작품 활동을 시작하여 소설 『페터 카멘친트』, 『수레바퀴 아래서』 등을 발표했다. 1914년 제1차 세계 대전이 발발하자 '독일 포로 구호' 기구에서 일하며 전쟁 포로들과 억류자들을 위한 잡지를 발행하고 전쟁의 비인간성을 고발하는 글들을 발표했다. 이후 『싯다르타』, 『나르치스와 골드문트』, 『동방 순례』, 『유리알 유희』 등의 수준 높은 작품을 잇달아 탄생시켰고, 1946년 노벨 문학상을 수상했다. 독일 문학의 거장으로 자리매김한 헤르만 헤세는 1962년 8월 제2의 고향 몬타뇰라에서 숨졌다.

이옥용 1957년 서울에서 태어났다. 서강대학교와 동대학원에서 독문학을 공부하고, 독일 콘스탄츠대학교에서 독문학과 철학을 공부한 뒤, 서울대학교에서 박사 학위를 받았다. 2001년 '새벗문학상'에 동시가, 2002년 '아동문학평론 신인문학상'에 동화가 각각 당선되었다. 2007년 동시로 제5회 '푸른문학상'을 받았으며, 지은 책으로 동시집 『고래와 래고』가 있다. 현재 번역문학가로도 활발히 활동하고 있으며, 옮긴 책으로 『변신』, 『압록강은 흐른다』, 『그림 속으로 떠난 여행』, 『우리 함께 죽음을 이야기하자』, 『데미안』, 『헤르만 헤세 환상동화집』, 『헤르만 헤세 시집』, 『싯다르타』 등이 있다.

클래식 보물창고에는
오랜 세월의 침식을 견뎌 낸
위대한 세계 문학 고전들이 총망라되어 있습니다.
세대와 시대를 초월하여 평생을 동반할 '내 인생의 책'을
〈클래식 보물창고〉에서 만나 보세요.

1. 이상한 나라의 앨리스 루이스 캐럴 지음 | 황윤영 옮김

특유의 유쾌한 상상력과 말놀이, 시적인 묘사와 개성적인 캐릭터, 재치 넘치는 패러디와 날카로운 사회 풍자로 아동청소년문학사와 영문학사에 큰 획을 그은 루이스 캐럴의 환상동화.

★BBC 선정 영국인 애독서 100선 ★학교도서관사서협의회 추천도서

2. 키다리 아저씨 진 웹스터 지음 | 원지인 옮김

서간문이라는 독특한 형식과 소녀적 감성이 결합된 성장기이자 로맨스 소설! 20세기 초 사회의 모순을 고발하고 개혁을 주장했던 진보적인 사상은 페미니즘 문학으로서의 의미를 더한다.

★학교도서관사서협의회 추천도서

3. 보물섬 로버트 루이스 스티븐슨 지음 | 민예령 옮김

인간이 가진 절대적인 선과 악을 그린 세계 최초의 해양모험소설. 영국 빅토리아 시대의 흥미진진한 꿈과 낭만을 대변하는 동시에 선악의 경계를 아슬아슬하게 줄타기하는 인간의 욕망을 고찰한다.

★BBC 선정 영국인 애독서 100선

4. 노인과 바다 어니스트 헤밍웨이 지음 | 민예령 옮김

헤밍웨이 문학의 총 결산이자 미국 현대문학의 중추로 일컬어지는 걸작. 생애의 모든 역경을 불굴의 투지로 부딪쳐 이겨 내는 인간의 모습을 하드보일드한 서사 기법과 절제미가 돋보이는 문체로 형상화했다.

★노벨 문학상 수상작가 ★퓰리처상 수상작 ★노벨연구소 선정 세계문학 100선
★대학수학능력시험 출제 작품

5. 하늘과 바람과 별과 시 윤동주 지음 | 신형건 엮음

우리나라 사람들이 가장 많이 애송하는 '민족 시인' 윤동주의 문학 세계를 엿볼 수 있는 시와 산문을 한데 모았다. 시대의 아픔을 성찰하며 정면으로 돌파하려 한 저항 정신은 물론이고 인간 윤동주의 맨얼굴을 만날 수 있다.

★연세대 필독도서 200선

6. 봄봄 동백꽃 김유정 지음

어려운 현실을 풍자와 해학으로 극복한 한국 근대소설의 정수, 김유정의 대표작을 모았다. 원전을 충실하게 살려 아름다운 우리말을 풍요롭게 담고, 토속적 어휘는 풀이말을 달아 이해를 도왔다.

7. 거울 나라의 앨리스 루이스 캐럴 지음 | 황윤영 옮김

『이상한 나라의 앨리스』보다 한층 탄탄해진 구성과 논리적인 비유를 통해 보다 깊고 넓어진 재미와 감동을 선사하는 후속작. 현실 속의 정상과 비정상, 논리와 비논리, 의미와 무의미의 경계를 고찰한다.

★BBC 선정 영국인 애독서 100선 ★명사 101명이 추천한 파워클래식 ★학교도서관사서협의회 추천도서

8. 변신 프란츠 카프카 지음 | 이옥용 옮김

현대인의 고독과 불안을 그림으로써 20세기 실존주의 문학의 발전에 커다란 영향을 끼친, 20세기 문학계에서 가장 난해한 '문제작가'로 꼽히는 프란츠 카프카의 대표작을 모았다. 원전에 충실한 번역으로 특유의 문체가 지닌 묘미를 만끽할 수 있다.

★서울대 권장도서 100선 ★연세대 필독도서 200선 ★미국대학위원회 SAT 권장도서

9. 오즈의 마법사 L. 프랭크 바움 지음 | 최지현 옮김

영화, 뮤지컬, 온라인 게임 등 다양한 장르로 재생산되어 지구촌 대중문화를 견인함으로써 문화 콘텐츠가 가지는 파급력의 정도를 생생하게 보여 주는 세기의 고전. 짜릿한 모험담 속에 담긴 치유의 기운이 마법 같은 순간을 선물한다.

★학교도서관사서협의회 추천도서

10. 위대한 개츠비 F. 스콧 피츠제럴드 지음 | 민예령 옮김

미국 현대 문학의 거장으로 꼽히는 F. 스콧 피츠제럴드의 대표작. 미국에서만 한 해 30만 부 이상 팔리는 스테디셀러로, 재즈 시대를 살았던 젊은이들의 욕망과 물질문명의 싸늘한 이면을 담아 낸 명실공히 미국 현대 문학의 최고작.

★〈타임〉지 선정 100대 영문 소설 ★미국대학위원회 SAT 권장도서
★〈뉴스위크〉지 선정 100대 명저 ★BBC 선정 꼭 읽어야 할 책

11. 오 헨리 단편선 오 헨리 지음 | 전하림 옮김

평범한 소시민의 일상과 삶의 애환을 따뜻한 시선으로 그린 오 헨리 문학의 정수로 손꼽히는 작품을 모았다. 인도주의적 가치관 위에 부조된 작가적 개성의 특출함을 만끽할 수 있다.

12. 셜록 홈즈 걸작선 아서 코난 도일 지음 | 민예령 옮김

세기의 캐릭터와 함께 펼치는 짜릿한 두뇌 게임. 치밀한 구성과 개연성 있는 전개, 호기심을 자극하는 독특한 설정이 포진되어 있음은 물론, 추리의 과정부터 카타르시스가 느껴지는 결말이 펼쳐져 있는 매력적인 소설.

13. 소공자 프랜시스 호즈슨 버넷 지음 | 원지인 옮김

사랑의 입자를 뭉쳐 만들어 놓은 것 같은 캐릭터를 통해 사랑의 선순환을 형상화한 소설. 순수한 직관과 무한한 잠재력을 지닌 동심의 세계를 느낄 수 있다.

14. 왕자와 거지 마크 트웨인 지음 | 황윤영 옮김

대중성과 작품성을 겸비해 '미국 현대문학의 아버지'로 평가받는 마크 트웨인의 대표작으로 '뒤바뀐 신분'이라는 숱한 드라마의 원조 격인 소설. 부조리하고 불합리한 사회상에 대한 날카로운 비판과 통쾌한 풍자 속에 역사적 지식과 상상력을 담아 냈다.

15. 데미안 헤르만 헤세 지음 | 이옥용 옮김

자신의 내면세계를 향해 고집스럽게 걸음을 옮긴 주인공 싱클레어의 성장을 그린 영원한 청춘의 성서. 철학, 종교, 인간을 끊임없이 탐구했던 작가의 깊이 있는 시선과 인간 내면의 양면성에 대한 치밀한 묘사가 시선을 사로잡는다.

★노벨 문학상 수상작가

16. 말괄량이와 철학자들 F. 스콧 피츠제럴드 지음 | 김율희 옮김

재즈 시대의 자유분방한 젊은이들의 풍속도를 그린 F. 스콧 피츠제럴드의 소설집. 1920년대 고동치는 젊은이의 맥박을 생생하게 전달했다는 평가를 받는 작품들을 모았다.

17. 벤자민 버튼의 시간은 거꾸로 간다 F. 스콧 피츠제럴드 지음 | 김율희 옮김

70세의 노인으로 태어나 결국 태아 상태가 되어 삶을 마감하는 벤자민 버튼의 일생을 그린 환상소설을 비롯해 『위대한 개츠비』의 전신이라고 할 수 있는 F. 스콧 피츠제럴드의 작품들을 모았다. 실험적이고 혁신적인 화법으로 생생하게 형상화한 재즈 시대를 만끽할 수 있다.

18. 이방인 알베르 카뮈 지음 | 이효숙 옮김

출간과 동시에 하나의 사회적 사건으로까지 이야기된 알베르 카뮈의 대표작. 부조리하고 기계적인 시스템 속에서 인간이 부딪치게 되는 절망적 상황을 짧고 거친 문장 속에 상징적으로 담아낸, 작품 자체가 '이방인'인 소설.

★노벨 문학상 수상작가 ★노벨연구소 선정 세계문학 100선

19. 크리스마스 캐럴 찰스 디킨스 지음 | 김율희 옮김

영국의 대문호 찰스 디킨스의 작가 정신과 개성이 고스란히 담겨 있는 대표작. 19세기 영국 사회의 구조적 모순과 크리스마스 정신, 인간성의 회복을 그린 영원한 고전이자 크리스마스의 상징이 되어 버린 소설.

★BBC 선정 영국인 애독서 100선 ★학교도서관사서협의회 추천도서

20. 이솝 우화 이솝 지음 | 민예령 옮김

2,500년 동안 이어져 온 삶의 지혜와 철학을 담은 인생 지침서이자 최고(最古)의 고전! 오랜 세월 인류가 축적해 온 지식과 철학이 함축되어 있으며 남녀노소 누구나 읽을 수 있는 인류의 고전이라 할 수 있다.

21. 수레바퀴 아래서 헤르만 헤세 지음 | 함미라 옮김

작가의 자전적 경험이 녹아들어 있는 헤르만 헤세의 대표적인 성장소설. 총명한 한 소년이 개인의 자유와 개성을 억압하는 딱딱한 교육 제도와 권위적인 기성 사회의 벽에 부딪혀 비극으로 치닫는 이야기를 섬세하게 그리고 있다.

★노벨 문학상 수상작가 ★서울대 선정 고전 200선 ★국립중앙도서관 청소년 권장도서

22. 너새니얼 호손 단편선 너새니얼 호손 지음 | 한지윤 옮김

『주홍 글자』로 유명한 호손은 에드거 앨런 포, 허먼 멜빌과 더불어 미국 낭만주의 문학의 3대 거장으로 꼽힌다. 이 책은 45년간 우리나라 교과서에 실리기도 했던 「큰 바위 얼굴」을 비롯해 호손 문학의 대표 단편소설 11편을 실었다.

23. 에드거 앨런 포 단편선 에드거 앨런 포 지음 | 황윤영 옮김

「검은 고양이」, 「모르그 거리의 살인 사건」 등으로 유명한 에드거 앨런 포는 미국 낭만주의 문학의 거장이자 단편문학의 시조이며 추리 소설의 창시자이기도 하다. 기괴하고 환상적인 소재를 통해 인간 내면의 광기와 복잡한 심리를 치밀하게 형상화했다.

★미국대학위원회 SAT 권장도서 ★노벨연구소 선정 세계문학 100선

24. 필경사 바틀비 허먼 멜빌 지음 | 한지윤 옮김

장편소설 『모비 딕』의 작가 허먼 멜빌은 에드거 앨런 포, 너새니얼 호손과 함께 미국 낭만주의 문학의 3대 거장으로 꼽힌다. 정체불명의 필경사 바틀비의 '선호하지 않는' 태도와 철학은 갑갑한 현실 속에서 우리에게 깊은 공감과 위로를 이끌어 낸다.

25. 1984 조지 오웰 지음 | 전하림 옮김

『멋진 신세계』, 『우리들』과 더불어 세계 3대 디스토피아 소설로 불리는 걸작으로, 가공의 국가 오세아니아의 전체주의 지배하에서 인간의 존엄을 지키고자 했던 한 인물이 파멸되어 가는 과정을 그렸다. 오늘날에도 여전히 유효한 이 작품 속 경고는 시간이 지날수록 그 힘이 더욱 강력해지고 있다.

★〈뉴스위크〉지 선정 세계 100대 명저 ★〈타임〉지 선정 '20세기 최고의 책 100선'
★노벨연구소 선정 세계문학 100선 ★〈모던 라이브러리〉 선정 '20세기 100대 영문학'

26. 걸리버 여행기 조너선 스위프트 지음 | 김율희 옮김

풍자 문학의 거장 조너선 스위프트의 『걸리버 여행기』는 결코 온순하지 않다. 이 작품의 원문은 18세기 영국의 정치와 사회뿐만 아니라 인간의 본성을 신랄하게 풍자하고 있기 때문이다. 이 무삭제 완역본에는 스위프트가 고찰한 인간과 사회를 관통하는 통렬한 아이러니가 고스란히 담겨 있다.

★서울대 선정 고전 200선 ★미국대학위원회 SAT 권장도서
★〈뉴스위크〉지 선정 100대 명저 ★노벨연구소 선정 세계문학 100선

27. 헤르만 헤세 환상동화집 헤르만 헤세 지음 | 이옥용 옮김

헤세의 대표적인 동화 16편이 실린 작품집으로, 자기 발견과 자아실현을 위한 갈등과 모색을 독창적이면서도 환상적으로 표현했다. 또한 난쟁이, 마법사, 시인 등 신비로운 인물들과 천일야화, 중국과 인도의 민담, 신화 등 초자연적이면서도 경이로운 이야기들이 다채롭게 펼쳐진다.

★노벨 문학상 수상작가

28. 별 마지막 수업 알퐁스 도데 지음 | 이효숙 옮김

특유의 시적 서정성과 감수성으로 19세기 말 프랑스의 정취를 그려 낸 작가 알퐁스 도데의 단편소설을 모았다. 그의 대표작 「별」부터 전쟁의 비극을 감동적으로 풀어 낸 「마지막 수업」까지 알퐁스 도데의 진면목을 만끽할 수 있는 작품 15편이 들어 있다.

29. 피터 팬 제임스 매튜 배리 지음 | 원지인 옮김

연극, 뮤지컬, 영화 등으로 재탄생되며 100년이 넘는 세월 동안 전 세계 사람들의 사랑을 받아 온 '영원히 늙지 않는' 고전! 어른이 되지 않는 '피터 팬'과 어른이 없는 나라 '네버랜드'를 탄생시킴과 동시에 '피터 팬 신드롬'이라는 말을 낳으며 동심의 상징이 되었다.

30. 제인 에어 샬럿 브론테 지음 | 한지윤 옮김

『폭풍의 언덕』과 함께 '브론테 자매'의 걸작으로 손꼽히는 샬럿 브론테의 대표작으로, 어린 나이에 홀로 고난과 역경을 이겨 내고 오로지 '열정'으로 나이와 신분을 뛰어 넘어 사랑을 쟁취하는 여성, 제인 에어의 삶과 사랑을 자서전 형식으로 그려 냈다.

★미국대학위원회 SAT 권장도서 ★BBC 선정 영국인 애독서 100선 ★연세대 필독도서 200선

31. 폭풍의 언덕 에밀리 브론테 지음 | 황윤영 옮김

에밀리 브론테가 남긴 유일한 소설로, 주인공의 광기 어린 사랑과 복수를 통해 인간 내면의 세계와 본질을 그려 냄으로써 오늘날 세계 10대 소설, 영문학 3대 비극으로 꼽히며 세계문학사의 걸작으로 남은 작품이다.

★미국대학위원회 SAT 권장도서 ★〈옵저버〉지 선정 '가장 위대한 소설 100'

32. 젊은 베르테르의 슬픔 요한 볼프강 폰 괴테 지음 | 함미라 옮김

독일 문학사를 일거에 드높였다는 평을 받는 세계적인 문호 요한 볼프강 폰 괴테가 젊은 시절의 체험을 바탕으로 써 내려간 자전적 소설. 찬란하지만 위태로운 젊음의 이면성을 격정적인 한 젊은이를 통해 그려 냈다.

★피터 박스올 〈죽기 전에 읽어야 할 1001권의 책〉 선정도서

33. 바스커빌가의 개 아서 코난 도일 지음 | 한지윤 옮김

〈셜록 홈즈〉 시리즈 사상 최악의 적수와 벌이는 사투가 팽팽한 긴장감을 자아내며 끝까지 숨쉬는 것도 잊게 만들 정도로 독자들을 사로잡는다. 독자들과 평론가 양쪽 모두에게 그 어떤 작품보다도 뛰어나다는 평가를 받아 온 아서 코난 도일의 대표작.

34. 헤르만 헤세 시집 헤르만 헤세 지음 | 이옥용 옮김

소설 『수레바퀴 아래서』와 『데미안』, 『유리알 유희』 등으로 꾸준한 사랑받고 있는 독일 문학의 거장 헤르만 헤세의 대표 시 105편을 묶었다. 통일과 조화를 꿈꾸며 화합하는 삶을 살고자 한 헤세의 고뇌를 엿볼 수 있다.

★노벨 문학상 수상작가

35. 인간 실격 다자이 오사무 지음 | 김아영 옮김

'내면적 진실의 정신적 자서전'이자 '문학 형태의 유서이며, 자화상'이라고 평가받는 다자이 오사무의 대표작으로, 인간에 대한 불신과 그로 인한 소외감과 죄악감으로 몸부림치다 세상에서 연약하게 무너질 수밖에 없었던 한 사람의 고백서이다.

★〈뉴욕 타임스〉지 선정 일본문학

36. 월든 헨리 데이비드 소로 지음 | 김율희 옮김

인간과 자연에는 신성이 내재되어 있다고 보고 정신적 삶을 지향했던 미국 초월주의 사상가 소로의 정수가 담긴 『월든』은 지나친 물질주의 속에서 거칠고 가난해진 정신을 지닌 현대인들에게 삶을 자유롭고 충만하게 사는 방법을 깨우쳐 준다.

37. 싯다르타 헤르만 헤세 지음 | 이옥용 옮김

불교의 교리를 창시한 석가모니와 같은 시대를 살았던 브라만 계층의 청년 싯다르타의 자아실현 과정을 담은 성장소설이다. 제1차 세계 대전 이후 전쟁의 상처를 어루만진 헤르만 헤세만의 동양 사상은 오늘날까지 주체적이고 실존적인 길을 제시한다.

★노벨 문학상 수상 작가

*'클래식 보물창고'는 끝없이 이어집니다.